U0133952

辛弃疾新传

下

辛更儒 著

后浪

北京联合出版公司
Beijing United Publishing Co.,Ltd.

宋兵部侍郎賜紫金魚袋稼軒公歷仕始末

辛公稼軒諱棄疾字幼安其先濟南中州人

宋高宗紹興十年庚申五月十一卯時生十四歲領鄉舉為中州軍節度使掌書記三十有一年辛巳十二月奉耿京表詣行在加陞補承務郎太平軍節度使掌書記江陰軍僉判廣德軍通判司農寺薄知滁州

《菱湖辛氏族譜》之《宋兵部侍郎賜紫金魚袋稼軒公歷仕始末》

《有宋南雄太守朝奉辛公壙志》

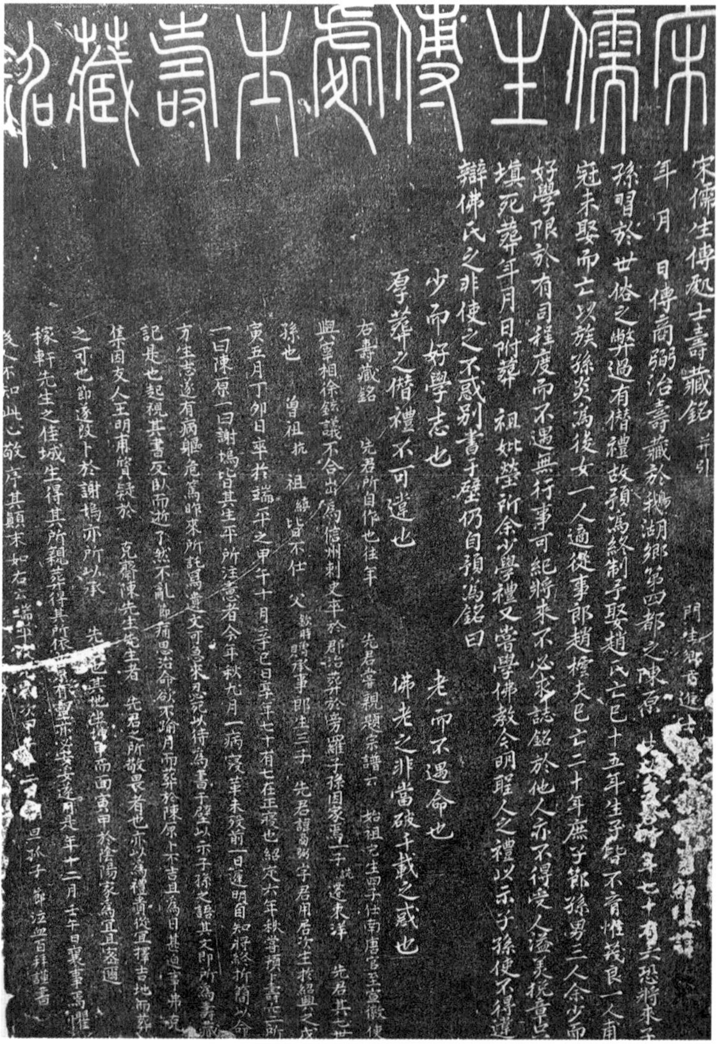

《宋儒生傅处士寿藏铭》

朱熹像

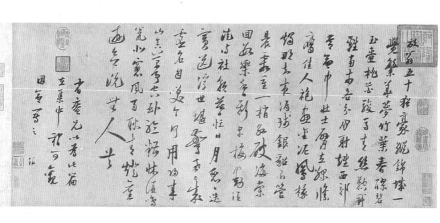

陆游《怀成都十韵诗》卷　今藏北京故宫博物院

陈亮墓

目　录

下　册

瓢泉山光——第二次废黜

悲壮的晚年——为恢复事业所做的最后努力

结语 辛弃疾一生功绩及稼轩词的历史地位

附 录

瓢泉山光——第二次废黜

第十七章　再到期思卜筑

一　宋廷人事的大变动和辛弃疾的遭遇

（一）在宋光宗不能主持孝宗丧事的特殊形势下被大臣拥立的宁宗赵扩，可以说是一个不折不扣的"守文继体"的皇帝。对于朝政之全无主见、自始至终依赖于辅政大臣，便成为其一代政治的主要特点。《四朝闻见录》的具体说法是："大臣进拟，不过画可，谓之'请批依'。"[①]可以说，自绍熙五年（1194）七月以后，这位二十七岁即位的皇帝，便成为权臣窃取国柄、左右摆布的工具。

宋宁宗得以继立为帝，立了大功的有两人：一个是宗室赵汝愚，寓居饶州余干县，是宋太宗长子赵元佐的七世孙，从辈分上说，尚高出宁宗三辈；另一个是外戚韩侂胄，北宋宰相韩琦的曾

---

① 《四朝闻见录》乙集《宁皇二屏》，第64页。

孙，其父娶高宗吴皇后（即宪圣太后，又称太皇太后）的妹妹，他本人又是宁宗韩皇后的叔祖。赵汝愚面临宰相缺位、朝中无主的混乱局势，勇于担当重任，定议策立嘉王为帝；韩侂胄沟通内宫，获得宪圣太后的同意，垂帘传旨，册立宁宗为帝。这两个立了功的人，在新君即位后，为了控制这位唯唯诺诺的皇帝，相互间展开了一场争夺权势的激烈斗争。而朝臣出于各自的利益，迅速分化，形成了几乎是生死对立的两大政治派系。

赵汝愚当政后，召还留正与之共政，又召湖南安抚使朱熹还朝，超迁焕章阁待制，使兼侍讲，同时又以黄裳、陈傅良、彭龟年为讲读官。朱熹被召时表示，非有大变更，不足以悦天服人心，他要引导天子积诚尽孝，默通潜格。请不以单双日为限，逐日早晚进讲《大学》，并于讲论之余，多次进疏干预朝廷之政。然而外戚韩侂胄却以定策立功未得到应有的封爵而对赵汝愚产生怨恨，于是利用出入宫禁之便，操纵皇帝的内批权，居中用事。八月二十八日，留正以内批罢相。除赵汝愚为右丞相。赵汝愚虽独掌政柄，但重大问题的决策权实际上却由韩侂胄的内批控制。朱熹对韩侂胄弄权十分担忧，约吏部侍郎彭龟年弹劾，彭龟年出任接待金使的馆伴未果。右正言黄度准备论奏韩侂胄，事情泄露，被韩侂胄抢先以内批罢免。朱熹乃于闰十月进讲之后上疏申斥韩侂胄，认为旬月以来，进退宰执，移易台谏，皆出内批，不与大臣共议，恐人主之权下移。疏入，宋宁宗不悦，再以内批罢免朱熹。赵汝愚及与其持相同观点的台谏、给舍交章请留朱熹，皆不听。十一月，韩侂胄兼枢密都承旨，进一步从宫中发号施令。

韩侂胄决心铲除赵汝愚及其引进的朝臣，通过内批，更换了一批台谏官，以其党羽谢深甫为御史中丞，杨大法为殿中侍御史，刘德秀、刘三杰为监察御史，先后将彭龟年、陈傅良、刘光祖、吴猎等赵汝愚的同党罢逐出朝。

庆元元年（1195）正月，朱熹致书赵汝愚，建议用厚赏酬谢韩侂胄之功，不使之干预朝政，有"防微杜渐，谨不可忽"诸语。采取这种措施本来为时已晚，而赵汝愚仍认为韩侂胄容易控制，不以为意。

韩侂胄正不知以什么理由罢免赵汝愚时，其同党签书枢密院事京镗献策说："此人是宗室，以'谋危社稷'为罪名，则可一网打尽。"韩侂胄得计，即擢其侄婿、将作监李沐为右正言，遂奏言赵汝愚以同姓为相，非祖宗典故，欲行周公故事，以定策功自居，将不利于社稷。赵汝愚罢相。正月二十八日，御史中丞谢深甫再劾赵汝愚，遂罢外任与宫观。

三月，国子祭酒李祥、博士杨简上疏为赵汝愚辩冤，皆先后受李沐弹劾罢斥。四月，太府寺丞吕祖俭上疏论赵汝愚忠诚，并论不当罢黜朱熹、彭龟年等，诏祖俭朋比罔上，送韶州安置。太学生杨宏中等六人伏阙上书，言赵汝愚无异志，书上，诏悉送五百里外羁管，朝士中因言韩侂胄被遣者数十人。

韩侂胄认为赵汝愚不被重贬，则朝士言此不止，于是指使御史中丞何澹再劾赵汝愚，落职名；监察御史胡纮诬赵汝愚"唱引伪徒，谋为不轨，乘龙授鼎，假梦为符"，于是责授赵汝愚宁远军节度副使，永州安置。

赵汝愚、朱熹等人既被驱逐出朝，韩侂胄一党便完全控制了朝政。韩侂胄除保宁军节度使，京镗、谢深甫均除执政，庆元二年正月，赵汝愚被贬行至衡州，为守臣钱鍪所窘，暴毙于途。韩侂胄在同赵汝愚的斗争中最终获得了胜利。①

　　韩、赵两个政治派系，代表了不同阶层的政治利益。赵汝愚在执政后依靠朱熹等理学代表人物以及同理学家关系密切的朝臣和儒生，欲以"道心天理"影响宁宗，谋求建立理学思想体系在朝廷上的主导地位，改变宋孝宗以来，理学受到排斥摈弃的境遇；而韩侂胄除了得到宋宁宗及宫禁势力的支持外，还得到士大夫中一批不得志或新进力量的支持。当时自称"善类"的理学诸君都认为，韩侂胄"本武人，志在招权纳贿，士大夫嗜利无耻或素为清议所摈者，乃教以除去异己者，然后可以肆志而莫予违，阴疏姓名授之，俾以次斥逐"②。文中"士大夫"即指京镗等朝臣言。双方较量的结果，是韩侂胄十余年专擅朝政局面的最终形成。

　　（二）辛弃疾在宋廷上的又一次政治大变动中，尽管处在局势之外，却成为两派斗争的牺牲品。弹劾他的黄艾，本是赵汝愚汲引的人物之一。《宋会要辑稿·职官》七四之一载庆元三年（1197）十一月知赣州黄艾放罢，臣僚言黄艾"天资乖厉，谄媚故相"。所谓"故相"，即指赵汝愚而言。辛弃疾被罢免时，赵汝愚以枢密使独执朝政，从赵汝愚、朱熹、辛弃疾三人的关系看，赵汝愚对辛弃疾福建施政应有所了解，但他却听任黄艾的横加诬蔑，并无任何为辛弃疾辩白的言行，倒是中书舍人陈傅良，曾为辛弃疾说了几句公道话，却无济于事。

---

① 见《宋史》卷三七《宁宗纪》一、卷三九二《赵汝愚传》、卷四七四《奸臣》四《韩侂胄传》、卷三九四《胡纮传》，《四朝闻见录》甲集《胡纮李沐》，《齐东野语》卷三《绍熙内禅》。
② 《朱子年谱》卷四。

黄艾不久便罢言职，此后对辛弃疾的进一步弹劾和攻击，则都来自操纵政权的韩侂胄党羽。

九月二十七日，御史中丞谢深甫弹劾辛弃疾"交结时相，敢为贪酷，虽已黜责，未快公论"①。于是由集英殿修撰降充秘阁修撰。

十二月九日，谢深甫弹劾陈傅良时，又一次涉及辛弃疾，陈傅良罢中书舍人，罪名是"庇护辛弃疾，依托朱熹"②。

谢深甫字子肃，台州临海人，乾道二年（1166）进士，绍熙三年（1192）以知临安府除工部侍郎，四年兼给事中。宋宁宗即位，除焕章阁待制知建康府，改御史中丞兼侍读。《宋史》本传对谢深甫的记述无贬词，却在卷末评论中指出："谢深甫出处，旧史泯其迹，若无可议为者。然庆元之初，韩侂胄设伪学之禁，网罗善类而一空之，深甫秉政，适与之同时，诿曰不知，不可也。况于一劾陈傅良，再劾赵汝愚，形于深甫之章，有不可掩者乎?"③其实谢深甫是不折不扣的韩侂胄党羽。谢深甫孙女后来成为理宗的皇后，南宋晚期所编纂的《四朝国史列传》大概对谢深甫这样的人是不屑于立传的，所以元人所修《宋史》便只好取材于当时存世的谢氏后人传述之辞，因此谢深甫为韩党帮凶的一切劣迹便都不见于正史。其实，《两朝纲目备要》卷三即曾记载："（绍熙五年八月）乙卯……谢深甫为御史中丞。深甫，韩侂胄之党也。……以内批除深甫为御史中丞。"④谢深甫弹章中说的"时

① 《宋会要辑稿·职官》七三之五九，第4046页。
② 《宋会要辑稿·职官》七三之一九，第4026页。
③ 《宋史》卷三九四《谢深甫传》，第12044页。
④ 《续编两朝纲目备要》卷三《光宗皇帝》，第41页。

相"，则指留正。辛弃疾起为闽宪，以及除太府卿、知罢福州皆在留正为相时。到了绍熙五年（1194）九月，留正罢相，而赵汝愚则拜右丞相，可见弹章所谓"交结时相"就绝不是指辛弃疾同赵汝愚的关系。

（三）绍熙五年秋冬之交，辛弃疾自福建回到信州。可能是以带湖所居太靠近城里的缘故吧，他准备移居到更偏僻的山乡中，另辟长久憩息之所，以避免尘世喧嚣和人事变迁所带来的干扰，于是便有了期思卜筑的想法。他的一首《沁园春》词就题为"再到期思卜筑"：

> 一水西来，千丈晴虹，十里翠屏。喜草堂经岁，重来杜老；斜川好景，不负渊明。老鹤高飞，一枝投宿，长笑蜗牛戴屋行。平章了，待十分佳处，着个茅亭。　青山意气峥嵘，似为我归来妩媚生。解频教花鸟，前歌后舞；更催云水，暮送朝迎。酒圣诗豪，可能无势，我乃而今驾驭卿。清溪上，被山灵却笑，白发归耕。[1]

铅山瓢泉附近，本来有几间简单的草屋，是辛弃疾寓居带湖期间作为别墅葺造，用作不时游兴所至的临时驻足之所。假如全家数十人迁居此地，那自然是很不敷用的。辛弃疾居官七闽期间，从福州至临安的往来路线，都是走婺州、上饶、建宁这条闽浙之路。

绍熙四年秋，辛弃疾自太府卿出守福州，路途上想来也一定

---

[1] 《辛弃疾集编年笺注》卷一一，第1326—1327页。

曾在瓢泉驻足，所以这次重来，为时也不过一年，于是他便用杜甫重归草堂的典故自况。杜甫于唐肃宗上元元年（760）卜筑成都浣花溪草堂，代宗宝应元年（762）冬，因西川兵马使徐知道反，遂往梓州等地避乱，至广德二年（764）春严武再镇蜀，方重归成都草堂，其间相隔一年之久，归后作《草堂》诗，有"四喜"之句，言旧犬、邻里、大官、城郭对他的归来都表示欣幸。辛弃疾这首词，也写得意气轩昂，没有因被谗受谤而通常所表现的那种身在江湖、心忧魏阙的忧谗畏讥之态。他写青山、花鸟、云水都为他的归来而兴高采烈，妩媚多情。只有瓜山的山灵，在嘲笑这位不该出山而又再次归山的白发老翁。北齐周颙曾隐居钟山，后来应诏出为海盐县令，被召入京再过此山，孔稚珪作《北山移文》，假"钟山之英，草堂之灵。驰烟驿路，勒移山庭"，嘲弄讥诮周颙"假步于山扃"，实"情投于魏阙"，借山灵名义，不许其再至此地。辛弃疾此前虽亦一度寓居山间，但他并非素隐，与借助隐居以钓誉取名者自不可同日而语，况且这次是居官被劾，退归山间，故此，瓜山山灵的嘲笑也只是善意的表示，笑他白发尚且归耕而已。

瓢泉之北约半里，有一处狭长地带，依山傍水。山即瓜山，水即紫溪与铅山河，在这里交汇。辛弃疾这次期思卜筑就择地于此。"一水西来，千丈晴虹，十里翠屏"正形象地描述了这里的胜景。辛弃疾新居地势高低起伏，山垄曲折，丘壑宛然。经过精心设计，依地形构筑了一些居室和亭堂等建筑物，其中屡被辛弃疾写入诗词的便有秋水堂，以及晚年多次提到的鹤鸣亭。而其附近的地势便作为天然构造的园林稍做了一番新的安排，被命名为"一丘一壑"。

铅山河由铅山南的桐木关下发源，经沙阪绕石塘。而紫溪水亦经由女城山，与铅山河会合于五堡洲南，随后包围五堡洲，二水再会于洲北之崩洪。辛弃疾再到期思卜筑，其住宅即建于五堡洲。洲上有秋水观，与瓢泉隔紫溪而望，溪上有廊桥，即秋水长廊："秋水长廊水石间，有谁来共听潺潺。"①

对他在期思卜筑中所付出的心血，稍后词人章谦亨曾在一首词中写道："想先生跨鹤归去，依然上界官府。胸中丘壑经营巧，留下午桥别墅。"②再后又有浦源作《辛稼轩先生赞》，有"期思之居，山横水环"句。叶嘉莹女士甚至说辛弃疾"不仅当他用兵论战之时，有他的英雄豪杰式的眼光与手段，就是在他购地置产之时，也同样有他的英雄豪杰式的眼光与手段。……也因为辛弃疾确实是对于山川花鸟一切大自然的景物都有着一份深厚的赏爱之情，所以当他建置房产时，遂在取景布置方面常不惜投入很多心力"③。诚然如此，但辛弃疾所投入的主要是设计，而不是竞奢斗侈，不惜物力钱财建筑豪华居第。他是巧妙利用山川地形地势，造就一种山野之趣，因而期思之居仍然和当时达官贵人的住所迥然不同。丘崈晚年和辛弃疾的一首词中说到的"闻说瓢泉，占烟霏空翠，中著精庐。旁连吹台燕榭，人境清殊"④，显然只是得之于传闻，其中的"吹台燕榭"在稼轩词和同时人的诗词中从未提到过，更毋说"中著精庐"了。要说它"人境清殊"，倒是颇相

---

① 《辛弃疾集编年笺注》卷一三《鹧鸪天·吴子似过秋水》，第 1582 页。

② 章谦亨《摸鱼儿·过期思稼轩之居，曹留饮于秋水观，赋一辞谢之》。转引自同治《铅山县志》卷二九。

③ 《灵谿词说》之《论辛弃疾词》，第 445 页。

④ 丘崈《丘文定公词》之《汉宫春·和辛幼安秋风亭韵，癸亥中秋前二日》。

仿佛。

　　辛弃疾经营期思之居，是从庆元元年（1195）开始的。他的全部心力，似乎真的投入到新居建设上，以至经常在瓢泉逗留，有时也在此处与来客痛饮。他所作《祝英台近》词题为"与客饮瓢泉，客以泉声喧静为问。余醉，未及答，或者以'蝉噪林愈静'代对，意甚美矣。翌日，为赋此词以褒之"。词中有云："老眼羞明，水底看山影。试教水动山摇，吾生堪笑，似此个青山无定。"又云："一瓢饮，人问翁爱飞泉，来寻个中静。绕屋声喧，怎做静中境。我眠君且归休，维摩方丈，待天女散花时问。"①

　　庆元元年春，赵汝愚罢相，朱熹曾在一封书信中说："北方之传果尔，赵已罢去，盖新用李兼济为谏官，一章便行，未知谁代其任，此可深虑。"②他对时局的发展深为忧虑。辛弃疾在此前因同赵、朱关系密切屡被韩党诬陷，现在赵汝愚既被驱逐出朝，其自身前途如何，也正处于难以预料之中，他用水中山影为喻，说自己将像青山摇动那样，长期动荡不定。所以，当客人提出"你要在这深山中寻求一个安静的空间，但这里也有飞泉的喧闹，如何求静"时，他的确是无法做出明确的回答了。

　　果然，使人捉摸不定的事件再次出现了。庆元元年十月二十六日，辛弃疾又遭到弹劾。这次是由御史中丞何澹上的弹章，说他"酷虐裒敛，掩帑藏为私家之物，席卷福州，为之一室"③。于是，已经降授秘阁修撰的辛弃疾就又受到落职处分。

---

① 《辛弃疾集编年笺注》卷一二，第 1337 页。
② 《朱熹续集》卷二《答蔡季通》。收入《朱熹集》，第 5180 页。
③ 《宋会要辑稿·职官》七三之六三，第 4048 页。

何澹字自然，处州龙泉人，亦乾道二年（1166）进士。关于他的事迹，除《宋史》本传外，《两朝纲目备要》卷七"嘉泰元年"载："澹始以留正荐，自权兵部侍郎除右谏议大夫，首击周必大，罢之。未几迁中执法，一时名士排击殆尽，大为清议所薄。会有本生继母之丧，徘徊不肯去。太学生乔嘉等移书切责之，……澹乃去位。四年，免丧，时赵汝愚已执政，止除焕章阁学士、知明州，澹愈怨恨，祈哀韩侂胄，庆元初遂除御史中丞。自是力主伪学之禁，以至执政。"①何澹品质本来就滥恶不堪，至此更依附韩侂胄以求富贵权势，其抨击辛弃疾不遗余力，自无足骇怪。他所说"掩帑藏为私家之物"，而福州备安库有五十万缗，尚未及动用，辛弃疾即被劾罢，他如何得以据为自家之物，又安得"席卷福州，为之一室"？不过是一再重复黄艾、谢深甫之流的诬蔑不实之词，更加荒唐得令人难以置信罢了。

淳熙末年，辛弃疾访得周氏泉并改名为瓢泉时，曾写了一首题咏瓢泉的《水龙吟》词，表示愿意在这里长年过着箪食瓢饮的淡泊贫困生活，视富贵如浮云。如今再回到瓢泉，已是经历了人世新的沧桑变迁和感情上的新的体验，他于是用《楚辞·招魂》体又作了一首《水龙吟》词，唱给客人们听：

听兮清佩琼瑶些。明兮镜秋毫些。君无去此，流昏涨腻，生蓬蒿些。虎豹甘人，渴而饮汝，宁猿猱些？大而流江海，覆舟如芥，君无助，狂涛些！　路险兮山高些。愧余独处无聊些。冬槽春盎，归来为我，制松醪些。其外

---

① 《续编两朝纲目备要》卷六《宁宗皇帝》，第112页。

芳芬，团龙片凤，煮云膏些。古人兮既往，嗟余之乐，乐
箪瓢些。①

每当时局发生某种重大变化，总有一批无耻的政治投机分子出
现，借趋炎附势或投石下井以捞取自身的利禄。这在庆元初年
韩、赵两党云泥异途时也不例外。辛词上半阕为泉择地，力戒瓢
泉"无去此"。大意是：你一旦流出山间，虽可"流昏涨腻"，但
也免不了做蓬蒿的肥料；与其为吃人的虎豹解渴，何如让与猿猱
饮用？况且流入江海，更免不了推波助澜，颠覆舟楫！下半阕则
为泉招魂：既然外面的世界如此险恶，何不归来与我同处，可以
酿酒，可以煮茶，也可以瓢饮，让块然独处的我与你同乐。据下
片"冬槽春盎"句，似乎辛弃疾在铅山至少已经一度春秋，则词
应作于庆元元年（1195）初或稍后，其时韩侂胄整个控制了朝
政，加紧对赵汝愚等政敌实行迫害。辛弃疾历来反对政治压迫，
曾在《九议》中写出"私战不解则公战废"等内容。对于庆元初
年韩、赵两党的斗争，相比之下，他自然厌恶韩侂胄及其党羽的
所作所为。他因此也力诫那些准备投靠这个新政治集团的人士：
"大而流江海，覆舟如芥，君无助，狂涛些！"

　　既然他一向反对党与交攻，内部倾轧，故而在党争最为激烈
之际，他也不肯参与。上面这首词明确表示，要洁身自好，远离
政治纠纷。他自闽地归来未久所作的《行香子》词也写道："名利
奔驰，宠辱惊疑，旧家时都有些儿。而今老矣，识破关机。算不

---

① 《辛弃疾集编年笺注》卷一二《水龙吟·用些语再题瓢泉，歌以饮客，声韵
甚谐，客皆为之釂》，第 1340 页。

如闲，不如醉，不如痴。"①

有了上述背景，我们才可以理解，在庆元元年（1195）、二年他何以再到期思卜筑，何以痛饮潦倒，何以时时反省其绍熙间的七闽之行。

他有一组《卜算子》词，共三首，题目是"饮酒不写书""饮酒成病""饮酒败德"。由这组词中可知他在这一时期对时局及俗务世事之不欲过问，持续不断地沉湎于酒，夜以继日，以致因饮酒生病、败事的生活情景。请看第一首"饮酒不写书"的全词：

> 一饮动连宵，一醉长三日。废尽寒温不写书，富贵何由得？　请看冢中人，冢似当年笔。万札千言只恁休，且进杯中物。②

这样无休止作长夜饮，置身于醉乡，忘却了冬春，甚至向当权人物问候起居的书札也都一概废免，当然不会得到当权者的谅解，更何谈富贵二字？在韩侂胄当权期间，凡不能依附韩党者，大都沉滞于外任，或长期废居于家，然而改变其一贯行为操守的投机分子，却往往因乞怜于韩侂胄而得权得势。这首词表明，自韩党执政以来，辛弃疾同他们之间便不再有任何直接的联系，包括礼节性质的书札往还，表现的是一种全然不予合作的态度。

他还把汉代李延年所作的"北方有佳人"歌、淳于髡答齐王

① 《辛弃疾集编年笺注》卷一二，第1348页。
② 《辛弃疾集编年笺注》卷一二，第1370页。

问时所说的"主人留髡而送客,罗襦襟解,微闻芗泽"等语櫽括入词,以佐酒兴,这自然也是痛饮潦倒时期的作品。

他又有《丑奴儿》词云:

近来愁似天来大,谁解相怜?谁解相怜,又把愁来做个天。　　都将今古无穷事,放在愁边。放在愁边,却自移家向酒泉。①

他的《兰陵王·赋一丘一壑》词写出了"一丘壑,老子风流占却。茅檐上,松月桂云,脉脉石泉逗山脚。寻思前事错,恼杀,晨猿夜鹤。……遇合,事难托。莫击磬门前,荷蒉人过。仰天大笑冠簪落。待说与穷达,不须疑着。古来贤者,进亦乐,退亦乐"②等语句,"恼杀"语是从《北山移文》中的"蕙帐空兮夜鹤怨,山人去兮晓猿惊"句脱化而出,则所谓"寻思前事错"指的一定是他的七闽之行。这是他在闲暇时,反躬自省,悔悟前行的结果。

辛弃疾在福州时曾说"富贵是危机"③,现在又说"万札千言只凭休,且进杯中物",似乎到此时他已把福建仕宦之行完全予以否定。其实并非如此。他在孝宗朝被废黜八年,光宗即位后,满怀希望要为国家做一番事业,而他果然也是把这种愿望付诸政治实践中,并在力行有利于人民群众的安居和生产各项措施的同

---

① 《辛弃疾集编年笺注》卷一二,第 1374 页。
② 《辛弃疾集编年笺注》卷一二,第 1366—1367 页。
③ 《辛弃疾集编年笺注》卷一一《最高楼·吾拟乞归,犬子以田产未置止我,赋此骂之》,第 1311 页。

时，不忘为恢复事业积蓄力量。对这些具有良好愿望和效果的政治举措，要他给予彻底的否定，是不可能的。当黄艾对他进行恶毒诽谤时，他心中非常愤怒。他对黄艾这种卑鄙小人的痛恨，甚至在他十余年后接替黄艾为镇江知府时，亦不曾稍有减轻（据《刘克庄集笺校》卷一九四《黄柳州（简）墓志铭》，黄艾"在谏垣，论击辛卿弃疾，辛衔切骨"[1]。到了嘉泰间，辛弃疾知镇江府，还要搜集证据，对黄艾进行反击）。可以推知，他的"前事错"，并非谓福建之行有任何错误，而是他未能料到，光宗一朝仅仅存在了五年便夭折了，而他也再次被排挤出政坛。时局的变化如此之大，使他的希望又全部落空，不得不重复十余年前开始的带湖闲居生涯，真的有些愧对"晨猿夜鹤"了。

二　移居瓢泉

庆元二年（1196）春，辛弃疾所居的带湖雪楼发生火灾，一夜之间，雪楼及其相毗邻的居室都化为灰烬。这使他不得不全家离开带湖，移住铅山县期思市瓜山下的五堡洲新居中。

这年三月，即他迁居期思的稍前，他还曾准备在上饶西北的灵山齐庵逗留。他有一首《归朝欢》词题云："灵山齐庵菖蒲港，皆长松茂林，独野樱花一株，山上盛开，照映可爱。不数日，风雨催败殆尽。意有感，因效介庵体（指友人赵彦端词）为赋，且

---

[1]　《刘克庄集笺校》卷一四九，第5898页。

以《菖蒲绿》名之。丙辰岁三月三日也。"[1]齐庵应是他在灵山附近葺造的茅舍，面向灵山众峰，周围是长松茂林，风景也是极为清幽。辛弃疾原打算在这里修一条新堤，筑成一个烟水蒙蒙的偃湖，作为从带湖迁出后的另一处闲居地点，可能是财力不足，这一想法只停留在词章中，最终并没有实现。这首写齐庵的词就是被叶嘉莹女士盛赞不已的《沁园春·灵山齐庵赋。时筑偃湖未成》：

> 叠嶂西驰，万马回旋，众山欲东。正惊湍直下，跳珠倒溅；小桥横截，缺月初弓。老合投闲，天教多事，检校长身十万松。吾庐小，在龙蛇影外，风雨声中。　　争先见面重重。看爽气朝来三四峰。似谢家子弟，衣冠磊落；相如庭户，车骑雍容。我觉其间，雄深雅健，如对文章太史公。新堤路，问偃湖何日，烟水蒙蒙。[2]

据叶嘉莹女士的论说，这首词的真正感发重点，就在"老合投闲"以下抒写情意之处，是以反讽的语气，暗示了作者之不甘投闲置散的心情；而"检校长身十万松"，则又把此一份不甘投闲置散的心情结合着眼前的景物做了极度形象的叙写，遂于言外表现了极深重的悲慨。叶嘉莹女士的精彩见解还在于：

> 盖"检校"乃检阅军队之意，"长身"乃将松拟人之语。曰"检校长身十万松"，是直欲将十万松视为十万长身勇武

① 《辛弃疾集编年笺注》卷一二，第 1387 页。
② 《辛弃疾集编年笺注》卷一二，第 1390 页。

的壮士之意，则辛氏之自憾不能指挥十万大军去恢复中原的悲慨，岂不显然可见。而此词开端之将群山拟比为回旋奔驰之万马的想象，则又正与此句之将松树拟比为十万大军的想象互相映衬生发，遂使此词传达出一份强大的感发之力量。[①]

辛弃疾还有一首以"弄溪赋"为题的同调词，据词中"菖蒲""绿竹""长松"诸语，知亦灵山所作。在上述词中，除随处可见的"不甘投闲置散"的一面外，却还不时唱出了"算只因鱼鸟，天然自乐；非关风月，闲处偏多。芳草春深，佳人日暮，濯发沧浪独浩歌"[②]等闲适之音。

在被迫放弃带湖故居，迁往期思之前，亦即这年春季，辛弃疾曾有一首《水调歌头》词，记载了一次迁居未成的事件。词序云："将迁居不成，有感，戏作。时以病止酒，且遣去歌者，末章及之。"这是一个很重要的记载，对了解辛弃疾这一时期的生活极有价值。其上半阕记载此事云：

> 我亦卜居者，岁晚望三闾。昂昂千里，泛泛不作水中凫。好在书携一束，莫问家徒四壁，往日置锥无？借车载家具，家具少于车。[③]

从词题和上半阕可以看出，他在迁居之前，曾做了若干准备工

---

① 《灵谿词说》之《论辛弃疾词》，第443页。
② 《辛弃疾集编年笺注》卷一二，第1393页。
③ 《辛弃疾集编年笺注》卷一二《水调歌头·将迁居不成，有感，戏作。时以病止酒，且遣去歌者，末章及之》，第1398—1399页。

作，如清理家具，遣放侍女。这大概是为了把家庭规模和开支缩
小，以适应期思新居，盖期思新居规模远比不上带湖。可能还有
一些善后事宜，所以这次迁居不成。

词题中的"时以病止酒"，是他在庆元二年（1196）的一件
大事。联系上文所引的《卜算子·饮酒成病》词题，所谓"病"，
完全是因前一段饮酒过量造成的，而止酒期之始，细考词题，似
亦在带湖雪楼被焚之前，即本年春季。止酒为期甚长，大约要到
翌年春为止。稼轩词中，反映这一时期止酒的作品，数量颇丰，
现按先后时序摘录有关词作于下，借以考见止酒期间他的生活和
感情。

在止酒之初，他以"将止酒，戒酒杯使勿近"为题，作了一
首《沁园春》词，写他与酒杯的一段有趣的对话：

> 杯汝来前，老子今朝，点检形骸。甚长年抱渴，咽如
> 焦釜；于今喜睡，气似奔雷？汝说刘伶，古今达者，醉后何
> 妨死便埋。浑如许，叹汝于知己，真少恩哉！　更凭歌舞
> 为媒，算合作人间鸩毒猜。况怨无小大，生于所爱；物无美
> 恶，过则为灾。与汝成言，勿留亟退，吾力犹能肆汝杯。杯
> 再拜，道麾之即去，召亦须来。①

长期饮酒过量，必定危及人体健康，损伤人的咽喉、胃肠。当他
"点检形骸"时，觉得因"长年抱渴，咽如焦釜"时，便只有断
然采取止酒的措施了。然而在他所写的止酒词中，这项被动之举

---

① 《辛弃疾集编年笺注》卷一二，第1395页。

却变成了一桩极其风雅的趣事：他笔下的酒杯，竟也被赋予朋友一般的感情，能用酒圣刘伶的话来与将要止酒的主人争辩，还很善解人意：既表示服从主人的意愿，又表示在需要的时候，一呼即来；而词人做出止酒决定时的那种商量口吻，更活画出一种不甘于止酒而又不得不止的神态，真令人忍俊不禁。

止酒初期，尚不能完全不饮，但数量已大为减少：

> 多病近来浑止酒，小槽空压新醅。青山却自要安排：不须连日醉，且进两三杯。
>
> ——《临江仙》①

> 掀老瓮，拨新醅，客来且尽两三杯。日高盘馔供何晚，市远鱼鲜买未回。
>
> ——《鹧鸪天·寄叶仲洽》②

友人傅岩叟、叶仲洽，与他的来往颇为频繁，傅岩叟连续送来名花、鲜蕈。辛弃疾有四首《添字浣溪沙》词都写于是春，其中"用韵谢傅岩叟瑞香之惠"词有云：

> 怪得名花和泪送，雨中栽。③

另一首"用前韵谢傅岩叟馈名花鲜蕈"词则云：

① 《辛弃疾集编年笺注》卷一二，第 1425 页。
② 《辛弃疾集编年笺注》卷一二，第 1473 页。
③ 《辛弃疾集编年笺注》卷一二，第 1362 页。

满把携来红粉面，堆盘更觉紫芝香。幸自曲生闲去了，又教忙。①

"曲生"指酒。此词后自注："才止酒。"友人得知他止酒，送来名花供他赏心悦目，送来鲜蕈供他品尝，以解他的寂寥。这也可见，他对酒是何等钟爱。陶渊明嗜饮酒，作诗道："道丧向千载，人人惜其情。有酒不肯饮，但顾世间名。所以贵我身，岂不在一生。一生复能几，倏如流电惊。鼎鼎百年内，持此欲何成！"古来诗人无不嗜酒，辛弃疾与陶渊明也是如此相似！

止酒期间，词人曾把注意力转移到阅读佛经上：

新葺茅檐次第成，青山恰对小窗横。去年曾共燕经营。　病怯杯盘甘止酒，老依香火苦翻经。夜来依旧管弦声。

——《浣溪沙·瓢泉偶作》②

或者在珊珊春雨中，独坐小窗，静听雨声：

窄样金杯教换了，房栊试听珊珊。莫教秋扇雪团团。古今悲笑事，长付后人看。

——《临江仙·再用圆字韵》③

① 《辛弃疾集编年笺注》卷一二，第 1386 页。
② 《辛弃疾集编年笺注》卷一二，第 1439 页。
③ 《辛弃疾集编年笺注》卷一二，第 1412 页。

止酒期间，寓居上饶城的友人载酒入山过访，辛弃疾不得已破戒，为此，他再续《沁园春·将止酒》词作，用韵解嘲，遂又对酒杯道："酒杯，你知道吗？酒泉侯的爵位已经废罢，称为鸱夷的酒具也已退休，高阳酒徒业已离去，造酒的杜康，得到的是不吉利的屯卦。'细数从前，不堪余恨，岁月都将曲蘖埋。'既然如此，你何必如提壶鸟，苦苦劝我沽酒呢？"①

三　范夫人去世和开阁放柳枝

（一）辛弃疾移居瓢泉，还有一个十分重要的原因，即其续娶的范氏夫人不久前在其遣去歌者的同时去世了。《菱湖辛氏族谱》之《济南派下支分期思世系》载："继室范氏，蜀公之孙女，封令人，赠硕人。公与范硕人俱葬本里鹅湖乡洋源。"而《铅山县志》载，辛弃疾"卜地建居"，选择了崩洪。② 崩洪即今辛弃疾墓地所在③，则所谓"建居"，当指卜葬地而言。范氏夫人生了三子辛秬、四子辛穮、五子辛穰。辛弃疾三娶的夫人林氏，乃铅山本地人。

前举写齐庵菖蒲港的《归朝欢》词下片有句云："梦中人似

---

① 见《辛弃疾集编年笺注》卷一二《沁园春·城中诸公载酒入山，余不得以止酒为解，遂破戒一醉，再用韵》，第 1419 页。
② 见同治《铅山县志》卷三〇《轶事》引《耳闻录》。
③ "崩洪"为形胜家语，谓两山一水，不应作洪水奔涌解。

玉，觉来更忆腰如束。许多愁，问君有酒，何不日丝竹？"①末句
正用谢安"中年伤于哀乐""正赖丝竹陶写"的语意。似乎这几
句词，正是范氏病逝后的伤悼之辞，则范氏之卒，应为庆元二年
（1196）春之事。

而另一首《西江月》词实为哀悼范夫人作：

> 粉面都成醉梦，霜鬟能几春秋？来时诵我《伴牢愁》，
> 一见尊前似旧。　　诗在阴何侧畔，字居罗赵前头。锦囊来
> 往几时休，已遣蛾眉等候。②

这应是范夫人卒后追思所作。范氏来归，始于乾道末年，至此夫
妻相伴已二十余年。汉代扬雄曾作《畔牢愁》，宋人皆作"伴牢
愁"，意谓皆依屈原《九章》之离愁诸作也。词中还追忆平日唱
和、文字往来情景，可谓一往情深。

苏东坡有《和蔡景繁海州石室》诗云："前年开阁放柳枝，今
年洗心归佛祖。梦中旧事时一笑，坐觉俯仰成今古。"白乐天既
老，乃录家事。会经费，去长物。妓樊素者，年二十余，绰绰有
歌舞态，善唱杨柳枝，人多以曲名名之。由是名闻洛下，籍在经
费中，将放之，惨然泣下，不忍去。历来被传为佳话。周𬀩《清
波别志》卷三记云："辛幼安……在上饶，属其室病，呼医对脉。
吹笛婢名整整者侍侧。乃指以谓医曰：'老妻病安，以此人为赠。'

---

① 《辛弃疾集编年笺注》卷一二《归朝欢·灵山齐庵菖蒲港，皆长松茂林，独
野樱花一株，山上盛开，照映可爱。不数日，风雨催败殆尽。意有感，因效介
庵体为赋，且以〈菖蒲绿〉名之。丙辰岁三月三日也》，第1387页。
② 《辛弃疾集编年笺注》卷一二，第1382页。

不数日，果勿药，乃践前约。"

整整既去，辛弃疾思之不已，作《好事近》一词：

> 医者索酬劳，那得许多钱物？只有一个整整，也盒盘盛
> 得。　　下官歌舞转凄惶，剩得几枝笛。觑着这般火色，告
> 妈妈将息。①

这还是辛弃疾未移居瓢泉时的事。仿佛是乐天开阁放樊素以来被
文人传诵的又一段佳话，周烨还说："一时戏谑，风调不群。"可
知，在辛弃疾短暂出仕闽地之前，其夫人范氏患病期间，他已经
开始遣去歌者了。

（二）在止酒不饮稍前，辛弃疾已经遣散了身边职司笔札
和歌舞的几个侍女，据这一时期他写下的歌词，其中便有歌者
阿卿、侍者阿钱。有一首词送阿卿，即《鹊桥仙·送粉卿行》
写道：

> 轿儿排了，担儿装了，杜宇一声催起。从今一步一回
> 头，怎睚得一千余里？　　旧时行处，旧时歌处，空有燕泥
> 香坠。莫嫌白发不思量，也须有思量去里。②

"睚得一千余里"，写尽粉卿的留恋不舍。另有一首《西江月·题
阿卿影像》词，上片是：

---

① 《辛弃疾集编年笺注》卷九，第 1022 页。
② 《辛弃疾集编年笺注》卷一二，第 1406 页。

> 人道偏宜歌舞，天教只入丹青。喧天画鼓要他听，把着花枝不应。[1]

两首词都是送别侍者的思念之作，对这位长于歌舞的侍女的惜别和思念，意绪很缠绵。

还有三首《临江仙》词，用同韵，其第一首题为"侍者阿钱将行，赋钱字以赠之"，词曰：

> 一自酒情诗兴懒，舞裙歌扇阑珊。好天良夜月团团。杜陵真好事，留得一钱看。　岁晚人欺程不识，怎教阿堵留连？杨花榆英雪漫天。从今花影下，只看绿苔圆。[2]

阿钱姓钱，《书史会要》上说她"善笔札，常代弃疾答尺牍"。但他既已因"饮酒不写书"，同权贵中断书札往还，故阿钱亦在被遣散之列。这位钱姓女子，无疑是一名才女，可惜她的名字只在这两个地方留下一点痕迹，她的余生便和历史上更多连姓氏都没有保留下来的杰出女性一样灰飞烟灭了。这首《临江仙》连用了五六处有关钱币和姓钱人的典故，是咏物词的一种独创艺术方法。这类词的高明之处，不在于罗列了钱的典故，而在于这样做的同时，还妥帖地传达了作者的情怀。例如他说自己是由于诗酒兴趣淡薄，才冷落了舞裙歌扇。先是遣去了歌者，留下阿钱，却被他人责怪何以对阿钱情有独钟，于是阿钱也只好离去。他不无

---

① 《辛弃疾集编年笺注》卷一二，第 1407 页。
② 《辛弃疾集编年笺注》卷一二，第 1408 页。

伤感地说：从今以后，花影下唯有满地的苔钱相伴此翁了。其不情愿、不得已遣去阿钱的苦衷，表现得这样真诚。

（三）写到这里，我还要对辛弃疾的家室问题再做一个交代。

辛弃疾父辛文郁，母孙氏，尝从辛弃疾南流，终于南宋境内。辛弃疾生平三娶妻室：赵氏、范氏、林氏，所生共九子二女：辛稹、辛秬、辛秠、辛穮、辛穰、辛㮹、辛秸、辛褒、辛䰗，辛稐、辛稑。

据《菱湖辛氏族谱》所载的《陇西派下支分济南之图》之记载，辛弃疾"室赵氏，再室范氏，三室林氏"。而《济南派下支分期思世系》亦载：

> 初室江阴赵氏，知南安军修之女，卒于江阴，赠硕人。
> 继室范氏，蜀公之孙女，封令人，赠硕人。

辛弃疾长子辛稹、次子辛秬，都是南归前由赵夫人所生。

再室范氏夫人既卒于庆元二年（1196），其受封令人，及卒后赠硕人，据辛弃疾的中年仕历，可以判断其生前受封，自应在淳熙六年（1179）九月宋廷合祭天地于明堂，大赦天下之时。而其卒后再赠封号，则应在嘉泰三年（1203）十一月宋廷祀天地于圜丘之际。范硕人与辛弃疾共同生活了二十二年，生了六个子女，辛䰗早卒，辛秠生于淳熙八年四月。辛秠是辛弃疾诸子中仕宦最显著的一个，理宗朝官至朝请大夫、潼川路提刑。四子辛穮、五子辛穰以及二女辛稐、辛稑也都是范氏所生。辛稐乃淳熙六年生于湖南，小字潭，绍熙三年（1192）许嫁于福建名士陈成父。次女辛稑，后来嫁与范如山之子范炎。

范夫人去世后，辛弃疾三娶铅山当地女林氏，以后又诞三子，即六子辛稘、七子辛秸、八子辛襃。辛襃生于开禧元年（1205），辛弃疾已是六十六岁，后二年即世。诸子皆因荫补为官（唯第八子辛襃于理宗朝登进士第），然多至京官而止。有兴趣的读者，可参考本书所附录的有关其妻室子女的三篇论文。

无情未必真豪杰。辛弃疾爱自己的妻室子女和家庭，他的诗词中对此充满了真挚的情和爱。南渡后，辛弃疾写的第一首词《汉宫春》中，开篇就写下了"春已归来，看美人头上，袅袅春幡"[①]数语，勾画出赵氏夫人婀娜艳丽的少妇形象，表达了浓浓的爱。任广德军通判时暂别娇妻，他又有《满江红·中秋寄远》词，写下"但愿长圆如此夜，人情未必看承别。把从前离恨总成欢，归时说"[②]这些深情之语。赵氏早逝后，他长达八九年未娶，直到邂逅了范氏夫人。

辛弃疾乾道七年（1171）任司农寺簿时，曾写下《青玉案·元夕》词，词中隐隐坦露出他心中所爱的女人，是一位耐得寂寞、不慕繁华而自怜幽独的佳人。到了乾道九年，在镇江府京口，当是有一次偶然的相逢，"来时诵我《伴牢愁》，一见尊前似旧"，让辛弃疾续娶了范如山的女弟。开始了辛弃疾和范氏患难相守的二十二年以上的人生历程。

范氏夫人知书达理，极为贤惠。辛弃疾有一首《定风波》词题写道："大醉，自诸葛溪亭归，窗间有题字令戒饮者，醉中戏作。"这是辛弃疾在带湖居住期间，自葛园饮酒而归，却见窗纸

---

① 《辛弃疾集编年笺注》卷六《汉宫春·立春日》，第457页。
② 《辛弃疾集编年笺注》卷六，第471页。

上题写了无数劝诫饮酒之语，让这位饮酒不醉不醒的词人深为感动。其下片云：

> 欲觅醉乡今古路，知处。温柔东畔白云西。起向绿窗高处看，题遍。刘伶元自有贤妻。[①]

范夫人擅书法，亦能诗。《西江月》曾写道："诗在阴何侧畔，字居罗赵前头。锦囊来往几时休，已遣蛾眉等候。"[②] 所谓"锦囊"二句，是说唐代李贺背一锦囊出游，每晚得诗，即有婢探囊取之。辛弃疾寓居带湖期间，每每出游山水之间，及将归，范氏必遣人等候相迎，故有"蛾眉等候"语。

范夫人为辛弃疾所生的第一个儿子乳名铁柱，大名辛䥍，深为夫妇所钟爱，曾为作《清平乐·为儿铁柱作》，盼望其"无灾无难公卿"[③]。可惜铁柱于淳熙十一年（1184）因病早夭，辛弃疾特为作《哭䥍十五章》以纪念，诗中有句云："汝父诚有罪，汝母孝且慈。独不为母计，仓皇去何之？"[④] 辛弃疾对其母子的钟情，屡屡见诸诗文。

（四）辛弃疾移居期思，约在庆元二年（1196）的夏秋之间。《宋兵部侍郎赐紫金鱼袋稼轩公历仕始末》载："庆元丙辰（按即二年），徙铅山州期思市瓜山之下，所居有瓢泉、秋水。"刘克庄在《诗境集序》中曾说："诗境方公少时，语出惊人，为诚斋、放

---

① 《辛弃疾集编年笺注》卷九，第 980 页。
② 《辛弃疾集编年笺注》卷一二，第 1382 页。
③ 《辛弃疾集编年笺注》卷八，第 827 页。
④ 《辛弃疾集编年笺注》卷一，第 30 页。

翁所知。稼轩所居雪楼火，公喧之，有'何处卧元龙'之句。"①
方公即方信孺，字孚若，兴化军人，淳熙四年（1177）生，辛
弃疾帅福建时，方信孺年方十八岁。刘克庄作《宝谟寺丞诗境方
公行状》称"公美姿容，性疏豁豪爽，幼及交辛稼轩、陈同父诸
贤"②。据知方信孺与辛弃疾相识，当在福建。元人袁桷亦载"公
所居号带湖，一夕而烬，时文公犹无恙"③。带湖虽已灰飞烟灭，
但人终要有一个家，哪怕是一个简陋不堪的穷窝，如鸟兽之必有
巢穴一样。所以他说："老鹤高飞，一枝投宿，长笑蜗牛戴屋行。"
如今既有了新居，正可引用他在经南剑州时所作的《水龙吟·过
南剑双溪楼》词句回答方信孺："元龙老矣，不妨高卧，冰壶凉
簟。"④ 即又可以山中高卧而不下楼了。

　　自辛弃疾移居后，友人纷纷寄诗赋词相贺。可惜这些作品多
已不存，其中包括著名诗人赵蕃（字昌父）的诗作。赵蕃所居在
玉山县八都双峰山下⑤，地名章泉，距永丰县仅五里。赵蕃"自少
喜作诗，答书亦或以诗代。援笔立成，不经意而平淡有趣，读者
以为有陶靖节之风"⑥。

　　庆元三年（1197）春，赵蕃自玉山来访期思，辛弃疾当即步
其贺诗的原韵和一首七律，名为《和赵昌父问讯新居之作》：

---

① 《刘克庄集笺校》卷九七，第 4098 页。
② 《刘克庄集笺校》卷一六六，第 6464 页。
③ 袁桷《清容居士集》卷四六《跋朱文公与辛稼轩手书》，《四部丛刊初编》本。
④ 《辛弃疾集编年笺注》卷一一，第 1265 页。
⑤ 见同治《玉山县志》卷一。
⑥ 《漫塘集》卷三二《章泉赵先生墓表》。

> 草堂经始上元出，四面溪山画不如。畴昔人怜翁失马，
> 只今自喜我知鱼。苦无突兀千间庑，岂负辛勤一束书？种木
> 十年浑未办，此心留待百年余。①

杜甫成都浣花溪畔的草堂始建于上元元年（760），期思之居则始建于庆元元年（1195）。尽管周围风景画家亦难描摹，但比起带湖来，期思却还是相当简陋。然而新居毕竟为主人喜爱，所以他借《庄子·秋水》篇"庄子与惠子游于濠梁之上。庄子曰：'鯈鱼出游从容，是鱼乐也。'惠子曰：'子非鱼，安知鱼之乐？'庄子曰：'子非我，安知我不知鱼之乐？'"来表达移居之适。他又说：自己虽然也有杜甫广济天下苍生之愿，而"安得广厦千万间，大庇天下寒士俱欢颜，风雨不动安如山"的理想却也同样可望而不可即。又韩愈《示儿》诗有云："始我来京师，止携一束书。辛勤三十年，以有此屋庐。"他自二十三岁南渡，至今也已三十余年。这和韩愈诗句所写也正相仿，既然在功名事业上迄无所就，那也不妨在此课徒教子，把后辈培养成国家急需的人才，以尽自己的一份心意吧。

据铅山旧志记载，辛弃疾曾在铅山期思创办瓢泉书院，并著有《瓢泉秋月课稿》。② 这可见在兴办教育方面，他其实也是十分热心的。见于著录的，例如上饶城西的黄沙书院，永丰的博山书院，都是辛弃疾读书的所在，其经始大概也都与他有关，可惜没有引起人们的重视。

---

① 《辛弃疾集编年笺注》卷一，第97—98页。
② 见同治《铅山县志》卷二三。

赵蕃还为辛弃疾作了一首"一丘一壑"词，调名《蓦山溪》，此词亦不传。辛弃疾称其"格律高古"，遂亦效其体和之。词曰：

> 饭疏饮水，客莫嘲吾拙。高处看浮云，一丘壑中间甚乐。功名妙手，壮也不如人。今老矣，尚何堪？堪钓前溪月。　　病来止酒，辜负鸬鹚杓。岁晚念平生，待都与邻翁细说。人间万事，先觉者贤乎？深雪里，一枝开，春事梅先觉。[①]

上半阕说自己功名事业略不如人意，垂暮之年退处丘壑之间，老无所用，只堪前溪垂钓，了此一生。下半阕则因止酒，对昌父不免细说平生遭遇。他说，先知先觉未必都贤。他自己就是先于昌父而归，然而如同深雪中的梅花，难道是其中先开花的那一枝，最先感觉到春天的信息吗？

四　复职奉祠之命

（一）宋代理学，亦即宋代学者对儒家"道德性命之理"进行阐述解释而创立的学说，在北宋，由程颢、程颐和张载发其端，到了南宋，又由朱熹等人发扬光大，理学遂成为当时最有影响的学术流派。宋末人周密曾说：

---

① 《辛弃疾集编年笺注》卷一二《蓦山溪·赵昌父赋一丘一壑，格律高古，因效其体》，第 1433—1434 页。

> 伊洛之学（指二程的学说）行于世，至乾道、淳熙间盛矣。其能发明先贤旨意，溯流徂源，论著讲解卓然自为一家者，惟广汉张氏敬夫、东莱吕氏伯恭、新安朱氏元晦而已。朱公尤渊洽精诣，盖以至高之才，至博之学，而一切收敛，归诸义理。其上极于性命天下之妙，而下至于训诂名数之末，未尝举一而废一。盖孔孟之道，至伊洛而始得其传，而伊洛之学，至诸公而始无余蕴。[①]

在这段话中，"孔孟之道，至伊洛而始得其传"一句，与以朱熹为宗师的理学家们推崇的二程学说"得孔孟不传之绝学"的说法并无不同，甚至可以说这实际上是从朱熹的"此道更前后圣贤，其说始备。……孔子……孟子后数千载，乃始得程先生兄弟发明此理"[②]话语中照抄来的。其实这不过是理学家们门内自我推崇之言，但他所说的理学在宋代的发展过程，则是比较完全的，代表了宋人的一般见解。

朱熹等南宋理学家们，虽然生在女真贵族不断进犯的时代，虽然口头上也经常谈到抗金御侮的话，但由于他们从北宋二程、张载传承下来的学说核心内容就是关于道德性命问题的阐释，所以尽管处在亟须抵抗女真族压迫进犯的时期，而每当接触到具体的政治经济问题，却总是把引导南宋君相"正心诚意"作为头等大事。淳熙十五年（1188）六月，朱熹朝见宋孝宗，在途中有人就向朱熹提出，"正心诚意为上所厌闻"，戒以勿言。朱熹答道：

---

① 《齐东野语》卷一一《道学》，第202页。
② 《朱子语类》卷九三《孔孟周程张子》，第2350页。

"吾生平所学，只有此四字，岂可回互以欺吾君乎？"[1]朱熹把当时行政要务如政、刑、兵、农、财放在次要位置，侈谈性命道德，因此在崇尚实际、倡导事功的孝宗朝，其学说不受重视，在许多时候甚至被排斥。如淳熙十五年（1188）在宰相王淮的支持下，兵部侍郎林栗即上疏论劾朱熹"本无学术，徒窃张载、程颐之绪余，为浮诞宗主，谓之道学，妄自推尊。所至辄携门生十数人，习为春秋、战国之态，妄希孔、孟历聘之风，绳以治世之法，则乱人之首也"[2]。

朱熹不仅对君相倡导"正心诚意"之说，就是对于在政治思想上有所建树的人物，包括同样从事学术活动的学士大夫如陈亮，从事政治活动的英雄人物如辛弃疾，朱熹也不厌其烦地告诫他们，应以醇儒自律，惩忿窒欲，迁善改过。他在淳熙末曾经写信给杜叔高说："辛丈相会，想极款曲。今日如此人物岂易可得？向使早向里来，有用心处，则其事业俊伟光明，岂但如今所就而已耶！"[3]他的意思是要辛弃疾在个人的身心修养上痛下功夫。

宋宁宗即位后，赵汝愚在策立宁宗过程中立了大功，独执朝政，由于他和朱熹及理学家关系极为密切，他执政后做的第一件事便是荐用朱熹做侍讲，真正使理学成为施政的指导思想，巩固赵朱一派在朝中操权得势的地位；并想通过进讲，把韩侂胄排斥出朝，防止左右小人窃取政柄。但朱熹操之过急，反而先被罢免。庆元元年（1195）二月，韩侂胄之党李沐诬赵汝愚谋为不轨，不利社稷，赵汝愚罢相。韩侂胄就此将赵、朱一党及所有不

---

① 　见《朱子年谱》卷三下。
② 　《宋史》卷三九四《林栗传》，第 12031 页。
③ 　《朱熹集》卷六〇《答杜叔高》，第 3093 页。

附和自己的朝臣指为道学（亦即理学），全部驱逐出朝，又认为道学二字并不是恶名，于是改为"伪学"。从庆元元年（1195）开始，韩党开始了一轮又一轮打击伪学的攻势。

庆元元年六月，右正言刘德秀奏疏，论"邪正之辨，无过真与伪而已"，有"昔孝宗锐意恢复，首务核实，凡言行相违者，未尝不深知其奸。臣愿陛下以孝宗为法，考核真伪以辨邪正"诸语，意思是要宋宁宗继续孝宗朝排斥理学的做法，辨别真伪邪正。七月，御史中丞何澹上疏，也要求天下学者以孔孟为师，"听言而观行，因名而察实，录其真而去其伪"[1]。

庆元二年正月，右谏议大夫刘德秀论劾前宰相留正"引用伪学之党以危社稷"，留正落观文殿大学士罢官观。三月礼部试，吏部尚书叶翥知贡举，吏部侍郎倪思、右谏议大夫刘德秀同知贡举[2]，进言："二十年来，士子狃于伪学，泪丧良心。以六经、子史为不足观，以刑名、度数为不足考，专习语录诡诞之说，以盖其空疏不学之陋，杂以禅语，遂可欺人。……望因今日之弊，特诏有司，风谕士子，专以孔孟为师，以六经、子史为习，毋得复传语录，以滋其盗名欺世之伪。"又言："伪学之魁，以匹夫窃人主之柄，鼓动天下，故文风未能丕变。请将语录之类并行除毁。"[3]有诏从之。于是"是科所取稍涉义理之说皆黜之，六经、《语》、《孟》、《中庸》、《大学》为世大禁"[4]。

倪思字正甫，湖州归安县人。据《鹤山集》卷八五《显谟阁

---

① 《续资治通鉴》卷一五四，第4131、4133页。
② 见《宋会要辑稿·选举》一之二五，第4243页。
③ 《宋会要辑稿·选举》五之一八，第4321页。
④ 俞文豹《吹剑四录》，张宗祥校订，上海古典文学出版社1958年版。

学士特赐光禄大夫倪公墓志铭》记载，此人乾道二年（1166）登第后，曾在淳熙初调江西筠州判官，办吉州刑事案件，受到江西提刑辛弃疾的重视，此后周围各郡疑狱，往往由他断决。就是这样一个曾受辛弃疾赏识任用的人，却在庆元党禁时期钻营投机，在辛弃疾去世后，攻击辛弃疾"迎合韩侂胄开边"，迎合当权者，弹劾辛弃疾，请史弥远追削其爵秩，夺从官恤典。真是一个极为无耻之人。

此后，朝论攻击伪学愈急，先后有淮西总领张釜、中书舍人汪义端、太常少卿胡纮、大理司直邵褒然上奏疏攻击伪学，于是宁宗下诏，要求宰执停止进拟伪学之党官职，以及"伪学之党勿除在内差遣"，监司郡守荐举改官，并须于奏牍前申明非伪学之人。

台谏官急欲论列朱熹，胡纮曾对朱熹心怀怨愤，及为监察御史，锐然以攻击朱熹为己任，经过长期酝酿，草成章疏，只因改官太常少卿，未能奏进。恰沈继祖因追论程颐进监察御史，胡纮将章疏交沈继祖，遂于庆元二年（1196）十二月奏进。

章疏罗列了朱熹的十大罪状，其中并涉及多处个人隐私事。其中自然有不尽符实之处，例如"除是人间别有天"诗句，乃是淳熙十一年（1184）朱熹所作的《武夷棹歌》第十首最后一句。沈继祖却诬为悼赵汝愚之诗。章疏奏进，宁宗立即将朱熹落职罢祠，而同章涉及的储用镌官，蔡元定送道州居住。朱熹拜表，则做自我检讨，说"弗谨于彝章，遂自投于宪网，果烦台劾，尽发阴私，上渎宸严，下骇闻听，凡厥大谴大呵之目，已皆不忠不孝之科，至于众恶之交归，亦乃群情之共弃"[1]，并承认"私故人之

---

[1] 《四朝闻见录》丁集《庆元党》，第 146 页。

财""纳其尼女"等事。

朱熹被论劾，反伪学势力并没有就此罢休。其后有选人余嚞上书，乞斩朱熹以绝伪学。在韩侂胄及其党羽的政治压迫下，朱熹门徒，"清修者，深入山林以避祸，而贪荣畏罪者，至易衣巾、携妓女于湖山都市之间以自别。虽文公（朱熹）之门人故交，尝过其门，凛不敢入"[①]。朱熹虽曾说："某又不曾上书自辨，又不曾作诗谤讪，只是与朋友讲习古书，说这道理。更不教做，却做何事！……遇小小利害，便生趋避计较之心。古人刀锯在前，鼎镬在后，视之如无物者，盖缘只见得这道理，都不见那刀锯鼎镬！"[②] 但他也多次远离建阳，到闽中各地避难。

庆元三年（1197）十二月丁酉，知绵州王沇效仿北宋绍圣间制定党籍的故智，乞置伪学籍。韩侂胄从之，于是制定伪学逆党籍，在籍者五十九人，其中宰执是赵汝愚、留正、王蔺、周必大，侍从以上朱熹、徐谊、彭龟年、陈傅良、薛叔似等十三人，余官刘光祖、吕祖俭、叶适、项安世等三十一人，武臣三人，士人八人。[③] 伪学籍的确立，使伪学禁达到了高潮，标志着赵、朱一党在政治上的失败。

应当说，庆元二年之前，韩侂胄、京镗同赵汝愚、朱熹之间的斗争，主要是争夺最高权力的斗争。赵汝愚被迫害致死，朱熹及其支持者被驱逐出朝，都是这场政治斗争的结果。庆元二年以后，韩侂胄及其党羽，不但要在政治上继续打击政敌，还要在学术思想上清除理学学派的影响。所谓"伪学"的提出，以及臣僚

---

① 《四朝闻见录》丁集《庆元党》，第149页。
② 《朱子语类》卷一〇七《朱子》四《内任》，第2670页。
③ 见《续编两朝纲目备要》卷五《宁宗皇帝》，第83页。

的前后奏疏和党籍的最后确立，都是韩党这方面所获得的战绩。科举考试对士子的新规定，朝臣荐举和选人改官的具保说明，也是企图从政治上阻止理学的传播。尽管韩侂胄一党对理学学派实行了严厉禁止的政策，但重点还是对理学宗师及其门徒在政治上加以限制，如对朱熹的揭发弹劾主要着眼于言行不一致方面，并不曾也不打算从学术思想上对理学学派的空谈性命道德、脱离实际无补国计民生给予应有的足够的批判，因此，所谓伪学禁就主要是政治上的压迫，而不是学术上的批判，因而其效果就是极其有限的。这在一定程度上可以说明韩侂胄一党只属于政治利益上一致而学术思想上并无任何建树和见解的一个集团，甚至可以说是表面上激进而实际上更加腐败的政治集团。

（二）庆元党禁时期的社会现实如前所述，是一个丧失道德和社会正义的历史时期，不但朱熹等理学派系的学术活动受到严禁，伪学中人被剥夺了政治权利，许多不属于理学派系的人物的正常学术活动亦受到干扰；凡是不肯附和韩侂胄的从政人士和士大夫阶层人士也都被排斥，遭受打击。朝野上下，处于韩侂胄及其党羽的控制之下。

辛弃疾在宋宁宗即位之初，本来是被迎合赵汝愚的黄艾弹劾而失去了官职，到了韩侂胄取代赵汝愚之后，反过来却又受到韩党接连不断的弹击。宋末人谢枋得注解《唐诗选》曾在一首诗注中说："辛稼轩中年被劾，凡十六章，不堪谗险。"我们就今日所能见到的历史资料言，辛弃疾屡遭言路弹击，则以庆元党禁时期最为严厉，虽不足十余章之数，但其遭遇也是相当险恶的。尤其值得注意的是，辛弃疾受到的弹劾，大都在韩党点名论劾朱熹之前，即绍熙五年（1194）下半年至庆元二年（1196）之间，可以说，辛弃疾是在赵、朱一党之外，最受韩党排斥的人物之一。

辛弃疾的如许遭遇，恰好说明，在庆元二年（1196）、三年中，他何以卜地瓜山，移居瓢泉，毅然抛弃了信州城郊的带湖居第；何以对屈子、陶令产生了那么大的兴趣，写出"记醉眠陶令，终全至乐；独醒屈子，未免沉灾"①以及"万斛愁来，金貂头上，不抵银瓶贵"②的词句。他虽止酒，而不忘情于酒，很可能同他的移居一事，都是在严苛的政治压迫面前，远祸避害的某种特殊表达方式。

到庆元二年九月，辛弃疾又一次受到弹劾，罢了宫观。《宋会要辑稿·职官》七三之六六载：

> （庆元二年）九月十九日，朝散大夫主管建宁府武夷山冲佑观辛弃疾罢宫观。以臣僚言弃疾赃污恣横，惟嗜杀戮，累遭白简，恬不少悛。今俾奉祠，使他时得刺一州，持一节，帅一路，必肆故态，为国家军民之害。③

这里的臣僚是谁，文中未载，但一定是当时担任台谏官的韩侂胄党徒无疑，如刘德秀、沈继祖之流。从绍熙五年（1194）开始，经屡次弹劾，至此，辛弃疾所有的职名、祠官均被剥夺无遗。

庆元三年以后，韩侂胄集团把攻击的目标对准朱熹及所谓"伪学"，党禁甚严，而对辛弃疾的政治迫害反而有所缓和。由于

---

① 《辛弃疾集编年笺注》卷一二《沁园春·城中诸公载酒入山，余不得以止酒为解，遂破戒一醉，再用韵》，第1419页。
② 《辛弃疾集编年笺注》卷一二《念奴娇·和赵国兴知录韵》，第1446页。
③ 《宋会要辑稿·职官》，第4049页。

辛弃疾并未参与赵汝愚拥立宋宁宗的政治活动，又是在赵汝愚当政期间被论罢，所以，尽管他同朱熹之间也有某些过密的交往，但考虑到上述背景，以及他并非理学派系中人，韩侂胄党羽所制定的"伪学逆党籍"并没有把他列入。因此，相对来说，庆元三年（1197）以后，辛弃疾在铅山的林下生涯所受到的干扰已经减少，他是比较平静地度过党禁最艰难时期的岁月的。

　　然而，考查他再到期思卜筑以来所作的全部诗词，却可发现这样一个问题，即庆元三年之前，辛弃疾在屡遭弹击之余，虽不能忘怀世事，却保持极冷静的态度，即以退避的姿态，淡泊超然的心境对待韩侂胄党羽的诬陷，表现出两度经历退闲的考验及已经大大增强了的政治适应能力。如他在一首题为"山居即事"的《满江红》词中写道：

　　　　几个轻鸥，来点破一泓澄绿。更何处一双鸂鶒，故来争浴？细读《离骚》还痛饮，饱看修竹何妨肉。有飞泉日日供明珠，五千斛。　　春雨满，秧新谷。闲日永，眠黄犊。看云连麦陇，雪堆蚕簇。若要足时今足矣，以为未足何时足。被野老相扶入东园，枇杷熟。①

这里写的正是他在屡遭弹击之余，尚能自我宽慰、自我排解的心态。类似这种旷达语，在他的诗词中并不只是一二见的。

　　可是，到庆元三年以后，朱熹的被弹劾，伪学逆党籍的颁布，以及理学门下几被一网打尽，朝廷之上布满韩侂胄党羽，却

―――――――――――

① 《辛弃疾集编年笺注》卷一三，第1483页。

使他感到忍无可忍。而他过去所交往的友人中，以及闻其名而未曾谋面的人士中，也有人主动投靠韩侂胄，立致富贵，这种情势，又令他极为忧虑，愤怒不已，促使他创作了不少愤世嫉俗的诗词作品。例如：

> 吾道悠悠，忧心悄悄，最无聊处秋光到。西风林外有啼鸦，斜阳山下多衰草。　　长忆南山，当年四老，尘埃也走咸阳道。为谁书到便幡然，至今此意无人晓。
>
> ——《踏莎行·和赵国兴知录韵》①

开头两句，他用杜甫《发秦州》"大哉乾坤内，吾道长悠悠"、《诗经·邶风·柏舟》中"忧心悄悄，愠于群小"②诗句，表明他对时局的忧虑，对群小当道的愤切心情。下半阕则借用四皓故事，讥讽那些变节投靠韩侂胄的小人。汉代张良为吕氏出谋划策，聘请汉高祖所不能获致的四老，出而辅佐吕氏子，打消了汉高祖改易太子的念头。辛词借用四皓故事，是借批评四皓的言论反讽那些"尘埃也走咸阳道"的人们。据《殷芸小说》卷二，张良曾写书与四皓，希望四皓见书后，幡然而悟，出辅太子。此书语言鄙陋，当然是后世人的托名杜撰，不足为据，然辛词之意却正是讥讽"书到便幡然"、不惜毁名败节依附韩侂胄某些名士，所以对四皓也就不免有不敬之词了。

另一首《满庭芳·和章泉赵昌父》词写道：

---

① 《辛弃疾集编年笺注》卷一二，第1474页。
② 《毛诗正义》卷二《柏舟》。收入《十三经注疏》，第297页。"群小"，《诗》笺谓"众小人在君侧者"。

　　　西崦斜阳，东江流水，物华不为人留。铮然一叶，天下
已知秋。屈指人间得意，问谁是骑鹤扬州。君知我，从来雅
兴，未老已沧洲。　　　无穷身外事，百年能几，一醉都休。
恨儿曹抵死，谓我心忧。况有溪山杖屦，阮籍辈须我来游。
还堪笑，机心早觉，海上有惊鸥。①

　　词的主旨仍是说富贵危机，庆幸自身得以早退，未曾卷进党禁
的漩涡中。但这首词所说的"君知我，从来雅兴，未老已沧
洲""一醉都休""阮籍辈须我来游"等语，也只是表面上的话，
是故作旷达语，从"恨儿曹抵死，谓我心忧"一句所透露的信息
看，他身边的人，主要是其儿辈，大都认为，他实际是无时无刻
不在为时局而忧虑。

　　期思北五里，有一隐湖山②，因山下一处湖泉得名，此泉常
年不竭，若隐若现，故名隐湖。庆元三年（1197），辛弃疾在此
山上遍种杉松，并建造了一座停云堂。这个停云堂，在辛弃疾
瓢泉居所最北端。"停云"，原是陶渊明一首诗名，诗前小序说：
"停云，思亲友也。樽湛新醪，园列初荣，愿言不从，叹息弥
襟。"说《停云》写思念亲友，杯中有新酿的甜酒，园中有新发
的枝叶，思念之情无处可诉，心中充塞了感慨。诗中写"八表同
昏，平路伊阻"（意即八方纷乱，旅途艰难不通），又写"东园之
树，枝条再荣；竞用新好，以招余情"。作于同时的另一首《荣
木》诗则有"采采荣木，于兹托根。繁华朝起，慨暮不存。贞脆

---

① 《辛弃疾集编年笺注》卷一二，第 1469 页。
② 据同治《铅山县志》卷三："隐湖山，县东二十里崇义乡。"

由人，祸福无门"句，两诗皆作于陶渊明四十岁以后，刘裕讨平桓玄之乱，逐渐控制东晋政权之时，大概总有勉励亲友好自为之的意思。辛弃疾作停云堂，并把《停云》诗改写成词，为赋《声声慢》词，用意何在？是否也有劝勉亲友之意？看词的下片"叹息东园佳树，列初荣枝叶，再竞春风。日月于征，安得促席从容"①，恐怕也难免有针对当时某些人的进退出处的话吧？

辛弃疾还有三词，涉及隐湖停云堂种松竹事。《玉楼春·隐湖戏作》云：

> 客来底事逢迎晚，竹里鸣禽寻未见。日高犹苦圣贤中，门外谁酾蛮触战。　　多方为渴泉寻遍，何日成阴松种满。不辞长向水云来，只怕频频鱼鸟倦。②

"何日成阴松种满"说的就是隐湖种松事。《庄子·则阳》寓言说，蜗牛左角有触氏国，右角有蛮氏国，相互间为夺地而战，往往伏尸百万，失败者至半月而后归。辛词用此典故，说自己日饮醇酒，世人却在为争名夺利而苦战不休。这表明他对庆元党禁这种内耗极端不以为然的态度。《浣溪沙·种松，竹未成》词则云：

> 草木于人也作疏，秋来咫尺异荣枯。空山岁晚孰华予。　　孤竹君穷犹抱节，赤松子嫩已生须。主人相爱肯留无。③

---

① 《辛弃疾集编年笺注》卷一二《声声慢·櫽括渊明停云诗》，第1459页。
② 《辛弃疾集编年笺注》卷一二，第1461页。
③ 《辛弃疾集编年笺注》卷一二，第1465页。

词题似乎应是"种松，竹未成"。竹瘁松荣，这大约也是党禁时期有人屏伏丘壑，有人驰竞富贵现象的写照吧。还有一首《永遇乐》题为"检校停云新种杉松，戏作。时欲作亲旧报书，纸笔偶为大风吹去，末章因及之"。前片对他种松一事作自嘲语："投老空山，万松手种，政尔堪叹。何日成阴，吾年有几？似见儿孙晚。古来池馆，云烟草棘，长使后人凄断。"后片则说："停云高处，谁知老子，万事不关心眼？梦觉东窗，聊复尔耳，起欲题书简。霎时风怒，倒翻笔砚。天也只教吾懒。"①

为了排遣"投老空山"（意即临老反闲卧空山中）的心情，他连续作了六七首《鹧鸪天》抒写他的感慨。其中一首的前半阕是：

> 出处从来自不齐，后车方载太公归。谁知寂寞空山里，却有高人赋采薇。②

其意与《浣溪沙》"秋来咫尺异荣枯"正相似，都是对党禁时期各人沉浮荣辱命运的慨叹。另一首题作"读渊明诗不能去手，戏作小词以送之"，词曰：

> 晚岁躬耕不怨贫，只鸡斗酒聚比邻。都无晋宋之间事，自是羲皇以上人。　　千载后，百篇存，更无一字不清真。若教王谢诸郎在，未抵柴桑陌上尘。③

---

① 《辛弃疾集编年笺注》卷一二，第1456—1457页。
② 《辛弃疾集编年笺注》卷一三《鹧鸪天·有感》，第1495页。
③ 《辛弃疾集编年笺注》卷一三，第1496—1497页。

这首词是读陶渊明诗有感而作。陶渊明生活在东晋末年、刘宋初年这样一个历史时期，尽管他中年以后弃官归隐，在《与子俨等疏》中写出"偶爱闲静，开卷有得，便欣然忘食。见树木交荫，时鸟变声，亦复欢然有喜。常言：五六月中，北窗下卧，遇凉风暂至，自谓是羲皇上人"的语句，似乎与当时的世局完全隔绝。但陶渊明却未能做到与世相忘。他在东晋末年目睹桓玄、刘裕的篡弑行为，不胜愤慨，写下了《拟古》诗中的"饥食首阳薇，渴饮易水流"、《读山海经》组诗中的"精卫衔微木，将以填沧海"等寄寓愤世之意的诗句，并通过《述酒》等诗表达他对篡弑事件极端痛恨和控诉，表现了一种绝不合作的精神。辛词对陶渊明愤世嫉俗的态度做出评价，认为"都无晋宋之间事，自是羲皇以上人"。"都无"二字的解释，有说是"若无"，有说是"全无"，无论何种解释，其实都可表明辛词中的陶渊明，虽是晚年归耕，不计较贫困，并与邻里保持极其真率友好的关系，但在他自诩"羲皇以上人"的同时，还不能把"晋宋之间事"置于身外。这首词作于庆元党禁时期，显然是肯定陶渊明的愤世的一面，是有感而发，针对着党禁时期的黑暗政治而言。陶渊明不能忘怀世事，而辛弃疾这位以天下事为己任的英雄人物难道会对世局全然忘怀吗？他说陶诗"千载后，百篇存，更无一字不清真"，又说"若教王谢诸郎在，未抵柴桑陌上尘"，对陶渊明崇敬非常，而对"王谢诸郎"则给予相当的蔑视，如果说有所影射的话，也一定是指庆元间热衷名利、甘心投靠韩侂胄的人们。

（三）庆元三年（1197）底所公布的"伪学逆党籍"中，辛弃疾既没有挂名其中，这已表明他不是伪学中人，自然不应再受到朱熹等在籍人物同样的禁锢。在韩侂胄及其党羽看来，伪学籍公布后，他们要重点打击的主要政敌是朱熹等伪学中人，而对于不属于赵、朱一党的人物，则应尽量拉拢，至少也应表示某种善意。所以，相比之下，在绍熙五年（1194）之后，韩侂胄党羽弹劾辛弃疾的种种借口，到此便算不上什么问题，可以免于追查。

于是，庆元四年（1198），辛弃疾的集英殿修撰、主管武夷山冲佑观的职名和祠官便都恢复了。

辛弃疾作了一首词，对突然而至的宽宥发表感想：

> 老退何曾说着官，今朝放罪上恩宽。便支香火真祠俸，更缀文书旧殿班。　　扶病脚，洗衰颜，快从老病借衣冠。此身忘世浑容易，使世相忘却自难。
>
> ——《鹧鸪天·戊午拜复职奉祠之命》①

对时局方面的变化，及其复职奉祠的原因，他的心中有数。但他却把"今朝放罪"归为"上恩"宽贷的结果。这其中并未对韩党有任何感激的表示，同时又摆出一副认真准备当官的样子：支香火，缀文书，借冠带袍履。其实复职也好，奉祠也好，只是支领一半俸禄，并不曾也不会改变他目前山间闲居的状况。他的颇带戏谑的词句，不过是对突然降临的恩遇开一个玩笑而已。

---

① 《辛弃疾集编年笺注》卷一三，第 1501 页。

第十八章　借歌词为反抗压迫之具

一　与铅山友人的往来酬唱

（一）庆元五年（1199）、六年，辛弃疾在铅山山间度过了一段平静安然的赋闲生活。不管尘世如何纷争，毕竟尚有三二个旧友新知，可以说文论道。

朱熹大约庆元四年底从避难场所回到建阳，十二月，上章请求致仕。《朱子年谱》记载，朱熹"以明年年及七十，初疑犹在罪籍，不敢有请，继以尚带阶官，义当纳禄，具申建宁府，乞保明申奏致仕"①。庆元五年四月，有旨令其守朝奉大夫致仕。

朱熹回到建阳，已恢复了主管武夷山冲佑观名义的辛弃疾便借机前去看望。据传为朱熹所作的《济南辛氏宗图旧序》就有这样的语句："熹始得遇公于庆元戊午，公复起就职，来主建宁武

---

① 《朱子年谱》卷四。

夷冲佑观,益相亲切。"①朱熹申乞致仕并获批准的消息,辛弃疾
在邸报上应能得知,借此事由,想必有书信问候。朱熹答书则以
"克己复礼"相勉。辛弃疾后来就用这四个字作为自己在期思书
斋的名字,并写了一首《癸亥元日题克己复礼斋》的小诗。

(二)在铅山,这一时期与辛弃疾交往密切的还有这几个
友人:

赵充夫,原名达夫,字兼善,铅山人,寓居水北东山。曾知
汀州、秀州、湖州诸郡。绍熙末,因守湖州得罪宰执之亲属,罢
归故里。庆元间始终居家,筑亭二十五,放怀岩壑,若将终身。
辛弃疾绍熙元年(1190)就曾有小词送其出知汀州,即《虞美
人·送赵达夫》词,谓"看君天上拜恩浓,却怕画楼无处着春
风"②。庆元四年(1198),当赵达夫因谗返乡后,辛弃疾为其赋
"题赵兼善龙图东山园小鲁亭"之《贺新郎》词,是稼轩词中著
名的"邑中园亭,仆皆为赋此词"的六首同调词之最早的一首。
其词云:

> 下马东山路。恍临风周情孔思,悠然千古。寂寞东家丘
> 何在,缥缈危亭小鲁。试重上岩岩高处。更忆公归西悲日,
> 正蒙蒙陌上多零雨。嗟费却,几章句。　　谢公雅志还成趣。
> 记风流中年怀抱,长携歌舞。政尔良难君臣事,晚听秦筝声
> 苦。快满眼松篁千亩。把似未垂功名泪,算何如且作溪山
> 主。双白鸟,又飞去!③

---

① 《菱湖辛氏族谱》卷首所载。
② 《辛弃疾集编年笺注》卷一〇,第1171页。
③ 《辛弃疾集编年笺注》卷一三,第1502—1503页。

东山，在铅山县东三里，山高葱翠处有小鲁亭。"寂寞"二句言众人不知东家丘为何人，而我是知公者。下片"把似未垂功名泪，算何如且作溪山主"，则直言：假如做不成志在苍生的东山谢安，就不如去做溪山的主人！这是用以况比赵达夫，当然也是自况。全词感慨激昂，为赵达夫在绍熙、庆元世态巨变中的不平遭遇倍感痛惜。

吴子似，名绍古，鄱阳人，庆元四年（1198）到六年间任铅山尉，是一位颇有才干的能吏。在任时多有兴建，曾创居养院，救济贫民和旅途穷困者，又创撰《永平志》，搜罗地方典实。辛弃疾也在一首《破阵子·硖石道中有怀吴子似县尉》的词中称赞吴子似"莫说弓刀事业，依然诗酒功名"，并介绍其"时修《图经》，筑亭堠"。[①]吴子似是陆九渊的弟子，陆九渊曾为吴子似写《经德堂记》，勉励他"经德不回，非以干禄也"[②]。

辛弃疾平生敬重不事虚名、勇于践行的事功派人物。这和陆九渊的观念颇为不合。同年，他写下一首"和吴子似县尉"的《沁园春》词：

> 我见君来，顿觉吾庐，溪山美哉！怅平生肝胆，都成楚越；只今胶漆，谁是陈雷？搔首踟蹰，爱而不见，要得诗来渴望梅。还知否？快清风入手，日看千回。　　直须抖擞尘埃。人怪我柴门今始开。向松间乍可，从他喝道；庭中切莫，踏破苍苔。岂有文章，谩劳车马，待唤青刍白饭来。君

①　见《辛弃疾集编年笺注》卷一三，第1584页。
②　《陆九渊集》卷一九《经德堂记》，第235页。

非我，任功名意气，莫恁徘徊。①

这是在吴子似初次登门拜访时所写。上片是吴子似来访时作者的喜悦兴奋心情，下片是对吴子似的殷殷期望——"君非我，任功名意气，莫恁徘徊"。换句话就是：吴子似当以立功名为己志，不可如我之徘徊丘壑也。

稼轩词中，词调下署吴子似名字的词作就有十七首之多，可见辛弃疾同其友谊之笃。尽管辛弃疾同陆九渊学术见解不同，但两人毕竟多有交往。然而在吴子似这一后辈面前，辛弃疾也并不回避同陆九渊的分歧。稍后辛弃疾又有一首《水调歌头·题吴子似县尉蒇山经德堂》词，点明"堂，陆象山所名也"。词的下片，就是专门来探讨堂名"经德"二字的意义：

> 耕也馁，学也禄，孔之徒。青衫毕竟升斗，此意政关渠。天地清宁高下，日月东西寒暑，何用着工夫？两字君勿惜，借我榜吾庐。②

陆九渊在《经德堂记》文中引用了《孟子·告子章句上》的文字："古之人修其天爵，而人爵从之。今之人修其天爵以要人爵，既得人爵而弃其天爵，则惑之甚者也。"然后告诫吴子似曰："后世发策决科而高第可以文艺取，积资累考而大官可以岁月致，则又有不必修其天爵者矣。"③所谓"人爵"，指公卿大夫等名禄；而

---

① 《辛弃疾集编年笺注》卷一三，第 1506 页。
② 《辛弃疾集编年笺注》卷一三，第 1526 页。
③ 《陆九渊集》卷一九《经德堂记》，第 236 页。

"天爵"，就是"仁义忠信，乐善不倦"这些道德观念。辛弃疾言下之意，是说陆九渊虽然以功名无足轻重，而其本人却是进士出身，门下弟子也多以功名为念，毕竟这是关乎生计之事，唯有探讨宇宙自然界之变化则不关人生升斗之计，何须高谈而阔论呢？这和辛弃疾在同一时期写下的《玉真书院经德堂》诗中，写下的两句诗"却把一杯堂上笑，世间多少啖名儿"①表达了同一主旨。从中可以看出辛弃疾对陆九渊学说的不以为是，也可看出他为人的耿爽率真、直言不讳。

（三）与赵茂嘉、赵晋臣及其子侄的交往和唱和。铅山赵士衸，是永平镇北三里暇乐园最早出仕而又声名显赫的赵氏宗室。其八子皆进士出身，握麾持节，甚至位至次对。其中有二子与辛弃疾为唱和之友，即赵茂嘉和赵晋臣。

赵茂嘉名不遍，嘉靖《铅山县志》载其"仕至直华文阁。尝慕黄兼济平籴之说，立兼济仓于邑之天王寺左，州上其事，除直秘阁以旌之"，徐元杰《群贤堂赞》亦载："置兼济仓，夏籴冬粜，粜直损于籴时。闾里德之，绘像勒石祠焉。庆元间，州状其事于上，诏除直秘阁，以示旌异，继升华文。"同治《铅山县志》则载其直秘阁在庆元五年（1199）。而《永乐大典》刊其自作《兼济仓文》，有"庶穷民无艰食之忧，同此身有一饱之乐"诸语。赵茂嘉创兼济仓，是铅山的一件大事。辛弃疾亲逢此际，特作一《满江红·寿赵茂嘉郎中。前章记兼济仓事》词，以记其事：

　　我对君侯，怪长见两眉阴德。还梦见玉皇金阙，姓名

①《辛弃疾集编年笺注》卷二，第147页。

仙籍。旧岁炊烟浑欲断，被公扶起千人活。算胸中除却五车书，都无物。　　山左右，溪南北；花远近，云朝夕。看风流杖屦，苍髯如戟。种柳已成陶令宅，散花更满维摩室。劝人间且住五千年，如金石。①

永平北二里有彭溪，后流入铅山河。赵茂嘉家族就居住在彭溪北，风流杖屦，苍髯如戟，活画出一位居家努力为民做好事的乡间长者的形象。

赵晋臣名不迁，是赵士初的第四子，绍兴二十四年（1154）登进士第，官终中奉大夫直敷文阁。庆元六年（1200）初，任江西转运副使的赵晋臣罢官归来，与辛弃疾相识并成为诗酒唱酬的好友。

赵晋臣年龄比辛弃疾约大十余岁。他的归来，给辛弃疾晚年（庆元六年辛弃疾年六十一）比较寂寞的山居生活增添了新的乐趣。《稼轩词》中赠答赵不迁的词作竟至二十四首，足见二人友谊之深，感情之笃。而这些词作却几乎又都作于庆元六年以后的嘉泰元年（1201）、二年间。可以这样说，赵晋臣归来，的确激发起了他的强烈的创作欲望。

少年风月，少年歌舞，老去方知堪羡。叹折腰五斗赋归来，问走了羊肠几遍？　　高车驷马，金章紫绶，传语渠侬稳便。问东湖带得几多春，且看凌云笔健。

——《鹊桥仙·席上和赵晋臣敷文》②

---

① 《辛弃疾集编年笺注》卷一三，第1486页。
② 《辛弃疾集编年笺注》卷一四，第1718页。

老子平生，元自有金盘华屋。还又要万间寒士，眼前突兀。一舸归来轻似叶，两翁相对清如鹄。道如今吾亦爱吾庐，多松菊。　人道是，荒年谷。还又似，丰年玉。甚等闲却为鲈鱼归速？野鹤溪边留杖屦，行人墙外听丝竹。问近来风月几篇诗？三千轴。

——《满江红·呈赵晋臣敷文》①

铅山县西三里，有一座杨梅山观音石，又名积翠岩，五峰相对，是铅山的一处风景名胜。现代由于在此处采铜，挖断了擎天柱，仅余群山环绕。庆元六年（1200），赵晋臣在山上开辟佛堂，辛弃疾为作《贺新郎·用韵题赵晋臣敷文积翠岩，余谓当筑陂于其前》词：

拄杖重来约。对东风洞庭张乐，满空箫勺。巨海拔犀头角出，来向此山高阁。尚依旧争前又却。老我伤怀登临际，问何方可以平哀乐。唯是酒，万金药。　劝君且作横空鹗。便休论人间腥腐，纷纷乌攫。九万里风斯在下，翻覆云头雨脚。快直上昆仑濯发。好卧长虹陂十里，是谁言听取双黄鹄。推翠影，浸云壑。②

莽莽群山之中，擎天一柱（积翠岩）犹如沧海中拔角而出的巨犀，在云海中争前又却。九万里长空，云头雨脚，一鹗横飞而下，扫荡腐朽，如乌攫肉。这些形象化的描写，坦然显露了作者

---

① 《辛弃疾集编年笺注》卷一四，第1719页。
② 《辛弃疾集编年笺注》卷一三，第1627页。

荡涤污浊的雄心壮怀。

嘉泰元年（1201）十月十五日，为赵晋臣生日，辛弃疾应其请，为赋其生日词《念奴娇》：

> 看公风骨，似长松磊落，多生奇节。世上儿曹都蓄缩，冻芋旁堆秋瓞。结屋溪头，境随人胜，不是江山别。紫云如阵，妙歌争唱新阕。　　尊酒一笑相逢，与公臭味，菊茂兰须悦。天上四时调玉烛，万事宜询黄发。看取东归，周家叔父，手把元龟说。祝公长似，十分今夜明月。①

据《晋书》记载，颍川太守和峤为政清简，被人称为"森森如千丈松，虽磊砢多节目，施之大厦，有栋梁之用"②。而世上儿，不过是萎缩的冻芋和秋瓜。辛弃疾用以比之为党禁学禁期间趋炎附势的人士和芸芸众生，全无风骨和气节可言。

在和赵晋臣兄弟交往唱和的过程中，辛弃疾同时也和其子侄辈多有往来。其中有赵国兴、赵国宜等人。赵国兴名善郏，国宜名善郎。辛弃疾为之作《踏莎行·和赵国兴知录韵》《南乡子·送赵国宜赴高安户曹。赵乃茂嘉之子。茂嘉尝为高安幕官，题诗甚多》词。

（四）婺州金华人杜斿（叔高）再次来铅山过访。杜叔高兄弟五人，俱博学工文，人称"金华五高"。据陈亮《复杜仲高

---

① 《辛弃疾集编年笺注》卷一四《念奴娇·赵晋臣敷文十月望生日，自赋词，属余和韵》，第1698页。

② 《晋书》卷四五《和峤传》。收入《二十五史》，第148页。

（游）》书，杜叔高的诗同其兄伯高之赋同样有名："叔高之诗如干戈森立，有吞虎食牛之气。"叔高之诗大概也极富变化，各体兼备。杜叔高这次来游，盘桓一月有余。辛弃疾同他观瀑布，游云洞，饮岐亭，宿山寺，至春末始送别叔高归金华。其间作诗赋词十余首。

竹杖芒鞋看瀑回，暮年筋力倦崔嵬。桃花落尽无春思，直待牡丹开后来。

只要寻花子细看，不妨草草有杯盘。莫因红紫倾城色，便去摧残黑牡丹！

——《同杜叔高、祝彦集观天保庵瀑布，主人留饮两日，且约牡丹之饮二首（庚申岁二月二十八日也）》①

花向今朝粉面匀，柳因何事翠眉颦？东风吹雨细于尘。 自笑好山如好色，只今怀树更怀人。闲愁闲恨一番新。

——《浣溪沙·偕杜叔高、吴子似宿山寺，戏作》②

落花时节，杜鹃声里送君归。未消文字湘累，只怕蛟龙云雨，后会渺难期。更何人念我，老大伤悲？ 已而已而。算此意，只君知。记取岐亭买酒，云洞题诗。争如不见，才相见便有别离时。千里月两地相思。

——《婆罗门引·别杜叔高。叔高长于楚辞》③

① 《辛弃疾集编年笺注》卷二，第143页。
② 《辛弃疾集编年笺注》卷一三，第1591—1592页。
③ 《辛弃疾集编年笺注》卷一三，第1596—1597页。

古道行人来去，香满红树，风雨残花。望断青山，高处都被云遮。客重来风流觞咏，春已去光景桑麻。苦无多，一条垂柳，两个啼鸦。　　人家。疏疏翠竹，阴阴绿树，浅浅寒沙。醉兀篮舆，夜来豪饮太狂些。到如今都齐醒却，只依旧无奈愁何。试听呵，寒食近也，且住为佳。

——《玉蝴蝶·追别杜仲高》[①]

以上所引诸词，有一个共同点，那就是对友人的鼓励和劝勉。对此时还是布衣的杜斿，辛弃疾认为，牡丹花虽以红紫为贵，但其中也有奇异的品种，例如黑牡丹，虽无倾城之色，也决不应对它加以摧残。其关心、爱护之情溢于言表。

（五）与信上二泉赵昌父、韩仲止的交往和唱和。信上二泉是南宋中期信州的两位著名诗人：赵蕃和韩淲。

赵蕃字昌父，上饶玉山人，南渡寓居永丰县南之章泉，因自号章泉先生。据刘宰《漫塘集》卷三二《章泉赵先生墓表》载，赵昌父自淳熙十六年（1189）从衡州安仁县赡军酒库奉祠退归以后，寓居于家中三十三年。《中兴以来绝妙词选》卷四称赞说："赵昌甫名蕃，号章泉，负天下重望，屡召不起。刘后村所谓'一生官职监南岳，四海诗名仰玉山'者此也。"刘克庄原诗题为《寄赵昌父》，见载于《后村先生大全集》卷一，为刘克庄嘉定八年（1215）前后所作。全诗云："世上久无遗逸礼，此翁白首不弹冠。一生官职监南岳，四海诗盟主玉山。经岁著书人少见，有时入郭俗争看。何因樵服供薪水，得附高名野史间！"表达了无

---

① 《辛弃疾集编年笺注》卷一三，第 1605—1606 页。

比的敬仰。

庆元间，辛弃疾同赵昌父的唱和，前文已有介绍。而嘉泰间所作词，如稼轩词中长调的《哨遍》词，有一长长的题目略云："赵昌父之祖季思学士，退居郑圃，有亭名鱼计，宇文叔通为作古赋。今昌父之弟成父，于所居凿池筑亭，榜以旧名。昌父为成父作诗，属余赋词，余为赋《哨遍》……"其后，还引《庄子》的言论，研讨其文中的语义，如同一篇小型的论文。姑引其下片所言：

> 噫。子固非鱼，鱼之为计子焉知？河水深且广，风涛万顷堪依。有网罟如云，鹈鹕成阵，过而留泣计应非。其外海茫茫，下有龙伯，饥时一啖千里。更任公五十犗为饵，使海上人人厌腥味。似鲲鹏变化能几？东游入海此计，直以命为嬉。古来谬算狂图，五鼎烹死，指为平地。嗟鱼欲事远游时，请三思而行可矣。[①]

所谓鱼计亭，同治《玉山县志》卷一载："鱼计亭，赵旸父叡居郑州时所名字，宇文虚中为之赋，后四世孙葳复作亭于县之章泉，以旧赋刻石，亦以名亭。"因《庄子·秋水》中有庄子与惠子关于鱼的辩论，遂引发对庆元以来士大夫出处问题的论争，词的下片所表达的，依然是辛弃疾为鱼择地而居出谋划策：江河不可往，洋海不要赴，请鱼若事远游，尚须三思而行。这和几年前他在《水龙吟·用些语再题瓢泉……客皆为之釂》词中为泉择地的

---

① 《辛弃疾集编年笺注》卷一四，第 1762—1763 页。

心态和情趣相当一贯，并无不同。

韩仲止名淲，韩元吉（字无咎）之子。其父所居上饶南屏山上有流泉，南涧即无咎之自号，而涧泉为仲止之号。仲止以诗词鸣于信上，与赵蕃齐名。

刘克庄《后村先生大全集》卷九七《赵逢原诗序》亦盛称韩淲高节："上饶郡为过江文献所聚，南涧、方斋之文，稼轩之词，皆名世。至章泉、涧泉，又各以其诗号为大家数。然世之所以共尊翊二公，帖然无异论者，岂直以其诗哉？其人皆唾涕荣利，老死闲退，槁而不可荣，贫而不可贿，有陶长官、刘遗民之风，虽无诗亦传，况其诗自妙绝一世乎？"查韩淲以荫补官，绍熙末年，供职行在太平惠民药局，《涧泉集》卷一五有诗，题为"庆元庚申二月，药局书满。七月还涧上"云云。又《三月下旬药局书满》诗，有"卖药居吴市，人犹识姓名。自惊无遁志，谁信有浮荣"句。庚申即庆元六年（1200）。辛弃疾《贺新郎》词题称"韩仲止判院山中见访，席上用前韵"，以"判院"相称，应即指判惠民药局而言。而周文璞《方泉诗集》卷三《送涧泉》诗，亦有"长安卖药市，堇堇十载强"句。十载所指就是自绍熙至庆元六年之十一年间。

辛弃疾与韩仲止相识甚早。淳熙九年（1182）九月二十八日，辛弃疾寓居上饶带湖之初，曾在上饶南十余里的南岩会见来访的朱熹，在座的有韩仲止和其父韩无咎、上饶诗人徐安国及辛弃疾的门人范廓之等。辛弃疾特为赋《满江红·游南岩，和范廓之韵》词。

韩仲止的仕宦，和他人略有不同。自绍熙改元以后，整个庆元间皆在行在所任职于惠民药局。《涧泉集》卷一五有诗，题为:"庆元庚申二月,药局书满。七月还涧上。嘉泰元年秋,入吴试罢,冬暮得阕而归,今五年矣。"而其后,周文璞《方泉诗集》卷三《送涧泉》诗云:"长安卖药市,董董十载强。复缀守藏史,得近中书堂。"知韩仲止又在开禧间入朝,任中书门下省的"内府守藏史"一类官员。总之,其因与当权者韩侂胄有些宗族连带关系,故其出仕都在韩党执政期间。庆元党禁以来,韩仲止虽不曾与韩侂胄走得很近,却也不是反韩的斗士。迨至开禧三年(1207)韩侂胄败亡,韩仲止痛绝政敌史弥远,从此弃官,居乡不出。如《东南纪闻》卷一所云,"以荫补京官,清苦自持。史相当国,罗致之,不少屈,一为京局,终身不出,人但以韩判院称"。

庆元六年(1200)秋,韩仲止自行在归,山中见访时,辛弃疾赋《贺新郎》词云:

听我三章约。有谈功谈名者舞,谈经深酌。作赋相如亲涤器,识字子云投阁。算枉把精神费却。此会不如公荣者,莫呼来政尔妨人乐。医俗士,苦无药。　　当年众鸟看孤鹗。意飘然横空直把,曹吞刘攫。老我山中谁来伴,须信穷愁有脚。似剪尽还生僧发。自断此生天休问,倩何人说与乘轩鹤?吾有志,在丘壑。[①]

正因为韩仲止政治上倾向于韩侂胄,所以在庆元六年其暂时归乡来访席上,辛弃疾便因此约法三章,"此会不如公荣者,莫呼来

---

① 《辛弃疾集编年笺注》卷一三《贺新郎·韩仲止判院山中见访,席上用前韵》,第1630页。

政尔妨人乐"。相约与友人只谈情谊，只言丘壑而已。

刘克庄曾谓韩淲"唾涕荣利，老死闲退，槁而不可荣，贫而不可贿"[①]，这是辛弃疾敬重韩仲止，与其始终保持友谊的原因。

上饶还有一位诗人名徐文卿，字斯远，也是一位淡泊名利的人，辛弃疾庆元二年（1196）曾因其落第，写了一首《贺新郎·和徐斯远下第谢诸公载酒相访韵》给他，为之鸣不平。叶适写过《徐斯远文集序》，称："斯远与赵昌父、韩仲止，扶植遗绪，固穷一节，难合而易忤，视荣利如土梗，以文达志，为后生法。"

二　寓悲愤于歌词

（一）庆元中，辛弃疾的歌词创作进入了第二个高潮。其中庆元五年前后他为期思秋水堂所作的两首《哨遍》以及一首《兰陵王》、一首《六州歌头》，是他长调慢词中的杰作。《哨遍》词第一首是：

> 蜗角斗争，左触右蛮，一战连千里。君试思，方寸此心微。总虚空并包无际。喻此理，何言泰山毫末？从来天地一稊米。嗟小大相形，鸠鹏自乐，之二虫又何知？记跖行仁义孔丘非，更殇乐长年老彭悲。火鼠论寒，冰蚕语热，定谁同异？　噫。贵贱随时，连城才换一羊皮。谁与齐万物？庄周吾梦见之。正商略遗篇，翩然顾笑，空堂梦觉题秋水。有

① 《刘克庄集笺校》卷九七《赵逢原诗序》，第 4089 页。

客问洪河，百川灌雨，泾流不辨涯涘。于是焉河伯欣然喜，以天下之美尽在己。渺沧溟望洋东视，逡巡向若惊叹，谓我非逢子。大方达观之家未免，长见悠然笑耳。此堂之水几何其？但清溪一曲而已。①

秋水堂，在期思瓜山下的一丘一壑间，是期思居第的主要建筑。辛弃疾以"秋水"命名，自是出于《庄子·秋水》篇"秋水时至，百川灌河。泾流之大，两涘渚崖之间，不辩牛马。于是焉河伯欣然自喜，以天下之美为尽在己"诸语。《秋水》是主张"万物一齐，孰短孰长"的。河伯以一泾之流，不知北海之大，正如秋水堂前的期思溪，不过是清溪一曲。然而，又正如泰山和毫末，鹏和鸠，孔丘和盗跖，彭祖和殇子，火鼠和冰蚕，它们的大小都是相对的。从广袤的空间和时间看，世上一切斗争，也就像蜗牛一角上的蛮触之战，是为了蝇头小利而争个不休，毫无价值。在庆元党禁时期，发出这类泯没是非、取消矛盾的议论，显然是对当时所不应出现的党争现象的一种否定。

　　汉朝人贾谊作长沙王太傅，有鹏鸟飞入屋舍，止于座隅。贾谊以鹏为不祥鸟，恐自己寿命不永，乃作《鹏鸟赋》，有"野鸟入室兮，主人将去。请问于鹏兮，予去何之？……鹏乃叹息，举首奋翼，口不能言，请对以臆"等语句。辛弃疾"属得疾，暴甚，医者莫晓其状。小愈，困卧无聊，戏作以自释"，于是仿效《鹏鸟赋》，作《六州歌头》词：

---

① 《辛弃疾集编年笺注》卷一三《哨遍·秋水观》，第1529—1530页。

晨来问疾，有鹤止庭隅。吾语汝：只三事，太愁余，病难扶。手种青松树，碍梅坞，妨花径，才数尺，如人立，却须锄。（其一）秋水堂前，曲沼明于镜，可烛眉须。被山头急雨，耕垄灌泥涂。谁使吾庐，映污渠？（其二）　叹青山好，檐外竹，遮欲尽，有还无？删竹去，吾乍可，食无鱼。爱扶疏。又欲为山计，千百虑，累吾躯。（其三）凡病此，吾过矣，子奚如？口不能言臆对：虽卢扁药石难除。有要言妙道（事见《七发》），往问北山愚，庶有瘳乎？ ①

这是一首奇特的词，它假设秋水堂主人同鹤的一段对话，由主人向前来问疾的鹤解释致疾的三件事：亲手种植的松树妨碍了梅坞花径，新开池（辛弃疾庆元移居之初曾新开池，见《南歌子·新开池，戏作》）被山雨挟带泥沙灌满，竹林遮挡了看山的视线。而作者代鹤所拟的答词却是让他问北山愚公，去求一个彻底的解决办法（《列子·汤问》载，北山愚公因大山当道，率子孙开山筑路不止）。词中没有像《鵩鸟赋》那样大谈人世兴衰、万物变化以及"其生若浮，其死若休"的道理，而只是讲青松、池塘、竹林引起的烦恼，在哲学家眼中，可谓俗之又俗，而作者却因忧虑及此而致疾，所以莫名其妙，不可理解。既然"医者莫晓其状"，那么，此词主旨何在？作者想要表达的到底是什么？其实，辛弃疾之疾，就是对其居处的山水草木爱之至深，因爱而致疾，他人不晓，所以无药可医。此举既不被理解，所以他要作词

----

① 《辛弃疾集编年笺注》卷一三《六州歌头·属得疾，暴甚，医者莫晓其状。小愈，困卧无聊，戏作以自释》，第 1538 页。

自嘲。然而天下滔滔，为了功名利禄奔走尘埃，到了无所不用其极的地步，在庆元党禁时期，那些助韩攻伪的人中还少吗？作者的用意是否在于通过自嘲，反衬他对卑鄙污浊人物的鄙视呢？

　　在庆元间党禁最严酷的日子里，辛弃疾的词作别开生面，其中往往把悲愤寄寓于娱情山水之中。如果上词是写辛弃疾因爱我铅山之山、爱我铅山之水而得病，那么，作于庆元五年（1199）八月二十三日的一首《兰陵王》，则把悲愤世事的寓意几乎和盘托出。这首词前有一长序：

　　　　己未八月二十日夜，梦有人以石研屏见饷者，其色如
　　玉，光润可爱。中有一牛，磨角作斗状。云："湘潭里中有
　　张其姓者，多力善斗，号张难敌。一日，与人搏，偶败，忿
　　赴河而死。居三日，其家人来视之，浮水上，则牛耳。自后
　　并水之山，往往有此石，或得之，里中辄不利。"梦中异之，
　　为作诗数百言，大抵皆取古之怨愤变化异物等事，觉而忘其
　　言。后三日，赋词以识其异。

这篇序详载梦中的异事，并说明作词的原委。辛弃疾被张难敌斗败死后精气犹化为牛作困斗之状所感动，推广此意作下这首记梦词：

　　　　恨之极，恨极销磨不得。苌弘事人道后来，其血三年化
　　为碧。郑人缓也泣：吾父，攻儒助墨。十年梦沉痛化余，秋
　　柏之间既为实。　　相思重相忆。被怨结中肠，潜动精魄。
　　望夫江上岩岩立。嗟一念中变，后期长绝。君看启母愤所

激，又俄顷为石。　　难敌。最多力。甚一念沉渊，精气为
物，依然困斗牛磨角。便影入山骨，至今雕琢。寻思人世，
只合化，梦中蝶。①

这首词上中两片"大抵皆取古之怨愤变化异物等事"所举苌弘、
郑缓、望夫妇、启母四人都是因冤愤或抱怨而身化为石。《庄
子·外物》篇载："苌弘死于蜀，藏其血，三年而化为碧。"注解
说，苌弘是因忠而遭谮，刳肠而死。《列御寇》篇又载："郑人缓
也，呻吟裘氏之地。只三年而缓为儒，……使其弟墨，儒墨相与
辩，……十年而缓自杀，其父梦之，……既为秋柏之实矣。"武
昌北山有望夫石，为妇人送夫赴役，死而化为石。华山有启母
石，夏启生而其母化为石。以上四例中，苌弘化碧玉，玉自石
出；郑缓化秋柏之实，实与石同音；望夫妇与启母均化为石。这
四个因怨愤化为石的典故，辛词以为其变化原出于"恨之极，恨
极销磨不得"，或"相思重相忆。被怨结中肠，潜动精魄"，或
"一念中变，后期长绝"所致。下片赋张难敌虽斗败，但抵死不
屈，化作石仍为困斗之状，则全篇重点即在于赞美张难敌的斗争
精神。张难敌是失败的英雄，其身虽死，精魄长存。此词作于庆
元五年（1199）八月党禁高潮时期，是否有某种隐喻寄托呢？肯
定是有的。篇中特别写出"攻儒助墨""十年梦"字样，其为伪
学受害者及所有受韩党攻讦的群贤大鸣不平，含意是很明显的。

　　在作此词的稍后，辛弃疾又作了一首《念奴娇·重九席上》
词。亦寓讥刺之意。词云：

---

① 《辛弃疾集编年笺注》卷一三，第1546页。

龙山何处？记当年高会，重阳佳节。谁与老兵供一笑，落帽参军华发。莫倚忘怀，西风也解，点检尊前客。凄凉今古，眼中三两飞蝶。　　须信采菊东篱，高情千载，只有陶彭泽。爱说琴中如得趣，弦上何劳声切？试把空杯，翁还肯道：何必杯中物？临风一笑，请翁同醉今夕。①

据陶渊明《晋故征西大将军长史孟府君传》，孟嘉为征西大将军桓温参军，九月九日会于龙山，众僚属宾客之前，风吹落孟嘉帽，而全无知觉。桓温令左右和宾客不说破，要看他的笑话。这则故事，《晋书》《世说新语》都有记载，但都是赞美孟嘉善于周旋权臣。然而在辛弃疾看来，孟嘉落帽虽未失态，但亦仅供老兵桓温一笑而已。南宋人罗大经曾评论此词说："桓温雄猛盖一时，宾僚相从燕赏，岂应有失礼于前者？孟嘉落帽，恐如祢正平裸服掺挝嫚侮曹瞒之意。陶渊明，嘉之甥也，为嘉作传，称其在朝仗正顺，门无杂宾。则嘉亦一时之望，乃肯从温，何也？温尝从容谓曰：'人不可无势，我乃能驾驭卿。'亦颇有相靳之意。辛幼安《九日》词云：'谁与老兵供一笑，落帽参军华发。莫倚忘怀，西风也解，点检尊前客。凄凉今古，眼中三两飞蝶。'意谓嘉不当从温，故西风落其帽以贬之，若免冠然。"②罗大经认为，孟嘉以一名士，甘心受不可一世的桓温钳制，当然因其以势相临之故，所以西风有意落其帽以贬之。按罗氏解释，则词中的"点检"二字，不仅是"挑选"，还应含有"专门戏侮嘲弄某人"的

---

① 《辛弃疾集编年笺注》卷一三，第 1646 页。
② 《鹤林玉露》甲编卷一《落帽》，第 7 页。

意思。如此看来，这首词对依附于桓温的孟嘉是不客气的，词语之间含讥带刺，这对庆元党禁时期追随韩侂胄的党羽，自然有所影射。

值得注意的是这一时期，他对陶渊明的褒美和对诸葛亮的摒弃态度。在南宋理学家朱熹心目中，"孟子以后人物，只有子房与孔明"①。辛弃疾虽然也有过"东北看惊诸葛表"的语句，但在稼轩词里，最早也仅仅把他和陶渊明并列："把酒长亭说，看渊明风流酷似，卧龙诸葛。"②在其平生所敬仰的历史人物中，处于分裂时期的英雄，他只提到孙权，甚至对刘裕也不无称誉，然而对诸葛亮的隆中对策和六伐中原却只字不提。

诸葛亮在隆中议论天下大事，一开口便说不可与魏、吴争锋，只可成就霸业。建安二十三年（218）刘备夺取汉中，诸葛亮据守成都。第二年关羽出兵取樊城，诸葛亮并未实践隆中对策的承诺，率益州之众以出秦川，结果关羽孤军作战，终至败亡。到了三国鼎立，天下三分不可逆转时，虽六出祁山又何济于事？兴汉大业本应天下人共同承担，事必躬亲，又岂能挽救事业的失败？不以成败论英雄，是宋儒的迂腐之见，所以，志大才疏的张浚才会被他们捧到极高的地位。这或许是辛弃疾不能苟同的。庆元间，辛弃疾目睹时艰及侪辈的背弃，遂于词章中大加颂扬陶渊明。如：

> 一自东篱摇落，问渊明岁晚，心赏何如。……空怅望风

---

① 《朱子语类》卷一三六《历代》三，第3235页。
② 《辛弃疾集编年笺注》卷九《贺新郎·陈同父自东阳来过余，留十日，与之同游鹅湖……可发千里一笑》，第1072页。

流已矣，江山特地愁余。①

——《汉宫春·即事》

岁岁有黄菊，千载一东篱。②

——《水调歌头·赋傅岩叟悠然阁》

一尊搔首东窗里。想渊明《停云》诗就，此时风味。江左沉酣求名者，岂识浊醪妙理？

——《贺新郎·邑中园亭，仆皆为赋此词。一日独坐停云，水声山色，竞来相娱，意溪山欲援例者，遂作数语，庶几仿佛渊明思亲友之意云》③

想东篱醉卧参差是。千载下，竟谁似！④

——《贺新郎·再用前韵》

也许辛弃疾服膺陶渊明的用意，是在这场政治斗争中，坚守住阵地，不肯有稍许的动摇。所以肯为天下一出的诸葛亮成了词中屡加嘲讽的对象。在一首"题傅岩叟悠然阁"的《贺新郎》词中，他反用黄庭坚诗意：

路入门前柳，到君家悠然细说，渊明重九。岁晚凄其无

---

① 《辛弃疾集编年笺注》卷一二，第1431—1432页。
② 《辛弃疾集编年笺注》卷一三，第1559页。
③ 《辛弃疾集编年笺注》卷一四，第1746页。
④ 《辛弃疾集编年笺注》卷一四，第1749页。

诸葛，惟有黄花入手。①

黄庭坚在《宿旧彭泽怀陶令》诗中有"凄其望诸葛，肮脏犹汉相"句，辛弃疾却说，他这时心中只有陶渊明，没有诸葛的位置。另一首《玉蝴蝶》词中他又写道：

> 侬家。生涯蜡屐，功名破甑，交友抟沙。往日曾论，渊明似胜卧龙些。②

陶渊明一生没有建树什么功业，却赢得辛弃疾的敬重。反观诸葛亮，既不能恪守"不求闻达"的素志，又无力恢复中原，反不如陶渊明终老林下的操守。所以，当庆元党禁时期，许多人投靠韩侂胄之际，辛弃疾一再于诗词中称颂陶渊明。在《念奴娇》词中，他写孟嘉落帽，即如罗大经所觉察到的含讥寓贬，良具苦心。他通过"凄凉今古，眼中三两飞蝶"词句表明，古往今来，真正不为权力所动心的人物，亦即悠游于林下、高尚的情操超迈千古的，为数不多。而他所最敬慕的，就只有一度担任彭泽令的陶渊明一人而已。这也是庆元党禁时期，辛弃疾无数次地吟诵陶渊明的高风亮节的缘故。

（二）从绍熙改元以来，辛弃疾生平友好凋零殆尽。陆九渊、任诏、范成大、陈亮、马大同、王正己、范如山、陈居仁、钱之望、王自中，相继于这一期间病逝。眼看朋辈相继归于尘土，

---

① 《辛弃疾集编年笺注》卷一三，第1553页。
② 《辛弃疾集编年笺注》卷一三《玉蝴蝶·杜仲高书来戒酒，用韵》，第1607页。

进入暮年的辛弃疾所感受的寂寞可想而知。特别是在庆元六年（1200）的春天，一代理学宗师、辛弃疾的好友朱熹也在日益严酷的迫害中溘然长逝了。

朱熹病逝于这年的三月九日。辛弃疾得知朱熹去世的消息，已经进入四月份了。接到讣告时，他正在读《庄子》，就用《庄》语赋悼词《感皇恩》云：

> 案上数编书，非《庄》即《老》。会说忘言始知道。万言千句，不自能忘堪笑。今朝梅雨霁，青天好。　　一壑一丘，轻衫短帽。白发多时故人少。子云何在，应有《玄经》遗草。江河流日夜，何时了？①

这首词上半阕分明是他阅读《庄子》时的感受，《庄子·外物》说："言者所以在意，得意而忘言。吾安得夫忘言之人而与之言哉！"只有"得意而忘言"之人才可称得上知大道者。可惜自己读罢《庄子》却始终不能忘掉其千言万语，故而可笑。"梅雨"正初夏节候，与得知朱熹逝世的时间完全相符。下半阕"一壑一丘"数句，正说自家屏伏丘壑、渐入老境之际，而忽得故人噩耗，遂有"白发多时故人少"的浩叹，所寓隐痛确实因朱熹而发。汉代扬雄（字子云）作《太玄》解释《易》经。"子云何在，应有《玄经》遗草"比喻朱熹注释经传的著作必尚有未传者，而"江河"二句则概括杜甫《戏为六绝句》中"王杨卢骆当时体，

---

① 《辛弃疾集编年笺注》卷一三《感皇恩·读〈庄子〉，闻朱晦庵即世》，第1612页。

轻薄为文哂未休。尔曹身与名俱灭，不废江河万古流"语句，反讽当时攻击、禁止伪学的人们。认为朱熹必将垂名不朽，如同江河万古长流永无了时一样。

朱熹去世之时，党禁正严。《四朝闻见录》载："庆元六年，公（朱熹）终于正寝。郡守傅伯寿以党禁不以闻于朝，犹遣人以赙至，其家辞焉。"[1] 傅伯寿字景仁，淳熙间名士傅自得的不肖子（辛弃疾寓居带湖初曾有词与傅自得），庆元元年（1195）曾草诏丑诋善类。

十月，朱熹葬于建阳。《两朝纲目备要》详细记载了葬礼前所发生的事情：

> 三月甲子朱熹卒。……十月壬申葬于建阳县唐石里之大林谷。黄榦主丧礼，蔡沈主丧役。时伪党禁严，太守则韩侂胄之党傅伯寿也。然会葬者亦几千人。先是，正言施康年言："四方伪徒期以一日聚于信上，欲送伪师朱熹之葬。……今熹身已殁，其徒不忘，生则画像以事之，殁则设位以祭之，容有此事，然会聚之间必无美意，若非妄谈世人之短长，则是谬议时政之得失，望令守臣约束，仍具已施行申尚书省。"从之。[2]

在朝廷已明令守臣约束，不得聚众会葬的情况下，参与葬礼者犹有近千人，恐怕是不符合实际情况的夸大之词。理学门下在党禁

---

① 《四朝闻见录》丁集《庆元党》，第147页。
② 《续编两朝纲目备要》卷六《宁宗皇帝》，第99—100页。

期间，既已四散，且多改易衣冠，以自别于理学门徒，怎么可能不顾朝廷禁令，有勇气参加朱熹的葬礼呢？史书记载，朱熹卒后，士大夫及朱熹故旧甚至不敢表达哀悼之意，作祭文者只有不在伪学籍的两位文学大师，一位是寓居浙东会稽的陆游，另一位就是寓居铅山的辛弃疾。《四朝闻见录》又载：

> 庆元六年，公终于正寝。……时故旧莫敢致哀，陆公游仅以文祭云："某有捐百身起九原之心，倾长河注东海之泪。路修齿耄，神往形留。公殁不忘，庶其歆飨。"仅此六句，词有所避而意亦至矣。……陆公之祭文公，……不敢以一字诵其屈。盖当时权势熏灼，诸贤至不敢出声吐气，惟以目相视而已。①

从这一记载看，当时朱熹的故旧友好尚且不敢有任何哀痛不满的表示，何况诸生？所以，"会葬者亦几千人"同《宋史·辛弃疾传》中"门生故旧至无送葬者"②的记载相比较，是很不真实的。

陆游是朱熹生前友好。在庆元党禁期间，他同韩侂胄有联系，韩侂胄有意请他出山修史。江西庐陵诗人杨万里曾写诗规劝陆游："不应李杜翻鲸海，更羡夔龙集凤池。道是樊川轻薄杀，犹将万户比千诗。"③意思是作为一代大诗人，不应过分热衷名利。朱熹生前在《答巩仲至》的两封书中也曾担心陆游"迹太近，能太高，或为有力者所牵挽，不得全此晚节"，又说："放翁近报亦

---

① 《四朝闻见录》丁集《庆元党》，第147—148页。
② 《宋史》卷四〇一，第12165页。
③ 《杨万里集笺校》卷三六《寄陆务观》，第1866页。

已挂冠，盖自不得不尔。近有人自日边来，云今春议者欲起洪景庐与此老，付以史笔。……已而当路有忌之者，其事遂寝。……然在此翁，却且免得一番拖出来，亦非细事。"①虽然朱熹对陆游同韩侂胄的联系颇有微词，但陆游却仍然对朱熹的去世表达了沉痛的哀悼之情，这在举世滔滔皆欲同伪学划清界限之时，能有一位局外人站出来为朱熹之死说句公道话，已十分难得，的确显示了放翁陆游极其可贵的正义感。

早在两年前，韩党已对抗战派中著名人士如辛弃疾停止了弹劾，恢复了政治地位和名誉。但是，辛弃疾却始终不同韩侂胄有任何个人来往。至于朱熹，辛弃疾则一如既往，仍旧维持与其正常的联系。朱熹去世后，辛弃疾不顾伪学禁网，在朱熹的故旧与门生都表示缄默甚至不敢送葬的情况下，作祭文前往哭之。《宋史》本传载：

> 熹殁，伪学禁方严，门生故旧至无送葬者。弃疾为文往哭之曰："所不朽者，垂万世名。孰谓公死，凛凛犹生！"②

这篇祭文现仅存片羽如上，全文已不得见。但它的意思也和哀词相仿佛。韩侂胄党羽本以为，伪学宗师一死，朱熹的声名和学术即将一落千丈，此后便可以为所欲为地实行文化学术上的专制。然而辛弃疾的观点却全然不同，认为朱熹虽死犹生，不但不会遗臭万年，还将永垂不朽。韩愈《调张籍》诗云："李杜文章在，光

---

① 《朱熹集》卷六四，第3339、3341页。两书当作于庆元五年（1199）。

② 《宋史》卷四〇一，第12165—12166页。

焰万丈长。不知群儿愚，那用故谤伤？蚍蜉撼大树，可笑不自
量。"①辛弃疾不是理学体系中人，对政治上只尚空谈、不务实际
的倾向也并不赞成，但他反对实行党禁学禁，反对专制统治，在
大是大非面前，立场极为鲜明。他敢于公开赞扬朱熹，若非不畏
强暴而正气凛然，信念执着而不挠不屈，笃于友谊而死生不渝，
又哪里能做得到呢？

三 词体改革的新成果

庆元六年（1200）夏季过后，辛弃疾在铅山山间，继续作
词，亦有讥刺朝政、议论时事之作。他有两首《雨中花慢》，其
一题为"登新楼，有怀赵昌甫、徐斯远、韩仲止、吴子似、杨民
瞻"，词云：

> 旧雨常来，今雨不来，佳人偃蹇谁留？幸山中芋栗，今
> 岁全收。贫贱交情落落，古今吾道悠悠。怪新来却见，文
> 《反离骚》，诗《发秦州》。 功名只道，无之不乐，那知
> 有更堪忧。怎奈向儿曹抵死，唤不回头！石卧山前认虎，蚁
> 喧床下闻牛。为谁西望。凭栏一饷，却下层楼。②

扬雄虽然喜读《离骚》，却对屈原悲愤忧君、以身殉国无法理解，

---

① 《东雅堂昌黎集注》卷五，文渊阁《四库全书》本。
② 《辛弃疾集编年笺注》卷一三，第1637页。

这当然和他的政治态度有关，《汉书》记载，扬雄"以为君子得时则大行，不得时则龙蛇，遇不遇命也，何必湛身哉！乃作书，往往摭《离骚》文而反之，自岷山投诸江流以吊屈原，名曰《反离骚》"[①]。扬雄投靠新莽，《反离骚》却讥笑屈原不能回复旧都，"何必湘渊与涛濑"[②]，他不是吊屈原，分明是为他自己的"剧秦美新"行径辩护、解嘲。由是可知词的意旨在于痛斥士大夫中某些人不甘贫贱，为谋求富贵谄媚当权派。值得注意的是，词中多用散文的语言，如开头"旧雨常来"两句，就出自杜甫《秋述》诗的小序："秋，杜子卧病长安旅次，多雨生鱼，青苔及榻。常时车马之客，旧雨来，今雨不来。"[③]用以切旧时友人急于追求富贵的行径，最为贴近。"功名只道，无之不乐，那知有更堪忧"以下各句，也都是散文语言。作者为了议论，借鉴和运用散文的创作手段，在这一时期的词作中多有体现。

在党禁期间，也曾有少数和辛弃疾关系较切近的人，劝他和光同尘，与世沉浮。这首《雨中花慢》词正是通过指斥社会上趋炎附势的现象表明他的严正立场，即坚守"富贵不能淫，贫贱不能移，威武不能屈"的信条。赵昌父已弃官家居。吴子似仅做铅山县尉，不求闻达。韩仲止名淲，韩元吉之子。韩元吉生前官至吏部尚书，韩仲止却在行在任管理药局的小官。徐斯远名文卿，玉山人。叶适曾说："斯远有物外不移之好，负山林沉痼之疾。……斯远与赵昌父、韩仲止，扶植遗绪，固穷一节，难合而

① 《前汉书》卷八七上《扬雄传》。收入《二十五史》，第 326 页。
② 《扬子云集》卷五《反骚》，文渊阁《四库全书》本。《反骚》即《反离骚》。
③ 《杜诗详注》卷二五《秋述》，中华书局 1979 年版，第 2208 页。

易忤，视荣利如土梗，以文达志，为后生法。"①杨民瞻则是辛弃疾的得意弟子，其时并未出仕。这首词怀念的这几位在上饶、玉山以及行在所的朋友大都能与辛弃疾持同一信条，此词与侪辈共勉之意显然可见。

庆元六年（1200）秋九月，吴子似铅山县尉任满，辛弃疾再赋《雨中花慢》词相送：

> 马上三年，醉帽吟鞭，锦囊诗卷长留。怅溪山旧管，风月新收。明便关河杳杳，去应日月悠悠。笑千篇索价，未抵蒲桃，五斗凉州。　　停云老子，有酒盈尊，琴书端可销忧。浑未解倾身一饱，浙米矛头。心似伤弓塞雁，身如喘月吴牛。晓天凉夜，月明谁伴，吹笛南楼？②

作者用整个上半阕为吴子似的仕途忧虑。《三国志·魏书·明帝纪》注引《三辅决录》载："中常侍张让专朝政，……（孟他）以蒲桃酒一斛遗让，即拜凉州刺史。"③一斛为十斗。杜甫不是有"李白斗酒诗百篇"的诗句吗？依此推算，"千篇索价"正应为十斗亦即一斛。然而同样一斛酒，在孟他可换得凉州太守，而在吴子似，"马上三年"所吟哦成的一千篇诗，却不抵其一半（即五斗），然则今人卖官的索价又可谓远远高过了古人。正是通过这些词句，暴露了作者对赂遗盛行这样的黑暗社会现实的谴责。把

---

① 《水心文集》卷一二《徐斯远文集序》。收入《叶适集》，第214页。
② 《辛弃疾集编年笺注》卷一三《雨中花慢·吴子似见和，再用韵为别》，第1640页。
③ 《三国志·魏书》卷三《明帝纪》。收入《二十五史》，第13页。

议论藏于词意的背后，确是作词的好手段！

同一时期，辛弃疾还写了一首《西江月·遣兴》词：

> 醉里且贪欢笑，要愁那得功夫。近来始觉古人书，信着
> 全无是处。　　昨夜松边醉倒，问松"我醉何如"？只疑松
> 动要来扶，以手推松曰"去"。[①]

《孟子·尽心下》载："孟子曰：'尽信《书》则不如无《书》，吾
于《武成》，取二三策而已矣。仁人无敌于天下，以至仁伐至不
仁，而何其血之流杵也？'"孟子的疑古精神很强烈，他怀疑周武
王讨伐殷纣王之战血流漂杵的记载是否真实，其实是对武王"以
至仁伐至不仁"的真实性提出疑义。辛弃疾何以要到庆元党禁时
期才始觉悟到孟子观点的正确呢？我想，这必又是针对性很强的
感受。学术文化领域的是是非非，只有经过时间的沉淀和社会发
展的验证才能分辨清楚，自应采取较短论长、自由争论的态度，
促进其解决，采取专制压迫手段并不能证明真理必然在压迫者一
边。词的下半阕，用了辛弃疾最常见的散文笔法，即以对话的形
式，描摹词人醉后的情态，体现词人刚健不移的坚定性格。

庆元前后六年，此后宋宁宗改元嘉泰元年（1201）。这年春，
辛弃疾写了一首颇有名气的《贺新郎》词，词前有题曰："邑中园
亭，仆皆为赋此词。一日独坐停云，水声山色，竞来相娱，意溪
山欲援例者，遂作数语，庶几仿佛渊明思亲友之意云。"[②]

---

① 《辛弃疾集编年笺注》卷一三，第 1551 页。
② 《辛弃疾集编年笺注》卷一四，第 1746 页。

所谓"仆皆为赋此词"和"援例"，指的是庆元间，辛弃疾应友人之请，为铅山各处山园亭阁赋写的五首《贺新郎》，即题赵充夫东山园小鲁亭一首、题傅岩叟悠然阁二首、题傅君用山园一首、和题赵晋臣积翠岩一首。如今，独坐停云堂上，为主人献媚竞妍的溪山也要求他依照旧例为停云堂赋写一首。

辛弃疾庆元间为铅山园亭所赋各首《贺新郎》词，大都寓意深刻，其中颇能展示他这一时期词体改革的意向。

如题傅岩叟悠然阁的第二首，既有"叹人生不如意事，十常八九""谩赢得伤今感旧"伤怀语，又有"投阁先生惟寂寞，笑是非不了身前后"这样重在议论的词句。[1] 对扬雄的评价，南宋以前大都以孟子、荀卿并提，到南宋，贬之者渐多。[2] 其是是非非，一时也难以说清。这恐怕是作者有感于理学诸君子在庆元党禁时期的命运而发出的感慨吧。而词多议论，更是以文为词的显著特点。

又如题赵晋臣积翠岩的《贺新郎》词，其中有"劝君且作横空鹗。便休论人间腥腐，纷纷乌攫"的词句。意境既雄浑奇伟，又寄寓词人希望，盼有一只横空出世的鹗鸟，专司荡污涤垢之职，把人间一切腥臊臭腐的东西清除干净。

而为停云堂所作的《贺新郎》词，所寓词旨更为沉重：

甚矣吾衰矣。怅平生交游零落，只今余几？白发空垂三千丈，一笑人间万事。问何物能令公喜？我见青山多妩

---

[1]　见《辛弃疾集编年笺注》卷一三《贺新郎·用前韵再赋》，第1557页。
[2]　见郑骞《成府谈词》。收入《词学》第十辑，华东师范大学出版社1992年版，第146页。

媚，料青山见我应如是。情与貌，略相似。　　一尊搔首东窗里。想渊明《停云》诗就，此时风味。江左沉酣求名者，岂识浊醪妙理？回首叫云飞风起。不恨古人吾不见，恨古人不见吾狂耳。知我者，二三子。①

以上这些词作以及这一时期的许多词作中，除了议论入词之外，运用散文的章法、句法以及多用散文语言也是稼轩词体的重要特征之一。如《贺新郎·韩仲止判院山中见访，席上用前韵》词的开头结尾各句是："听我三章约。有谈功谈名者舞，谈经深酌。作赋相如亲涤器，识字子云投阁。""吾有志，在丘壑。"而词中则大谈高士之会不可因俗士而败兴的道理，并用了三句词"当年众鸟看孤鹗。意飘然横空直把，曹吞刘攫"，盛赞后汉祢衡辱骂曹操及侮慢刘表的气概，则此词几乎就是一篇高士论或医俗士赋。词中出神入化地借用了《世说新语》《后汉书》等书中的散文语句，其"驱使《庄》、《骚》、经、史，无一点斧凿痕"②，令熟读古代典籍者亦为之神往。

　　如果说以赋为词或以文为词的词体革新手段，在出使闽地之前，辛弃疾曾偶一为之，那么，自绍熙五年（1194）带湖归来，特别是庆元、嘉泰间寓居瓢泉之后，其风则大炽。其中以两首涉及辛茂嘉的词为主要代表，分别是：

烈日秋霜，忠肝义胆，千载家谱。得姓何年？细参辛

① 《辛弃疾集编年笺注》卷一四《贺新郎·邑中园亭，仆皆为赋此词……庶几仿佛渊明思亲友之意云》，第1746页。
② 见《词林纪事》所引楼敬思语，成都古籍书店1982年版，第310页。

字，一笑君听取。艰辛做就，悲辛滋味，总是辛酸辛苦。更十分向人辛辣，椒桂捣残堪吐。　世间应有，芳甘浓美，不到吾家门户。比着儿曹，累累却有，金印光垂组。付君此事，从今直上，休忆对床风雨。但赢得靴纹绉面，记余戏语。

——《永遇乐·戏赋辛字，送茂嘉十二弟赴调》①

绿树听鹈鴂，更那堪鹧鸪声住，杜鹃声切！啼到春归无寻处，苦恨芳菲都歇。算未抵人间离别。马上琵琶关塞黑，更长门翠辇辞金阙。看燕燕，送归妾。　将军百战身名裂。向河梁回头万里，故人长绝。易水萧萧西风冷，满座衣冠似雪。正壮士悲歌未彻。啼鸟还知如许恨，料不啼清泪长啼血。谁共我，醉明月？

——《贺新郎·别茂嘉十二弟。鹈鴂杜鹃实两种，
见〈离骚补注〉》②

辛茂嘉名勋，是辛次膺的孙子③，庆元间曾为提举福建市舶司属官，嘉泰间曾知仁和县，赴调过铅山，辛弃疾写下这两首悲壮激烈的歌词送他。

今人刘永濟先生曾有专门言论涉及第二首词，他说：

① 《辛弃疾集编年笺注》卷一三，第 1574—1575 页。
② 《辛弃疾集编年笺注》卷一四，第 1731 页。
③ 据陈柏泉《江西出土墓志选编》，辛勋为次膺孙。江西教育出版社 1991 年版，第 145 页。

　　谈此词者多以《恨赋》或《拟恨赋》相拟，以予考之，实本之唐人赋得诗，与李商隐咏"泪"之七律尤复相似。……唐人每用此体赠别。……李商隐咏"泪"之七律云："永巷长年怨绮罗，离情终日思风波。湘江竹上痕无限，岘首碑前洒几多！人去紫台秋入塞，兵残楚帐夜闻歌。朝来灞水桥边过，未抵青袍送玉珂。"此诗题只一泪字，实亦赋得泪以送别。诗中列举古人挥泪六事，句各一事，不相连续，至结二句方表达送别之意，打破前人律诗起承转合成规。稼轩此词列举别恨数事，打破前人前后二阕成规，与之正复相似。又，李诗用"未抵"字以承上作结，辛词用"未抵"字以承上之啼鸟而起下之别恨；李诗用在列举典实之后，辛词用在列举典实之前，殆所谓拟议以成其变化者欤？ [①]

《怀古录》亦曾言："（稼轩）尽是集许多怨事，全与李太白《拟恨赋》手段相似。"[②]而前所举出的《六州歌头》则是以汉赋为词。虽通篇模拟《七发》，但其中渗透着义理，杂引着经传、诸子百家之言，最终却仍然符合词的曲子音律。至如《兰陵王》，前有长篇序言记一次离奇的梦游，后有韵文赋咏其事，小序固然是典型的散文，韵文何尝不是小序的延伸和深化、变化和神化？

　　正是由于辛弃疾有意识地对词体进行了多样化的探讨，把辞赋、散文等文学体裁的创作手段融会贯通，给词体的发展变化开创了一条全新之路，如后来刘辰翁所说："稼轩横竖烂漫，乃如禅

①　刘永济《读辛稼轩送茂嘉十二弟之〈贺新郎〉词后》。收入邓广铭《稼轩词编年笺注（定本）》，上海古籍出版社 2007 年版，第 548—549 页。

②　《怀古录校注》卷中，第 61 页。

宗棒喝，头头皆是；又如悲笳万鼓，平生不平事，并尽戽酒，但觉宾主酣畅，误不暇顾。"然而，这种艺术上成熟期的到来，却正是在庆元党禁以后，是这一时期作者为了反抗政治上的压迫，抒写胸中久郁的不平之气，适应词中多议论、多说理、多抚时感事、多讥刺嘲讽的需要而产生的一种文学现象。

赋咏停云堂的《贺新郎》词正是这一时期以文为词的代表作。这首词所表达的意旨与前数首同调词基本一致，词中斥责江左沉酣于名利的士人是虚伪的名士，作者感叹知音的稀少，发出了"不恨古人吾不见，恨古人不见吾狂耳"的豪壮言辞，以表达心中极度的愤慨和狂放之态。以语录、史传的原文，略加改动，即成华章，充分展现了调动散文语言的功力，无怪乎其流传之广。

辛弃疾于绍熙四年（1193）在临安结识的友人张镃读到这首词，曾作了一首和章。张镃字功父，号约斋，寓居临安，是循王张俊的曾孙，当时后起的优秀诗人。他的和词是：

> 邂逅非专约。记当年、林堂对竹，艳歌春酌。一笑乘鸾明月影，余事丹青麟阁。待宇宙、长绳穿却。念我中原空有梦，渺风尘、万里迷长乐。愁易老，欠灵药。　　别来几度霜天鹗。厌纷纷、吞腥啄腐，狗偷乌攫。东晋风流兼慷慨，公自阳春有脚。妙悟处、不存毫发。何日相从云水去？看精神峭紧芝田鹤。书壮语，遍岩壑。[①]

---

① 张镃《贺新郎·次辛稼轩韵寄呈》。转引自《全宋词》，中华书局1965年版，第2137页。

张词回忆了在临安相识聚会之乐，盛赞辛弃疾一念一意在于恢复中原、还我河山的凌云壮志，肯定其反对派别倾轧的态度，认为辛弃疾有东晋人物的流风余韵、慷慨悲歌之概；同时也反映出，辛弃疾这几首"书壮语，遍岩壑"的《贺新郎》词，其影响早已超越铅山，如有脚阳春一般，传播于更广泛的地域。

第十九章　稜层势欲摩空

一　与傅岩叟、傅君用的友谊

（一）铅山县南七里，是辛弃疾友人傅岩叟的居址。傅岩叟名为栋，自幼研习儒学，有不凡的抱负，成年以后要一展平生"爱人利物"之志。可惜未能实现，其志向受抑而不伸，所谓"以物视物则忤，以身体物则仁。人有冻馁，若己不饫温；人有困苦，若己不安适。是不以己为己，而以物为己"。这是说，当傅岩叟有志可伸，首先便是为乡里做好事。其言有曰："士有穷达，道无显晦。""乃以是理施之家，而达之乡。"辛弃疾同傅岩叟的交往始于庆元二年（1196），傅岩叟向辛弃疾赠送睡香花，约请其前往赏花，而辛弃疾则有宝剑之回赠。见所赠的七绝一首：

镆耶三尺照人寒，试与挑灯子细看。且挂空斋作琴伴，未须携去斩楼兰！①

　　庆元四年（1198）铅山遭遇灾荒，稻谷连年不熟，老百姓嗷嗷待哺。州家遣官吏到县劝富户开仓赈济。②而百姓却说，傅岩叟不等州县发话，早已率先捐直发廪，并且遍谕乡豪，闭籴无助于恤灾。对于傅岩叟的义举，在州县将其事迹逐级上报后，辛弃疾也以其在朝中的影响，欲通报当权者，授予岩叟官职，以表彰其善行。傅岩叟以非其志推辞，辛弃疾也只好作罢。但内心深处对傅岩叟却颇为加敬。此后，两人的交往增多，辛弃疾赠予傅岩叟的词作也较之前大增。

　　县南七里玉虚观前，是傅岩叟的住处。庆元五年，傅岩叟在家里建了一个悠然阁，辛弃疾后来特作"题傅岩叟悠然阁"之《贺新郎》词，为其阐释建阁的命名之意：

　　　　路入门前柳。到君家悠然细说，渊明重九。岁晚凄其无诸葛，惟有黄花入手。更风雨东篱依旧。陡顿南山高如许，是先生挂杖归来后。山不记，何年有？　是中不减康庐秀。倩西风为君唤起，翁能来否？鸟倦飞还平林去，云自无心出岫。剩准备新诗几首。欲辨忘言当年意，慨遥遥我去羲农久。天下事，可无酒！③

陶渊明九月九日出东篱赏菊，忽值郡守前来送酒，遂饮醉而归的

----

① 《辛弃疾集编年笺注》卷二《送剑与傅岩叟》，第105页。
② 见陈文蔚《克斋集》卷一〇《傅讲书生祠堂记》。
③ 《辛弃疾集编年笺注》卷一三，第1553—1554页。

故事，天下文人学士皆知，而"采菊东篱下，悠然见南山"的诗句更是天下人尽知。下片的"是中不减康庐秀。倩西风为君唤起，翁能来否"各句，乃是将陶潜翁视为彼此的相知同道。而在同时写就的另一首《贺新郎·用前韵再赋》词的上片，辛弃疾写道：

> 右手淋浪才有用，闲却持螯左手。谩赢得伤今感旧。投阁先生惟寂寞，笑是非不了身前后。持此语，问乌有。①

"投阁先生"者，汉代的扬雄也。扬雄受刘歆等谄媚王莽的牵连，乃从校书阁上投下，几乎身死。其时，南宋的理学宗师朱熹刚去世不久，而围绕学术泰斗的是是非非，其生前身后，纷纷扰扰，正在争执不休。而傅岩叟与辛弃疾，对这些纷争，予以高度的关注。在别一首《水调歌头·赋傅岩叟悠然阁》词中，辛弃疾又写下"回首处，云正出，鸟倦飞。重来楼上，一句端的与君期"②等语，显示作者在激烈的党争之下，始终未能漠然置身度外的一种心态。

　　傅岩叟大概小辛弃疾十余岁，进入嘉泰以后，辛弃疾还作过一首《念奴娇·赋傅岩叟香月堂两梅》词，再次表达对傅岩叟人格高尚的敬意。

　　香月堂也在傅岩叟居址内，因其园内有两棵白梅而命名。陈文蔚《克斋集》有一首诗，是写给傅岩叟的："曾共傅岩孙，同坐

---

① 《辛弃疾集编年笺注》卷一三，第 1557 页。
② 《辛弃疾集编年笺注》卷一三，第 1559 页。

傅岩石。纪游未抄寄，双梅解相忆。天涯思美人，折花陡岑寂。所幸柱上题，如新未陈迹。"并在诗后写有小注："双梅在岩叟家香月堂，清古可爱。昌甫每与稼轩同领略之，柱为稼轩题。"诗是写在辛弃疾身后的嘉定初，所以，"天涯"以下各语，都是怀念辛弃疾的诗句。

香月堂词，上片写了一个"香"字，下片写了一个"月"字。"疏影横斜，暗香浮动，把断春消息"，是写梅香。下片"香山老子，姓白来江国。谪仙人字，太白还又名白"，只写了白字。^①而楚两龚之洁，自与汉代的关心世务及后来仙去的梅福并不相同。

在辛弃疾笔下，傅岩叟就是以这样的高尚人格赢得了尊敬。

（二）辛弃疾庆元六年（1200）冬所和傅君用的两首词分别是：

> 是谁调护，岁寒枝？都把苍苔封了。茅舍疏篱江上路，清夜月高山小。摸索应知，曹刘沈谢，何况霜天晓！芬芳一世，料君长被花恼。　惆怅立马行人，一枝最爱，竹外横斜好。我向东邻曾醉里，唤起诗家二老。拄杖而今，婆娑雪里，又识商山皓。请君置酒，看渠与我倾倒。
> ——《念奴娇·余既为傅岩叟两梅赋词，傅君用席上有请云："家有四古梅，今百年矣，未有以品题，乞援香月堂例。"欣然许之，且用前篇体制戏赋》^②

---

① 见《辛弃疾集编年笺注》卷一三，第1561页。
② 《辛弃疾集编年笺注》卷一三，第1564页。

　　　　曾与东山约。为鲦鱼从容分得，清泉一勺。堪笑高人读
　　书处，多少松窗竹阁，甚长被游人占却。万卷何言达时用，
　　士方穷早与人同乐。新种得，几花药。　　山头怪石蹲秋鹗。
　　俯人间尘埃野马，孤撑高攫。拄杖危亭扶未到，已觉云生两
　　脚。更换却朝来毛发。此地千年曾物化，莫呼猿且自多招
　　鹤。吾亦有，一丘壑。

　　　　　　　　　　　　——《贺新郎·题傅君用山园》①

　　前一首词是用"赋傅岩叟香月堂两梅"词体例的再和词，其词意
是说：是谁来营护四棵古梅？江上之路疏篱茅舍。暗中摸索，亦
应得知，何况霜天早晓？下片则云：我本爱梅，曾于醉中唤起诗
中李公、白公二老。而如今，又在茫茫雪中，识得商山四皓。这
首词仍然沿用赋写两梅体例：上片写香，下片赋月。

　　傅君用的山园，位于铅山县南四里（即今永平镇南）傅家
山，铅山河流经其前。当庆元四年（1198）前后，辛弃疾为友人
赵达夫赋东山园小鲁亭时，即曾对赵达夫"遄归故里""放怀岩
壑，若将终身"大加称颂，写下"把似未垂功名泪，算何如且作
溪山主"的名句。现在，他题写傅君用山园，先就从东山写起：
"曾与东山约。为鲦鱼从容分得，清泉一勺。"鲦鱼出游，即《庄
子》所载庄、惠之间的那篇关于"鱼乐"谁知问题的讨论。士虽
穷，却如东晋的退休宰相谢安石那样，仍然要与人同乐。

　　"山头怪石蹲秋鹗。俯人间尘埃野马，孤撑高攫。拄杖危亭
扶未到，已觉云生两脚。更换却朝来毛发。"这几句实写傅家山

_____

① 《辛弃疾集编年笺注》卷一三，第 1625 页。

高处的险峻，恐怕也有暗示时局险恶的用意。高适作诗，称"楚人陈章甫继《毛诗》而作《史兴碑》，远自周末，迨乎隋季，善恶不隐，盖国风之流。未藏名山，刊在乐石，仆美其事而赋是诗焉"。其诗中有句云："我来观雅制，慷慨变毛发。季主尽荒淫，前王徒贻厥。东周既削弱，两汉更沦没。西晋何披猖，五胡相唐突。作歌乃彰善，比物仍恶讦。感叹将谓谁？对之空咄咄。"[①]辛弃疾的"换却朝来毛发"，如同"慷慨变毛发"，言登高而涉险，几乎导致登山者发白胆破之意。这和高适《同观陈十六史兴碑》诗之观史而毛发俱变一样，皆为身处疑难之际生出的感慨。这在庆元党禁之时，似为应有的感受。

乾隆《铅山县志》卷一五载，铅山县南一都为傅家山。而前一首词中曾有"我向东邻曾醉里，唤起诗家二老"，所谓"东邻二老"，即借指傅岩叟居址之二古梅。因此，地志所载的一都傅家山，应即傅君用山园。这是我们在此之前所知道的关于傅君用生平的唯一消息。

（三）2018 年年底，好友寄给我一份铅山新出土有关傅君用生平的石刻文字，十分罕见。现把这份石刻全文列于此处：

> 年月日，傅商弼治寿藏于鹅湖乡第四都之陈原。生于□□，时年七十有六。恐将来子孙，习于世俗之弊，过有僭礼，故预为终制。
>
> 予娶赵氏，亡已十五年。生子皆不育，惟茂良一人，甫

---

① 高适《同观陈十六史兴碑》（并序）。收入《全唐诗》卷二一二，上海古籍出版社 1986 年影印版，第 499 页。

冠，未娶而亡。以族孙炎为后。女一人，适从事郎赵枟夫，已亡二十年。庶子节。孙男三人。

余少而好学，限于有司程度而不遇，无行事可纪，将来不必求志铭于他人，亦不得受人谀美挽章，只填死葬年月日，附葬祖妣茔所。余少学礼，又尝学佛教，今明圣人之礼，以示子孙，使不得违。辩佛氏之非，使之不惑。别书于壁，仍自预为铭曰：

少而好学，志也。老而不遇，命也。厚葬之僭，礼不可违也。佛老之非，当破千载之惑也。

右《寿藏铭》，先君所自作也。往年，先君尝亲题《宗谱》云："始祖岩生四子，仕南唐，官至宣徽使，与宰相徐铉议不合，出为信州刺史，卒于郡治，葬于旁罗，子孙因家焉。一子（诜）迁东洋，先君其七世孙也。曾祖（抗）、祖（缜）皆不仕，父（钦时）赠承事郎。生三子。"

先君讳商弼，字君用，居次。生于绍兴之戊寅五月丁卯日，卒于端平之甲午十月辛巳日，享年七十有七，在正寝也。绍定六年秋，尝预卜寿穴二所，一曰陈原，一曰谢坞，皆其平生所注意者。今年秋九月，一病寝革。未殁前一日迟明，自知将终，折简以命方生志，遂有"病躯危笃，昨来所托写遗文，可急来，忍死以待，为书于壁，以示子孙"之语。其文即所为《寿藏记》是也。起视其书，反卧而逝，了然不乱。节痛思治命，欲不逾月，而葬于陈原。卜不吉，且为日甚迫，事弗克集。因友人王明甫质疑于克斋陈先生，先生者，先君之所敬畏者也，亦以为礼贵从宜，择吉地而葬之可也。节遂改卜于谢坞，亦所以承先志也。其地坐坤甲而面寅甲，于阴阳家为宜，且密迩稼轩先生之佳城，生得其所亲，葬得其所依，洋源有灵，亦必安安。遂用是年十二月壬午日襄事焉。惧后人不知此心，敬序其颠末如右云。

这篇奇文题为《宋儒生傅处士寿藏铭》，是以其子傅节跋文的形式代替墓埋铭。

据此文及其他资料得知：傅君用名商弼，铅山县鹅湖乡东洋人。其祖父傅缜，因发廪赈济被称为"傅长者"，入选历代《铅山志》的群贤堂。其师友陈文蔚（号克斋先生）、余大雅（朱熹门人），都是当地的学者诗人。傅君用名字皆有用世之义，而遗嘱却以平生无遇，不可求铭溢美，匿迹销踪，自甘淡泊，只求"密迩稼轩先生之佳城"，即薄葬于辛弃疾墓地附近。遗愿有"生得其所亲，葬得其所依"语，不仅是辛弃疾生前的诗友，而且生死相依于辛弃疾，也是极为难得的奇士奇闻了。

二　苍壁的现身

（一）庆元六年（1200）十二月，诏改翌年为嘉泰。执政的韩侂胄意欲试行新政，当伪学禁正严之时，朝廷内部却在酝酿改革，韩侂胄实行了七年的党禁学禁即将解除。

庆元党禁以来，韩侂胄把"海内知名士"自赵汝愚、朱熹、彭龟年以下，用逆党、伪学的名义斥逐贬死，不可胜数，极不得人心。嘉泰改元后，韩侂胄渐生悔意，为了收买人心，也为了免于将来的报复之祸，同时在他心中又渐渐产生了同金国作战恢复中原巩固权位的念头，他做出了同伪学党人和解的姿态，开始松弛并解除了党禁。据史书记载，宣布解除党禁是在这年二月。促成党禁解除的具体因素是：

其一，《两朝纲目备要》卷七载："初，学禁之行也，京镗、何澹、刘德秀、胡纮四人者，实横身以任其责，为韩侂胄斥逐异己者，群小附之，牢不可破。庆元五年二月，纮罢吏部侍郎，七月，德秀自吏部尚书出知婺州，六年八月，镗以左相死于位，去年七月，澹罢知枢密院事。魁憸尽去。侂胄亦厌前事，欲稍示更改，以消中外意。时亦有劝其开党禁以杜他日报复之祸者，侂胄以为然。……是春，赵汝愚追复资政，于是党人之见在者……咸先后复官自便，或典州、官观。"[1]不仅如此，韩侂胄政权的另一重要支柱右丞相谢深甫也在嘉泰三年（1203）正月罢相。

其二，据《宋史·韩侂胄传》，当时力主"不弛党禁，后恐不免报复之祸"的，是张孝伯，嘉泰二年正在知隆兴府任上。[2]另一位与党禁解除有直接关系的人物是陈景思，嘉泰二年在朝为官，两人都与韩氏有亲戚关系。

其三，当时有劝韩侂胄立盖世功名以自固者。据《齐东野语》卷三《诛韩本末》记载，韩侂胄倾向抗金由来已久，"孝宗锐意恢复。……侂胄习闻其说，且值金虏浸微，于是患失之心生，立功之念起矣"[3]。而用兵必须巩固后方，稳定内部，这也是韩侂胄松弛伪学禁的重要原因之一。

---

[1] 《续编两朝纲目备要》卷七《宁宗皇帝》，第124页。
[2] 见《宋史》卷四七四《奸臣》四，第13774页。
[3] 《齐东野语》卷三，第51页。

　　韩侂胄解除学禁，实行同反对派的政治和解，将内部矛盾移向民族矛盾，这种政策上的一百八十度大转弯，具有重大的意义，它不仅受到爱国人士的欢迎，也受到理学家和四方名士的欢迎。从宋孝宗隆兴和议以来，南宋向金国输纳岁币已经三十七年，爱国志士和全国人民所盼望的北伐中原的一天始终没有到来。韩侂胄用事八年以后，调整政策，团结爱国人士和反对派人士，有利于加强抗金力量，符合国家和民族的利益。不管韩侂胄是否别有用心，他这种转变，毕竟值得称赞，一切正直的爱国者是应给予相应的支持的。据记载，当时不但辛弃疾、陆游等爱国人士对庆元党禁的解除深感欣慰，被废斥的理学中人包括在籍的庆元党人，如徐谊、薛叔似、楼钥、何异、叶适、吴猎、詹体仁等也都应韩侂胄之召，以出任州郡等地方官员的行动表示对党禁解除的支持。

　　当然，士大夫中甘于偏安江左，维持同金国的和议，反对用兵北伐的人也是有的。大约在绍熙间，杨万里就曾写出两首诗，明确表示，反对破坏南北之间的和议，美化南宋同金国的和平局面。诗写道：

　　　　中原父老莫空谈，逢着王人诉不堪。却是归鸿不能语，一年一度到江南。

　　　　　　　　　　　　　　　　——《初入淮河四绝句》[1]

　　　　佛狸马死无遗骨，阿亮台倾只野田。南北休兵三十载，

————————

[1]《杨万里集笺校》卷二七，第1404页。

桑畴麦垄正连天。（元颜亮辛巳南寇，筑台望江，受诛其上，土人云）

——《过瓜洲镇》[1]

杨万里后来为反对韩侂胄用兵，绝食而死，反映出士大夫人士中守旧无所作为的浓厚意识。

（二）辛弃疾移居瓢泉的晚期，即嘉泰元年（1201），在秋水堂所在期思岭的山深之地发现了一处石壁，深得其喜爱，遂命名为苍壁。作有《千年调》词，调后小序曰："开山径得石壁，因名曰苍壁。事出望外，意天之所赐邪？喜而赋。"全词云：

左手把青霓，右手挟明月。吾使丰隆前导，叫开阊阖。周游上下，径入寥天一。览玄圃，万斛泉，千丈石。　　钧天广乐，燕我瑶之席。帝饮予觞甚乐："赐汝苍壁。"璘珣突兀，正在一丘壑。余马怀，仆夫悲，下恍惚。[2]

苍壁，在期思岭山后三里，一半路程须在山间行走。除上词及以下《临江仙》词外，《铅山县志》及诸书皆无记载。然此石壁历经近千年风雨的洗磨，至今犹存。恐怕是藏在深山无人识的缘故吧。自五堡洲北行至横畈，亦即期思渡之西，期思岭南之花园里中，深入三里，北山中有一石壁，突兀立于山间，斑斓耀目，与山间他石颇异，当地人称之为乌石公，高十余米，与此词所谓

① 《杨万里集笺校》卷二七，第1394页。
② 《辛弃疾集编年笺注》卷一四，第1742页。

"璘珣突兀，正在一丘壑"堪堪相似。2012年10月，我和上饶师院的一位教授在村干部指引下，披荆棘，分茅草，效辛弃疾当年的"开山径"而行，在山中访得此石。作者开山径得苍壁事，《临江仙》词小序既以抚州的岩石、玲珑山之胜对比，可知必始于辛弃疾为好友何异赋浮石山庄的《洞仙歌》词之后。其事当在嘉泰元年（1201）间。

《临江仙》词的题目是："苍壁初开，传闻过实。客有来观者，意其如积翠、清风、岩石、玲珑之胜，既见之，乃独为是突兀而止也，大笑而去。主人戏下一转语，为苍壁解嘲。"借此词题可知：当苍壁最初现身于世时，见者皆以为不过山中一小石壁而已，无不大笑而去。见之者既对苍壁的现身全无感觉，辛弃疾遂再作词，对苍壁的价值再作引申和诠释：

> 莫笑吾家苍壁小，棱层势欲摩空。相知惟有主人翁。有心雄泰华，无意巧玲珑。　　天作高山谁得料？《解嘲》试倩扬雄。君看当日仲尼穷。从人贤子贡，自欲学周公。[①]

积翠岩，在铅山县旧治永平镇西四里，巨石十余丈屹立，傲视诸山，又名状元峰。然而它毁于20世纪经济开发中。清风峡，在铅山县永平镇西北六里，两山对峙，中有清风洞，北宋状元刘辉读书于此。遗迹残存。岩石和玲珑，都是何异浮石山庄的山名。据道光《崇仁县志》卷二记载，抚州崇仁县二十三都有岩石山，在县东南二十五里。何异在此做浮石山庄，榜称三山小隐，即所

[①]《辛弃疾集编年笺注》卷一四，第1744页。

谓浮石、玲珑、岩石三峰者,《直斋书录解题》卷八谓:"三山者,浮石山、岩石山、玲珑山,其实一山也。……其山闻今芜废矣。"《崇仁县志》卷二则称山庄毁于元至元元年(甲子,1264)。这三处石山,在当时闻名遐迩。历经近千年的沧桑巨变,或摧毁或湮灭于草莽中。而苍壁,在辛弃疾始发现的当时,就遭到友人的嘲笑,其名不扬。然而,它久晦而终显,是由于一位长期在铅山县工作的有心人发现了它。享有盛名者毁于一时,微不足道却大放光彩,历史终究不会埋没英杰不凡者。

上饶山岩,多石灰岩性质,颇易风化残蚀。辛弃疾自淳熙九年(1182)寓居信州以后,所能寻奇觅胜,多为石英石一类岩壁,故能历久而不蚀不腐。苍壁及其主人之英杰不凡,也是历久而后知。

《诗经·周颂·天作》有句云:"天作高山,大王荒之。"[1] 据《毛诗》的注疏,知所谓"高山",实指周代先王极为尊崇的岐山,而为文王有之。"天作高山谁得料",天生苍壁,虽不足以和岐山以及泰山、华山相比拟,然而其雄心壮志,却也是不屑与浮石、岩石、玲珑山的奇巧为伍的。这种心态,又有谁能理解?当孔子穷困潦倒之时,有不少人说过孔门弟子子贡贤于仲尼的话。然而孔子任凭他人评说,只是自称要学周公而已。

辛弃疾在这首词中,并没有用写实的笔法,去详尽描绘苍壁的雄姿,如何与期思岭他石均有不同,又如何俯视众石的存在。然而,这块奇石,却在众人的嘲笑中,志存高远,以其平常的心态,向往崇高的岐山、泰山、华山。显然,这是辛弃疾以奇石寄

---

[1] 《毛诗正义》卷一九《天作》。收入《十三经注疏》,第585页。

托理想信念。这种创作手段，是完全符合庆元党禁以来，辛弃疾
在日益强化的学禁党禁中顽强不屈的精神状态，同时也是其人格
魅力的集中反映。

悲壮的晚年——为恢复事业所做的最后努力

第二十章　为抗金出山

一　第二次复出

虽然在此之前，辛弃疾曾多次受到韩侂胄集团的排斥和政治报复，而辛弃疾也在言行方面表达了反对庆元党禁、反对政治迫害、反对学术文化禁锢的态度，并且屡屡抨击时政，对依附于这一集团的群小予以讥讽、揭露，然而一旦韩侂胄改变这种不得人心的政策，并且决定从国内团结的愿望出发实行恢复中原的战略决策，辛弃疾就不能不改变态度，从反对转向赞同。嘉泰二年（1202）八月，袁说友自吏部尚书除同知枢密院事，辛弃疾曾撰写了一篇贺启，借祝贺之机表达了他的意愿。贺启有云：

> 畴咨兵本，眷用老成。清乎尚书之言，久受知于南面；任以天下之重，爰正位于中枢。明良庆千载之逢，宗社增九鼎之重。……

> 共惟某官，……维时宥密，并注安危。智勇若子房，乃
> 能决胜于千里；文武非吉甫，孰当为宪于万邦？今而付之真
> 儒，上将属以大事。尽发所蕴，聿观厥成。复郓、谨、龟阴
> 之田，请从今日；致唐、虞、成周之治，何待来年？①

袁说友字起岩，本是建安人，寓居湖州安吉，自号东塘居士。绍熙四年（1193）辛弃疾任太府卿，袁说友以直显谟阁知临安府，又以知临安府兼太府少卿，与辛弃疾同官。袁说友在庆元党禁时期虽并无攻伪表现，却颇得韩侂胄信任。启中"复郓、谨、龟阴之田，请从今日；致唐、虞、成周之治，何待来年"，明确表达对韩侂胄北伐意向的赞同和支持。

党禁解除之前，辛弃疾在山中与来访的客人基本上是不谈政治，也很少涉及时事。他尤其厌烦谈功名谈利禄的俗客。他在一首苦俗客的《夜游宫》词中说：

> 有个尖新底，说底话非名即利。说得口干罪过你。且不
> 罪，俺略起，去洗耳。②

友人韩仲止山中来访，辛弃疾于席次赋《贺新郎》云："听我三章约。有谈功谈名者舞，谈经深酌。作赋相如亲涤器，识字子云投阁。……医俗士，苦无药。……自断此生天休问，倩何人说与乘

① 《辛弃疾集编年笺注》卷五《贺袁同知启》，第441—442页。
② 《辛弃疾集编年笺注》卷一三《夜游宫·苦俗客》，第1635页。

轩鹤？吾有志，在丘壑。"①

　　然而到了庆元党禁解除后，辛弃疾思想上活跃起来，他感到形势的发展有可能推动举国上下一致努力实现北伐，恢复中原失地。作为一个矢志不渝随时准备投身于北伐大业的爱国志士，到了新的历史转折时期，他自然而然地为逝去的时光惋惜，为自己的衰老感到痛心。当友人慨然来谈功名的时候，他不仅不再予以拒绝，还追念少年时事，写出了一首极其雄壮而又极其沉郁悲凉的词《鹧鸪天·有客慨然谈功名，因追念少年时事，戏作》：

　　　　壮岁旌旗拥万夫，锦襜突骑渡江初。燕兵夜娖银胡䩮，汉箭朝飞金仆姑。　　追往事，叹今吾，春风不染白髭须。却将万字平戎策，换得东家种树书。②

词人回忆壮岁往事：旌旗之下统率了上万人的部曲，并率领了这些壮士突骑渡江。追昔抚今，感慨良多：四十年往事如烟消散，当年英姿飒爽的壮士如今成了一个须发皆白的老人，一个不得不丢弃满腹文韬武略却学老农种树的闲人。这种悲剧岂不完全是由腐败无能而又不思进取的朝廷所造成的吗？

　　这一年五月生朝，辛弃疾作了一首生日书怀的《临江仙》词：

①《辛弃疾集编年笺注》卷一三《贺新郎·韩仲止判院山中见访，席上用前韵》，第 1630 页。
②《辛弃疾集编年笺注》卷一四，第 1711 页。

六十三年无限事，从头悔恨难追。已知六十二年非。只
应今日是，后日又寻思。　　少是多非惟有酒，何须过后方
知？从今休似去年时：病中留客饮，醉里和人诗。①

六十二年都在不断地进行自我否定的反思中过去了，他渴求
从今往后有一种新的生活，一种不同于去年的生活。他对未来充
满了期盼：自己执着追求了一生的愿望能在晚年实现。作者只是
检讨自己过分爱酒，这里却毫无庆元二年（1196）"因病止酒"
的意思。

韩侂胄已经决定促成这位抗金人士中最孚威望的老英雄出
山，用以号召广大的爱国志士拥护和响应北伐。辛弃疾的起用，
被任命为何种职务，只是时间早晚和形式上安排的问题了。

对于是否应韩侂胄之请，垂老之际再次出山，从嘉泰二年
（1202）开始，辛弃疾犹豫已久。一方面，韩侂胄解除党禁，团
结各阶层人士共论恢复，的确具有一定的吸引力；另一方面，实
施了八年的党禁又确实使韩侂胄声名狼藉，同这样一个人物合
作，势必辱及一生的名节。可是，在南归四十年间，辛弃疾为之
奋斗的抗金事业迄未成功，现在机会来临，尽管主持其事者实非
其人，但对辛弃疾来说，这可能是他一生中最后的机遇了。

嘉泰二年秋，辛弃疾曾作一首《水龙吟》词，上片说"老来
曾识渊明，梦中一见参差是。……白发西风，折腰五斗，不应
堪此。问北窗高卧，东篱自醉，应别有，归来意"。又说"须信
此翁未死，到如今凛然生气。吾侪心事，古今长在，高山流水"。

---

① 《辛弃疾集编年笺注》卷一四《临江仙·壬戌生日书怀》，第1730页。

这时他对拟议中的再出还并未认真对待，所以词中说到谢安东山再起一事，仍有几分嘲谑："富贵他年，直饶未免，也应无味。甚东山何事，当时也道，为苍生起。"①

作于嘉泰三年（1203）元日的绝句《癸亥元日题克己复礼斋》，以及作年无考的另一首绝句《偶题》（似应题作《偶题夙兴夜寐室》），所表现的还是这位迈向晚年的烈士的衰惫之感，迟暮之感：

> 老病忘时节，空斋晓尚眠。儿童唤翁起，今日是新年。
> ——《癸亥元日题克己复礼斋》②

> 逢花眼倦开，见酒手频推。不恨吾年老，恨他将病来。
> ——《偶题》③

病中连新岁都已忘掉，要儿辈提醒呼唤；花和酒也失去了魅力，不再让人留恋，似乎一切都可不必在意。

然而，"猛士云飞，狂胡灰灭，机会之来人共知"④。嘉泰三年三月，浙东安抚使李大性被召，浙东阙帅，朝廷起辛弃疾知绍兴府兼浙东安抚使，他接受了这一职务。

这一年辛弃疾已经六十四岁。南归四十余年，垂老出山，正

---

① 《辛弃疾集编年笺注》卷一四，第 1759—1760 页。
② 《辛弃疾集编年笺注》卷二，第 172 页。
③ 《辛弃疾集编年笺注》卷二，第 173 页。
④ 刘过《龙洲集》卷一一《沁园春·送辛幼安弟赴桂林官》，上海古籍出版社 1978 年版，第 92—93 页。

如朱熹的门生黄榦所说，"明公以果毅之资，刚大之气，真一世之雄也。而抑遏摧伏，不使得以尽其才。一旦有警，拔起于山谷之间，而委之以方面之寄，明公不以久闲为念，不以家事为怀，单车就道，风采凛然，已足以折冲于千里之外"[①]，表达了当时爱国志士、各阶层群众的共同认知。

> 北陇田高踏水频，西溪禾早已尝新。隔墙沽酒煮纤鳞。　　忽有微凉何处雨，更无留影霎时云。卖瓜人过竹边村。[②]

这首题为"常山道中即事"的《浣溪沙》词，正是嘉泰三年（1203）夏辛弃疾赴浙东安抚任途经衢州常山县时所作。在词人笔下，衢州农民的生活较为安宁宽裕。虽然政治上连续发生了一些较大事件，但对社会经济生活的影响不大。

二　驳郑骞、吴企明"以病止酒于嘉泰二年"说

吴企明先生新出的《辛弃疾词校笺》中，于《水调歌头·将迁新居不成……》词的"系年"中认为：

> 邓注系本词于庆元二年，因题上有"将迁新居"，以为

---

① 黄榦《勉斋集》卷四《与辛稼轩侍郎书》。
② 《辛弃疾集编年笺注》卷一五，第 1785 页。

即是迁居期思，则又以为以病止酒亦在此年。……这则系年，大误。按，稼轩以病止酒之年，有确年可考。稼轩有七律诗《感怀示儿童》："安乐方思病苦时，静观山下有雷颐。十千一斗酒无分，六十三年事自知。错处真成九州铁，乐时能得几绚丝。新春老去惟梅在，一任狂风日夜吹。"此诗逗漏几多消息：一、写此诗时，正是"病苦时"；二、止酒时，六十三岁，即壬戌年，为嘉泰二年；三、写本诗时，在新春；四、自知嗜酒乃"错处"。词人又有《临江仙》，题云"壬戌岁生日书怀"，词云："六十三年无限事，从头悔恨难追。已知六十二年非。只应今日是，后日又寻思。　少是多非惟有酒，何须过后方知。从今休似去年时，病中留客饮，醉里和人诗。"词专为止酒而赋，壬戌，即嘉泰二年，词作于本年夏。词人又有《添字浣溪沙》，四印斋本作《山花子》，题云："用前韵谢傅岩叟馈名花鲜蕈。"词尾有自注："才止酒。"上阕云："杨柳温柔是故乡，纷纷蜂蝶去年场。大率一春风雨事，最难量。"止酒时正逢春日。又有《清平乐》，题云："呈赵昌甫。时仆以病止酒。昌甫日作诗数篇，末章及之。"下阕云："门前万斛春寒，梅花可瞭摧残。使我长忘酒易，要君不作诗难。"时在春季。据此数证，本词作于嘉泰二年可定。

本词既云以病止酒，又云将迁新居，这里的迁居，不是庆元二年从带湖迁至期思，而是迁居期思数年后，又在期思别筑新居。稼轩有《和赵昌父问讯新居》之作："草堂经始上元初，四面溪山画不如。畴昔人怜翁失马，只今自喜我知鱼。苦无突兀千间庇，岂负辛勤一束书。种木十年浑未办，此心留待百年余。"首句用杜甫草堂"经营上元始"意，知经营新居在嘉泰元年，迁入乃在二年。

　　本词之系年，关系重大，牵涉到许多首稼轩词作年之考定，又可纠正邓《注》、蔡《谱》之误失，故详采郑骞《辛稼轩先生年谱》"嘉泰元年""嘉泰二年"之谱文内容。……可惜，邓、蔡两位先生并未采纳郑先生的考述，很遗憾。①

以上转引吴企明的长论，我认为，他之所以得出辛弃疾因病止酒在嘉泰二年的结论，其根源全在于他对辛弃疾诗词仅凭意会的错误理解上。

　　细读《感怀示儿辈》诗，虽然首句即说到"病苦"，然而全诗并未提到因病止酒。"十千一斗"句也只是说酒美而价高，自己买不起而已。《芥隐笔记》解说白居易的诗十千一斗"恐未必酒价，言酒美而价贵耳"。辛弃疾自和此诗的其他三首也同样未涉及因病止酒的内容，岂能遽尔确定"以病止酒亦在此年"？况且，同时唱和的诗佚句尚有"酒肠未减长鲸吸，诗思如抽独茧丝"一联，前一句是说酒量未减，仍如长鲸吸水一般，可见，在嘉泰二年哪里能看到因病止酒的影子呢？

　　辛弃疾因病止酒和移居期思都在庆元二年（1196），这是科学合理的解读。其止酒期始于庆元二年的春末，迄于翌年的正月。《添字浣溪沙·用前韵谢傅岩叟馈名花鲜荸》词是始止酒时所作，"大率一春风雨事"②句可以为证。风雨急时，春末景象也。而前引嘉泰二年（1202）的诗作于正月立春前后，和诗有"我

---

① 吴企明《辛弃疾词校笺》卷三，上海古籍出版社 2018 年版，第 342—344 页。辛弃疾诗题"感怀示儿辈"，此书误作"感怀示儿童"。
② 《辛弃疾集编年笺注》卷一二，第 1386 页。

无妙语酬春事"① 可证。陆游诗注谓"壬戌开岁四日立春",可知和庆元二年的始止酒时在时间上有相当的差距。显然,郑、吴二位,把嘉泰二年作为辛弃疾因病止酒与移居的时间起点是难以自圆其说的。

我以为,郑、吴二位的上述稼轩词系年,既经不起推敲,更是一个伪命题。

说它伪命题,是因为庆元二年(1196)丙辰的移居期思,乃是历史典籍有明确记载的一个不容怀疑的结论。因病止酒既与移居期思及遣去歌者同为一时之事,三者不可分割,故编年也不应随便予以安排。《宋兵部侍郎赐紫金鱼袋稼轩公历仕始末》曾明确记载:辛弃疾"初寓京口,后卜居广信带湖,为煨烬所焚,庆元丙辰,徙铅山州期思市瓜山之下,所居有瓢泉、秋水"。说"迁居期思数年后,又在期思别筑新居",这是在没有根据时的编造。二位既不能指出嘉泰二年(1202)辛弃疾又从期思移居到了何地,便完全丧失了立论的基础,不知二位从何处得来的结论自信?

三 在浙东任上的政绩及交游

(一)辛弃疾是此年六月十一日到达浙东路帅治绍兴府的。

辛弃疾始终关心人民群众的疾苦,每当担任亲民的官吏,便要以认真负责的精神,为农民兴利除弊,尽力做一些有益于发展

---

① 《辛弃疾集编年笺注》卷二《赵文远见和用韵答之》,第167页。

生产、解除人民痛苦的事。他到任之后，体察民情，看到各州县存在损害农民利益的弊病，特别是地主豪绅和贪官污吏的不法渎职行为，就写奏章给宋宁宗，请求朝廷下诏给御史台和各路监司，严加查处，不予宽贷。其中的一件事就是："输纳岁计有余，又为折变，高估趣纳。""折变"本是依法应当交纳谷物的，却因某些特定的需求而改为入纳钱帛。依法规定的赋税既定量定物，本不允许随意折变为钱帛，而地方官吏不遵守规定任意改变输纳物；折变按规定应用评估，即所易物与原输纳物价值相当，而官吏任意增加其值，超前征收，严重损害平民百姓的利益。他还举出一件典型事例予以揭露：

> 往时有大吏，为郡四年，多取斗面米六十万斛及钱百余万缗，别贮之仓库，以欺朝廷曰："用此钱籴此米。"还盗其钱而去。[1]

所谓大吏，指知某个州府的地方大员，假借备荒的名义，从民众那里聚敛钱米，假称六十万斛米是用这百万贯钱买来的，卸任时便乘机中饱私囊，把这百万贯钱归为己有。这样的官吏竟也逍遥法外，所以辛弃疾要予以纠察。

浙东民众还深受卖盐之害，辛弃疾予以"销弊"，为此颇费心力。可惜史料没有对此详加记载。到了翌年入朝时，辛弃疾首先论奏的便是现行盐法的利弊。

在浙东，辛弃疾也同他在各地为官时一样，很注意网罗人

---

[1]《文献通考》卷五《田赋考》五。

才。赵汝镂字明翁，担任诸暨县主簿，在被召入帅幕之后，他能对辛弃疾的施政举措"从容规益"[①]。会稽县丞朱权字圣与，因帅、漕、提刑司送来的文件纷至沓来，昼夜应付不倦，也深得辛弃疾的赏识。[②]林行知字子大，监德清县尹部犒赏库，是一名能吏，"有能声"，以父丧免官，辛弃疾聘他为盐局执事。[③]

（二）绍兴府原名会稽，是大禹足迹所至之地。这里自开辟以来，一向人文荟萃，留下无数历史遗迹让后人凭吊怀古。

辛弃疾在绍兴为时不到半年，其为国为民焦劳之情状，史籍语焉不详，而其公余所作歌词却脍炙人口，在文坛上传为佳话。现存《稼轩词》中的绍兴之作五首，四首词调是《汉宫春》。其一题为"会稽蓬莱阁观雨"，词云：

> 秦望山头，看乱云急雨，倒立江湖。不知云者为雨，雨者云乎？长空万里，被西风变灭须臾。回头听月明天籁，人间万窍号呼。　谁向若耶溪上，倩美人西去，麋鹿姑苏？至今故国人望，一舸归欤！岁云暮矣，问何不鼓瑟吹竽？君不见王亭谢馆，冷烟寒树啼乌。[④]

蓬莱阁在绍兴府郡治，面对卧龙山。秦望山则在绍兴东南四十里，秦始皇登此山望东海，故名秦望。这首词所写的浙东大雨，

---

① 据《刘克庄集笺校》卷一五二《刑部赵郎中墓志铭》："帅稼轩辛公罗致幕下，辛性严峻，公独从容规益。"第 5979 页。
② 据《洺水集》卷一一《朱惠州行状》："邑当东浙会府之下，三司委送纷沓，判决昼夜不倦。前后连率如辛公弃疾、李公大性、李公浃，皆敬赏之。"
③ 见《刘克庄集笺校》卷一五六《林经略墓志铭》，第 6138 页。
④ 《辛弃疾集编年笺注》卷一五，第 1787 页。

如"乱云急雨，倒立江湖"（乌云满天如大地倒置，雨流如注，故谓之倒立江湖），不知何者为雨，何者为云，以及须臾之间云廓天晴，明月复现的景象，应当是七八月间多暴雨的时节。写雨气势磅礴，倒立江湖、云雨变灭以及万窍号呼的联想，把眼前景物同《庄子》《维摩诘经》及杜甫赋中的文学语言融会贯通，对自然界的深刻观察、对人生的哲学思考浑然而形成一体。会稽是西施的故乡，西施是越人的骄傲。词的下片深沉发问：是谁人从若耶溪边发现了浣纱的绝代美女西施，请她为国分忧，西去姑苏，最终把吴宫夷为麋鹿来游的荆棘之地的？西子虽然"一舸逐鸱夷"而去，但至今故国父老，还在盼望她返回故乡。越人的雪耻复仇精神，一直是被辛弃疾看作"吴楚足以争衡中原"的证据之一。对西子的赞誉，正是这种爱国思想的具体体现。

这首词，引来另一位著名词人姜夔的唱和。和词题作"次韵稼轩蓬莱阁"。词云：

> 一顾倾吴，苎萝人不见，烟杳重湖。当时事如对弈，此亦天乎。大夫仙去，笑人间、千古须臾。有倦客、扁舟夜泛，犹疑水鸟相呼。　　秦山对楼自绿，怕越王故垒，时下樵苏。只今倚阑一笑，然则非欤！小丛解唱，倩松风、为我吹竽。更坐待、千岩月落，城头眇眇啼乌。[1]

姜夔的和作把吴越相争看作一局棋，认为越之胜吴，是天意非人力。对面前的恢复大业，姜夔是持犹疑态度的。姜夔词写得清

① 姜夔《汉宫春·次韵稼轩蓬莱阁》。转引自《全宋词》，第2188页。

空优美，是大家手笔。但他写于淳熙三年（1176）的《扬州慢》词，却说绍兴末完颜亮南犯，扬州"自胡马窥江去后，废池乔木，犹厌言兵"，反映了他流落江湖、伤心离乱的心态。这和坚定的爱国志士辛弃疾的词作也是有明显区别的。

辛弃疾另一首《汉宫春·会稽秋风亭怀古》词云：

> 亭上秋风，记去年袅袅，曾到吾庐。山河举目虽异，风景非殊。功成者去，觉团扇便与人疏。吹不断斜阳依旧，茫茫禹迹都无。　千古茂陵犹在，甚风流章句，解拟相如？只今木落江冷，眇眇愁余。故人书报：莫因循，忘却莼鲈。谁念我新凉灯火，一编《太史公书》？①

秋风亭也在郡治卧龙山东，是辛弃疾创建的。②亭子后来废坏，但这首"秋风亭"词却脍炙人口，广泛流传。《楚辞·九歌·湘夫人》的"帝子降兮北渚，目眇眇兮愁予。袅袅兮秋风，洞庭波兮木叶下"及汉武帝《秋风辞》"秋风起兮白云飞，草木黄落兮雁南归。……箫鼓鸣兮发棹歌，欢乐极兮哀情多，少壮几时兮奈老何"，都是历史上有名的悲秋之作。而晋人张翰在洛阳为曹掾，见秋风起，思吴中菰菜、莼羹、鲈鱼脍，遂言曰："人生贵得适意尔，何能羁宦数千里以要名爵？"辛弃疾因铅山友人来书，中有"莫因循，忘却莼鲈"句，所以托言秋风，寄寓深意。辛弃疾晚岁出山，本来只有一个目的，就是争取为出兵北伐、收复失地做

---

① 《辛弃疾集编年笺注》卷一五，第1792页。
② 据《明一统志》卷四五，秋风亭在卧龙山东麓观风亭之侧，辛弃疾作亭，见下引张镃和章。

最后的奋斗。这绝不是贪恋富贵。在过去的二十多年里，只要他肯向当权者稍做让步和解，富贵便唾手可得。庆元二年（1196）臣僚弹章，言其"累遭白简，恬不少悛"，正可说明这一点。一个历经久困不变志节、不改初衷的人，显然如《孟子》所说，是个富贵、贫贱、威武都安之若素的人，他怎么会经受不住富贵的考验呢？司马迁在受刑之后发愤写作《史记》，说"西伯拘羑里，演《周易》；孔子厄陈蔡，作《春秋》；屈原放逐，著《离骚》；左丘失明，厥有《国语》；孙子膑脚，而论《兵法》；不韦迁蜀，世传《吕览》；韩非囚秦，《说难》《孤愤》；《诗》三百篇，大抵贤圣发愤之所为作也"。他的《太史公书》，正是为了表彰古来圣贤奋发有为的精神而作。辛弃疾既以司马迁作《史记》的精神自励，正是为了表明他要效仿古来的英雄豪杰，有所作为，做出一番永垂青史的事业，则其"新凉灯火，一编《太史公书》"的心境，理应得到世人的理解。可惜，秋风依旧，吹不断的是万古斜阳，吹断的是越地上的远古英雄大禹所留下的一切痕迹。难道一切真的不可寻觅吗？故旧对此竟也全然不理解，怎能不让人感到伤痛呢？

辛弃疾这首《汉宫春》怀古词，打破了词坛的沉寂，各方友人纷纷写出和章。他们之中有来游会稽的姜夔、知庆元府的丘崈、任浙东提举的李浟、在临安的张镃，还有任淮东总领所干办公事官的吴绍古。

丘崈和姜夔在和作中没有对稼轩"新凉灯火，一编《太史公书》"的慨叹做出反应。丘崈是辛弃疾的旧友，他的和作，只盛赞期思楼台之美，"闻说瓢泉，占烟霏空翠，中著精庐。旁连吹台燕榭，人境清殊"，是豪华别墅，这与辛弃疾所描写的"十分佳处，著个茅亭"大相径庭；又说秋风亭之作，表现主人"胸次恢疏。天自与，相攸佳处，除今禹会应无"。^①姜词也只说"秦碑越殿，悔旧游、作计全疏。分付与、高怀老尹，管弦丝竹宁无"^②，惭愧从前游越时未能领略此地的人文佳胜，与词人的称号不符。

张镃的和章于题中称："稼轩帅浙东，作秋风亭成，以长短句寄余。欲和久之，偶霜晴，小楼登眺，因次来韵，代书奉酬。"其词下片云：

> 江南久无豪气，看规恢意概，当代谁如？乾坤尽归妙用，何处非予？骑鲸浪海，更那须采菊思鲈？应会得文章事业，从来不在诗书。^③

对辛弃疾"人正在秋风亭上"的"高情"，张镃却别有会心。自宋室南渡以来，统治集团对民心士气大肆摧残，孝宗即位，除符离一役尚多少表现了一点生气外，数十年所奉行的仍旧是对金屈辱求和的政策。在这样的大环境下成长起来的一代知识分子中，有相当数量的人丧失了民族自尊心，精神上萎靡不振，对恢复大计漠然置之度外。当然，文章事业两项，还须志士和精英承担，从来不是普通儒生所能胜任的。具有冲天豪气、恢复意概的人物，除了辛弃疾以外，还能找出谁来呢？张镃以为，爱国志士要乘长风破万里浪，便不须理会"采菊思鲈"一类嘲讽。这正是对

---

① 见丘崈《汉宫春·和辛幼安秋风亭韵，癸亥中秋前二日》。转引自《全宋词》，第1742页。
② 姜夔《白石道人歌曲》之《汉宫春·次韵稼轩》。
③ 张镃《南湖集》卷一〇。

稼轩词中"一编《太史公书》"的回应。会心不在远近，谁能说"高情远解知无"呢？

在作这首《汉宫春》之前，张镃曾作《八声甘州·秋夜奉怀浙东辛帅》词：

> 领千岩万壑岂无人？唯欠稼轩来。正松梧秋到，旌旗风动，楼观雄开。俯槛何劳一笑？瀚海荡纤埃。余事了凫鹥，闲命尊罍。　江左风流旧话，想登临浩叹，白骨苍苔。把龙韬藏去，游戏且蓬莱。念乡关偏怜霜鬓。爱盛名何似展真才？怀公处，夜深凝望，云汉星回。[①]

张镃在词中认为，凭辛弃疾的声望，不须"俯槛一笑"，便可让瀚海无波，氛埃全消。下片更指出，江南人民为抗金事业，不知牺牲了多少生命，令人登临浩叹。所可惜者：英雄已老，纵然满怀甲兵韬略，却不被重用。张镃久居中朝，对韩侂胄自有更深层的了解，辛弃疾的起用，只不过是韩侂胄要利用他的盛名，作为扩大影响力的招牌。张镃对辛弃疾的遭遇寄予了极大的同情和惋惜。

辛弃疾帅浙东时，还与当时文坛几位著名的人物多有交往，成为一时的盛事。

杜旟字仲高，是金华诗人。帅浙东期间，辛弃疾曾出钱代他开山田，仲高为此作《辛田记》。

会稽住着杰出的爱国诗人陆游。陆游字务观，号放翁，生于

---

① 张镃《南湖集》卷一〇。

宋徽宗宣和七年（1125），比辛弃疾大十五岁。陆游在宋高宗末年任敕令所删定官，孝宗即位后，特赐进士出身，通判镇江、隆兴府，以鼓唱用兵罢免。乾道七年（1171）通判夔州，辟四川宣抚司干办公事，在蜀八年，召赴行在，提举福建、江西常平茶盐，奉祠四年，起知严州，召为礼部郎中，又被谏议大夫何澹弹劾，奉祠归。韩侂胄执政期间很重视陆游，请他为其园林作《南园记》和《阅古泉记》。陆游已于庆元五年（1199）致仕，嘉泰二年（1202）五月，复召入都，落致仕，以本官提举在京宫观兼实录院同修撰兼同修国史，免奉朝请，专修孝、光宗两朝实录。嘉泰三年又除宝谟阁待制。五月，实录修成，陆游去国归乡。辛弃疾帅浙东时，陆游正闲居绍兴府山阴县镜湖家中。

　　陆游一生仕途蹭蹬，但他不论在朝在野，还是在州郡为官，始终如一力主用兵收复失地，恢复中原。其《剑南诗稿》存诗万首，"要挽天河洗洛嵩"①是最主要的内容。他"常恐先狗马，不见清中原"②；并且要以身许国："丈夫等一死，灭贼报国仇。"③这一信念支配着他，至老至死不变。陆游是南渡诗人之冠，其诗风豪迈，影响很大。两位伟大的爱国词人、爱国诗人的相识和会晤，应当是千载难逢的盛事。

　　辛弃疾到任不久就去拜访陆游。陆老不仅是辛弃疾慕名已久的大诗人，也是一位为抗金事业奔走一生的仁人志士，又是高宗朝仅存于世的老前辈，种种原因使辛弃疾格外敬重他。他亲临镜

---

① 　陆游《剑南诗稿》卷四《八月二十二日嘉州大阅》。收入《陆放翁全集》，第63页。

② 　《剑南诗稿》卷九《感兴》。收入《陆放翁全集》，第151页。

③ 　《剑南诗稿》卷八《步出万里桥门至江上》。收入《陆放翁全集》，第125页。

湖草堂，问候老诗人的健康，看到他生活清贫，房舍简陋，提议为他建造新的居舍（南宋郡守有公使钱，可由郡守支配，资助文化事业、馈赠友人或用作其他事宜），陆游却诚恳地谢绝了。这件事，还是陆游过了两年之后，于开禧元年（1205）春在一首名为《草堂》的诗中提到的："幸有湖边旧草堂，敢烦地主筑林塘。"自注："辛幼安每欲为筑舍，予辞之，遂止。"①

陆游平生不愿与郡守交结，从绍熙元年（1190）开始的十余年"囚山"生涯中，历任知绍兴府的名字从来不曾出现在他的诗中。用陆游的诗句说，是"非关畏轩冕，本自乐江湖"，这样做本有自食其力、不受官府接济的意思，可以避免"交结郡守，贪图馈赠"的恶名。他谢绝辛弃疾为之筑舍，在诗文中缄口不提与辛弃疾的交往，恐怕也出于这种考虑。这年五月，他出国门归乡，曾在绍兴府住了一宿，到这年十月，他再次入城，有《入城》《出城》和《不入城半年矣作短歌遣兴》诸诗。《入城》有句云："贸贸残躯健，芒芒去日遒。亲交喜握手，随处小迟留。"②似乎此次入城，亦曾回访辛弃疾，只是放翁不肯如实地记述而已。

在与词人的一次会见中，诗人陆游谈及登山所见，辛弃疾谈到他年轻时登上泰山之顶的经历，诗人们共抒早日平定齐鲁的愿望。

《剑南诗稿》中收入一首《客有言太山者因思青城旧游有作》诗。陆诗中，"我登青城山，云雨顾在下"等十句回忆起淳熙四年（1177）他自成都送四川制置使范成大东归途中留宿青城山

---

① 《剑南诗稿》卷六一。收入《陆放翁全集》，第861页。
② 《剑南诗稿》卷五五。收入《陆放翁全集》，第795页。

的情景，而后十句则提起"有客谈泰山，昔尝宿石室。夜分林采变，旸谷看浴日"的话题。[①] 此"客"，应即此年的绍兴府主辛弃疾。其时正在嘉泰三年（1203）秋，辛弃疾向他说起早年盛夏登泰山，夜宿石室，晨起观看日出的往事，至今犹有"九州皆片尘，盛夏犹惨栗"的感受。"但愿齐鲁平，东封庀清跸"二句，正是体现了全国抗金舆论沸腾、爱国志士信心高涨之时，两位大诗人兴奋不已的生动场景。[②]

四　陆游送行诗

（一）嘉泰间，不仅南宋政治形势遽变，金国形势也与以前有很大不同。

金世宗完颜雍（原名褎，后改雍）于金大定四年（南宋隆兴二年，1164）与南宋议和后，又做了二十五年皇帝，于金大定二十九年（南宋淳熙十六年，1189）病死，皇太孙完颜璟即位，史称章宗。世宗在位期间，鉴于海陵废帝穷兵黩武、国亡身死的教训，力行巩固边防，与南宋保持睦邻关系的政策，把力量投放于国内安定上。《金史》说世宗统治时期，"群臣守职，上下相安，家给人足，仓廪有余"[③]，虽不无溢美，大体为是，所以世宗

---

① 见《剑南诗稿》卷五五，收入《陆放翁全集》，第789页。

② 日前，互联网上流传某一作者的短文，称沈际飞《草堂诗余新集》载云："公（陆游）与稼轩论少游、鲁直《千秋岁》，公推少游，轩推鲁直，数年无辩。"然《草堂诗余》全书并无此记事，谨记载于此以待考。

③ 《金史》卷八《世宗纪》下，第204页。

被史臣称为"小尧舜"，是金朝九帝中治国有方的一位皇帝。连南宋理学家朱熹评论弟子"葛王在位，专行仁政，中原之人呼他为'小尧舜'"问语时，也有"他岂变夷狄之风？恐只是天资高，偶合仁政耳"的话。[1]

金世宗在位的二十九年是金国和平稳定的时期，金章宗在位的二十年，却是金国由强盛向衰微的转折时期。据《金史·章宗纪》，章宗朝"婢宠擅朝，冢嗣未立，疏忌宗室而传授非人。向之所谓维持巩固于久远者，徒为文具，而不得为后世子孙一日之用"[2]。因章宗无子，由世宗子卫王永济即位，不久又被叛乱的右副元帅胡沙虎所杀害，金朝陷入混乱之中。金朝之衰，章宗的屠戮疏忌宗室是其重要原因之一。而金朝衰微的根本原因，还在于金国北部边疆所受到的蒙古族的滋扰和威胁。

章宗即位后，北疆连续受到鞑靼族和蒙古族的骚扰进犯。鞑靼诸部居于今内蒙古呼伦贝尔湖以西，蒙古诸部则居于伊敏河（内蒙古海拉尔）以东。金承安元年（南宋庆元二年，1196），金右丞相完颜襄率诸路纠军（各族军）征讨鞑靼，东路军被围于龙驹河三日。蒙古族的合底忻、山只昆、广吉剌诸部，也自此年开始，相继南犯。金承安三年，广吉剌部犯边，后被北京（辽宁宁城西）留守完颜宗浩击败。为防卫北疆，金朝在北部穿壕筑障，绵延数百里，用以自卫。

金泰和二年（南宋嘉泰二年，1202）夏，金章宗行幸长乐川，顺义军节度使李愈上言："北部侵我旧疆千有余里，不谋雪

---

① 见《朱子语类》卷一三三《本朝》七《夷狄》，第3196页。
② 《金史》卷一二《章宗纪》四，第286页。

耻，复欲北幸，一旦有警，臣恐丞相襄、枢密副使阇母等不足恃也。"①蒙古乞颜部铁木真在同蒙古诸部的不断战斗中逐渐强大起来，直至征服各部，统一蒙古，成为北方一支新兴的强大力量，对金朝后方构成更大的威胁。

金国自边境多警，连年用兵，修筑壕堑，征调频繁，对老百姓骚扰加剧，自泰和始，国内多盗。

对鞑靼等部族用兵连续失败，主兵者认为士气不振，是由于军队屯田户土地太少，提出括冒税民田分给战士，平章政事张万公奏"军旅之后，疮痍未复，百姓拊摩之不暇，何可重扰，……夺民而与军，得军心而失天下心，其祸有不可胜言者"。章宗不听。②为弥补财政亏空，章宗又下令推排西京、北京、辽东诸路物力（清查民户物力以确定赋税）并大量发行交钞，"自是而后，国虚民贫，经用不足，专以交钞愚百姓，而法又不常，世宗之业衰焉"③。

金承安元年（南宋庆元二年，1196），特满群牧契丹族曾举行起义，反抗金朝的压迫骚扰。④此后，金国国内盗贼历年不断，三年三月，章宗敕随处盗贼须以据实奏闻，违者杖百。⑤

绍兴末年金主完颜亮南犯前后，辛弃疾投身农民反金起义，后率众南归。在这几年的宋金对峙斗争中，他看到了金国表面强大之下掩盖着的致命弱点。到隆兴二年（1164）写作《美芹十

---

①　《金史》卷九六《李愈传》，第 2130 页。

②　见《金史》卷九五《张万公传》，第 2104 页。

③　《金史》卷四八《食货志》三，第 1078 页。

④　见《金史》卷一〇《章宗纪》二，第 240 页。

⑤　见《金史》卷一一《章宗纪》三，第 248 页。

论》时，他已经总结出金国可以被战胜的基本因素，即：金国外有契丹等少数民族的叛乱，内有中原民众的反抗，财政收入日渐萎缩亏空，各族军队离心离德，加上嫡庶未定，骨肉僭弑成风，这些都是金国灭亡的征兆。岂料金世宗即位后，特别是在符离之战后，金国改变了政策，决意与南宋议和，同时采取"思与百姓休息"的一系列措施，如"躬节俭，崇孝弟，信赏罚，重农桑，慎守令之选，严廉察之责"①，缓和了国内矛盾。因此世宗在位的近三十年间，辛弃疾所预言的金国国内大动乱的局面并没有出现。再加上这一时期漠北蒙古、鞑靼等民族相对平静无事，使金国得以维持了一段不为短暂的和平时期，辛弃疾期待的恢复中原的机会始终没有到来。

金章宗即位后，北部蒙古、鞑靼日渐强大，而女真族建立的金国却日渐衰落，北疆的连年战事激化了国内矛盾，而世宗在位时潜伏下来的嫡庶争立的祸机再度表面化。金明昌四年（南宋绍熙四年，1193）十二月，章宗以谋反罪诛其叔郑王永蹈；六年五月又以"语涉不道""素有妄想"罪诛其伯永中（世宗庶长子）。而章宗因无子，储嗣未定，元妃李氏干政，后继问题悬而未决，成为其晚年政治局势捉摸不定的重大问题。辛弃疾在隆兴间对金国"不亡何待"所揭示的内乱、财亡、兵叛、嫡庶不定诸项祸端，至此一一应验，金国败亡有征，确实处在急遽衰亡的过程之中。

宋、金两国，虽然订有和约，每年元旦和皇帝生辰，双方互派使臣祝贺，边境上也有榷场，民间贸易往来长年不断，但对

---

① 《金史》卷八《世宗纪》下，第203页。

于双方国内形势，从来都是相互封锁、严加防范的。所以，庆元以来，金国连年在北疆用兵，以及国内出现动乱的情况，南宋方面所了解的并不很多，也并不很及时。嘉泰间，亦即金章宗泰和间，金国山东、河北连遭大旱，饥民大量南徙，往往不顾金国边境的盘查，偷越淮河。这样，金朝内部的消息渐渐传到南宋上层统治阶层中。庆元六年（1200），宋朝派赵善义等出使金国，在归途中因与女真人为下车地点问题发生争执，在气愤之余，竟向金朝馆伴使说道："尔方为蒙国鞑靼所扰，何暇与我较！莫待要南朝举兵夹攻耶？"[1]这反映了南宋政府某些人要利用这一机会收复失地的想法。韩侂胄也曾在庆元二年出使金国贺生辰，对金朝国内混乱情况应当有所知闻。在他成了南宋政府权势最大的人物之后，为弥补其不足以负重之声望，便想利用金国的事端，趁机对金用兵，并在嘉泰初聚财募兵，教阅民兵，建造战舰，做了北伐的一些准备工作。而制造舆论、提出北伐倡议就成为这一时期的最引人注目的事件。

据史料记载，北伐的倡议者是邓友龙。《齐东野语》卷一一《邓友龙开边》条载：

> 邓友龙长沙人。尝从张南轩游，自诡道学。既登朝，时论方攻伪学，因讳而晦其事。……未及受告，……出为淮西漕，日久，谋复入。
>
> 时金人方困于北兵，且其国岁荐饥，于是沿边不逞之徒号为"跳河子"者，时时剽猎事状，陈说利害。友龙得之以

---

① 《续编两朝纲目备要》卷六《宁宗皇帝》，第102页。

为奇货，于是献之于韩。韩用事久，思钓奇立功以自盖，得之大喜。附而和者虽不一，其端实友龙发之也。①

邓友龙字伯允，据考，嘉泰二年（1202）正月，邓友龙任监察御史，是年底出任淮西漕，其"谋复入"事必在嘉泰三年内。

罗大经《鹤林玉露》甲编卷四《邓友龙使虏》条称："嘉泰中，邓友龙使金，有赂驿吏夜半求见者，具言虏为鞑之所困，饥馑连年，民不聊生，王师若来，势如拉朽。友龙大喜，厚赂遣之。归告韩侂胄，且上倡兵之书，北伐之议遂决。"②邓友龙使金在嘉泰三年十二月，韩侂胄于翌年春得到邓友龙的信息，"北伐之议遂决"，也说明北伐的提议始于邓友龙，也取决于邓友龙。

提议北伐的人还有厉仲方及郑挺。厉仲方字约甫，婺州东阳人，嘉泰三年知安丰军，"尝奏'淮北饥民扣关求救接'"，漕臣邓友龙以闻，"柄臣遽从夜半下其议"。③郑挺字唐老，其父郑兴裔是宋徽宗显肃后的外孙。嘉泰二年，郑挺帅京西，四年改帅淮东。《平园续稿》之《武泰军节度使赠太尉郑公兴裔神道碑》载："嘉泰四年，……挺……忠州团练使，新知扬州。"《宋史·韩侂胄传》谓郑挺附和北伐之言。《宋会要辑稿·职官》七三之三九

---

① 《齐东野语》卷一一，第 203—204 页。
② 《鹤林玉露》甲编卷四，第 62—63 页。
③ 见《水心文集》卷二二《厉领卫墓志铭》，收入《叶适集》，第 422 页；《建炎以来朝野杂记》乙集卷一八《边防》一《丙寅淮汉蜀口用兵事目》，第 825 页。然《杂记》漕臣作帅臣，时淮西帅为宇文绍节，此人反对北伐，而邓友龙适为漕臣，故知报闻者必邓友龙。

载开禧三年臣僚论郑挺"引惹边事，震动一方"①。

（二）辛弃疾于嘉泰三年（1203）底被召，十二月二十八日离会稽赴行在。

辛弃疾被召赴行在时，曾亲临山阴镜湖，拜访陆游，征询这位一生都在坚持抗金的老诗人对北伐的意见。他们围绕这一中心进行了广泛的探讨，陆游的意见后来写入《送辛幼安殿撰造朝》诗中。陆游此诗并非作于送别的当时，而是经过几个月的修改，定稿于第二年的三月末。这首诗对于了解辛弃疾北伐的观点有极重要的价值：

> 稼轩落笔凌鲍谢，退避声名称学稼。十年高卧不出门，参透南宗牧牛话。功名固是券内事，且葺园庐了婚嫁。千篇昌谷诗满囊，万卷邺侯书插架。忽然起冠东诸侯，黄旗皂纛从天下。圣朝仄席意未快，尺一东来烦促驾。大材小用古所叹，管仲萧何实流亚。天山挂旆或少须，先挽银河洗嵩华。中原麟凤争自奋，残虏犬羊何足吓。但令小试出绪余，青史英豪可雄跨。古来立事戒轻发，往往谗夫出乘罅。深仇积愤在逆胡，不用追思灞亭夜。②

陆游和辛弃疾都是宋代伟大的爱国者，一生坚持抗金复仇的信念，为恢复中原而奋斗不息；他们又分别是成就最大、最杰出的诗人和词人。由于行踪难定，两人直到晚年始终只是慕名心

① 《宋会要辑稿·职官》，第 4036 页。
② 《剑南诗稿》卷五七。收入《陆放翁全集》，第 815 页。本诗被编入嘉泰四年《三月三十夜闻杜宇》诗之前。

仪，未有机缘会晤。如今在会稽遇合，得识英雄，老眼为明。对辛弃疾的诗篇、胸怀、才干，陆游衷心称颂不已，尤其他的政治才干，陆游以为足以匹敌古代名相管仲和萧何，甚至超过他们。只要给他以施展才能的机会，便一定会创造比青史上的英豪更杰出的业绩来。然而辛弃疾一生经常处在被排斥打击的境遇中，使人为他的大材小用而惋惜。令人兴奋的是，这次辛弃疾被召，是朝廷征询他对用兵北伐的意见。这表明，最高当局对这位老臣的重视，是对他一生所坚持的爱国立场的充分肯定，以及对他的智计韬略的充分肯定。陆游希望辛弃疾摈弃个人恩怨，把自己的智计全部贡献出来，推动北伐事业，这样，恢复中原就大有希望。看到这一片光明的前景，老诗人备感兴奋，欢欣鼓舞。

南宋出师北伐，应该确定一个最终的目标。在会见中，辛、陆二人深入探讨了这一问题。早在三四十年前，辛弃疾在《美芹十论》和《九议》中，提出要"使燕山塞南门而守"的恢复计划，那时辛弃疾便认为，所谓"恢复中原"不仅要收复北宋京都所在地河南，还要收复北宋全盛时期的全部领土。但此后，随着形势的变化，特别是漠北蒙古等少数民族相继兴起，使辛弃疾的认识有了新的改变。为了长远的和根本的利益，南宋用兵不应该仅仅以金国灭亡为最终目标，还应该深入沙漠以北，直捣龙庭，阻止蒙古族的崛起和统一强盛，使之不能构成对南宋王朝的威胁。用诗词的语言表达，就是"西北洗胡沙"或"天山挂旆"。"胡沙""天山"都是借用语，南宋时期，天山处在西辽的控制之下，东与西夏接壤。西辽是辽朝西迁后由耶律大石建立的国家，国势衰微，对南宋不构成任何威胁。辛弃疾急于"挂旆"的地方当然不会真在天山，而应当是金国的北方。陆游对辛弃疾的意见表示赞同，但认为用兵有先后，当前先要把中原收复，把嵩华洗涤干净，然后才可"挂旆天山"。

辛弃疾同陆游谈到的这些意见，在13世纪初，应当是具有超越其时代的特殊意义。对历史问题的高瞻远瞩，以及决策的雄才大略，在这个历史的重要转折时期充分显现出来。

13世纪的蒙古于1206年建国，1234年灭金，1279年亡宋。蒙古铁骑践踏蹂躏了大半个欧洲和几乎整个亚洲大陆，使各国人民长期沦为蒙古帝国的奴隶，人类文明遭受到一次巨大的浩劫。历史不能重演，逝去的岁月不能恢复。假如辛弃疾提出如上决策意见之后，南宋王朝能一改对他的歧视排斥，接受他的主张，把他擢用到决策和执行机构中，以他的才智胆略，不但足以应对事变，而且有恢复旧疆的可能。一个强大统一的南宋王朝若能屹立于世界东方，应付和震慑还处在落后和分裂状态下的蒙古，或许世界的历史、中国的历史就会改变进程，人类现代文明会在不受摧残的情况下更早地到来。以宋代高度发达的经济文化为先导，中国社会的发展必然更加民主、进步、开放。中国或许不会经历元明清三代的落后、专制和封闭自大，将与世界各国同步进入科学、民主、发达的现代文明之中。1204年正处在历史的大转折时期，可惜，目光短浅、庸碌腐败的南宋统治者并没有抓住这一时机，此后，北伐的失败不但为这一腐朽王朝的灭亡创造了条件，也为中国历史的倒退拉开了序幕。

正如寓居会稽的诗人高似孙在一首送别辛弃疾的诗里所写的："青天不惜日，壮士偏知秋。自古有奇画，如今空白头。"辛弃疾对历史的大局观和奇谋远虑，是他此次临安朝见的胸中底蕴，"彼时当再来，吾老不可留。天推璧月上，星入银河流。躔度若此急，人生与之浮"①。嘉泰三年（1203）岁杪所面临的，恰是这样一个紧要的历史时刻。

五 临安觐见纵论敌国形势

嘉泰四年正月初到临安后，辛弃疾立刻被宋宁宗召见。在觐见中，辛弃疾论述了自己对北伐的意见。现在这篇奏疏已不存在，文献仅有以下简略的记载：

> 会辛殿撰（弃疾）除绍兴府，过阙入见，言夷狄必乱必亡，愿付之元老大臣，务为仓猝可以应变之计。侂胄大喜，时四年正月也。
> ——《建炎以来朝野杂记》乙集卷一八之《丙寅淮汉蜀口用兵事目》②

> 嘉泰四年甲子，春正月，辛弃疾入见，陈用兵之利，乞付之元老大臣。侂胄大喜，遂决意开边。
> ——《庆元党禁》

---

① 高似孙《答辛幼安》。收入《刘克庄集笺校》卷一八〇《诗话》五，第6935页。
② 《建炎以来朝野杂记》乙集卷一八《边防》一，第825页。

　　会辛弃疾入见，言敌国必乱必亡，愿属元老大臣预为应变计。

——《宋史·韩侂胄传》[1]

这次入见所言恢复事，观点是三条：一是论金国形势和发展趋势，"必乱必亡"指金国由于内外交困，导致出现动乱，国内各种矛盾激化，民众起而反抗，统治集团分崩离析，国家必将因此走向灭亡；二是论南宋最高决策当局的对策，目前南宋所要做的是把对金的决策交付元老大臣讨论，统一认识，形成总的战略原则；三是论实施战时计划。即从现在开始，做好用兵作战的一切准备，在出现用兵的最佳时机时，兴师北伐，以应仓猝之间的事变。

　　根据金国几年来受到蒙古、鞑靼的滋扰，以及各族人民的反抗事件不断和最高统治集团的危机不断的事实，辛弃疾所做出的对金国总的形势的分析判断，基本上是实事求是和正确的。女真民族所建立的金朝帝国，在经历了九十年的勃兴、发展壮大之后，的确已进入衰败时期。而在其背后勃兴的蒙古民族却正处在完成统一各部、建立新兴的蒙古帝国的历史过程中。辛弃疾曾在乾道八年（1172）预言"仇虏六十年必亡，虏亡则中国之忧方大"，而今距乾道八年已是三十多年，按照辛弃疾的预言，再过二十余年，金国将走向灭亡。辛弃疾的这些分析同他三十多年前的预言是一致的，而且这一分析和预言不但为金国的现状所证实，也为金国后来的灭亡（金亡于1234年）所证实。

---

① 《宋史》卷四七四《奸臣》四《韩侂胄传》，第13774页。

金国的灭亡趋势既如此明显，是无动于衷、坐失良机，等待一个强大的蒙古帝国出现，灭亡金国之后威胁南宋的生存呢，还是不失时机、有所作为，利用金国的衰败，在灭金中加强南宋的力量，以便有强大的实力更积极地同未来的蒙古帝国相抗衡呢？辛弃疾认为，面对如此严峻的形势，必须"付之元老大臣，务为仓猝可以应变之计"。在这里，辛弃疾并没有对韩侂胄一党的北伐动议予以肯定和支持，而是表示应当审慎对待，以应付突然事变。

辛弃疾所说的"元老大臣"，所指应包括德高望重的旧臣、老臣和宰相（《朝野类要》卷二《元老》条谓指"国之老旧名臣也"），并非专指宰辅大臣。嘉泰四年（1204）韩侂胄才五十二岁，虽已拜太师，但并非宰相加太师，本不应干预政事，故只能暗中操纵政权。开禧元年（1205）韩侂胄始加平章军国事，正式执政。韩侂胄败亡后，臣僚弹劾他以"一介武弁，自环卫而知閤，自知閤而径为平章太师者"，又说"窃据平章军国事，此乃祖宗所以待元老大臣，侂胄何人，乃以自处"。[①]可见时人并不认为身为武弁的韩侂胄堪称元老大臣。可以断言，辛弃疾所论的"付之元老大臣"中，即使也把韩侂胄和宰相陈自强等包括在其中，也绝不专指韩侂胄。若论嘉泰间的老旧名臣，经历了高、孝、光、宁四朝而尚在世的，在朝只有辛弃疾，在野则还有周必大、杨万里、陆游等少数人而已。故辛弃疾所言，亦必把自己当仁不让地包含在内。《汉书·赵充国传》载："时充国年七十余，上老之，使御史大夫丙吉问谁可将者，充国对曰：'亡逾于老臣者矣。'上

---

①   见《四朝闻见录》戊集《臣僚上言》，第177、174页。

遣问焉，曰：'将军度羌虏何如，当用几人？'充国曰：'百闻不如一见。兵难隃度，臣愿驰至金城，图上方略。然羌戎小夷，逆天背畔，灭亡不久。愿陛下以属老臣，勿以为忧。'"辛弃疾熟读《汉书》，赵充国的故事多次在他的诗文中引用，可以想见，当辛弃疾论述对金决策时，他必然要像赵充国那样当仁不让地把自己纳入决策层中。

北伐中原，是宋廷四十多年来所做出的最重大的决策。当宋廷征询其意见时，论文韬武略、胆识经验最适合担当北伐军事指挥重任的辛弃疾，怎会把自己排除在外？何况复仇雪耻是他南归以来梦寐以求的愿望。

辛弃疾挺身而出，纵论敌国形势，这从另一方面来说，已经是韩侂胄集团最希望得到的结果。但这绝不是谄媚韩侂胄，而是为了南宋国家的最高和最长远的利益。

辛弃疾朝见宁宗后，被加宝谟阁待制职名，提举内祠佑神观，不畀事任，使之奉朝请，陪议大计。宝谟阁是新建的光宗御书阁，待制为从四品，凡获此职名者即为侍从官，可以参与朝廷集议。

以辛弃疾的事功、声望、资历，至少在光宗朝便应列班从官，如今晚年始得到这一称号，已是迟到的荣誉了。所以谢枋得也替他鸣不平，说他"列侍清班，久历中外。五十年间，身事四朝，仅得老从官号名"[①]。

《朝野类要》卷四《奉朝请》条载："在京官观仍奉朝请者，依旧趁赴六参也。"《梦粱录》卷一五《城内外诸宫观》谓临安在

---

① 谢枋得《叠山集》卷七《宋辛稼轩先生墓记》。

城宫观有太乙、万寿，余杭有洞霄，其他属县有醴泉、佑神、集禧、崇禧等观，"此朝廷以待老臣执政闲居，侍从、卿监除提举主事之职，优宠也"。

辛弃疾去国十年，再到京都，在朝诸公没有几个旧交，都是新进者。在一首《感怀示儿辈》的诗中，他感叹道：

> 穷处幽人乐，徂年烈士悲。归田曾有志，责子且无诗。
> 旧恨王夷甫，新交蔡克儿。渊明去我久，此意有谁知？ ①

蔡克是蔡谟之父。《晋书·王导传》载，王导为丞相，司徒蔡谟戏之，王导大怒，对人说："吾往与群贤共游洛中，何曾闻有蔡克儿也？"② 辛弃疾用这一典故，表明他对当时在朝人物主要是韩侂胄所扶植的党羽这一事的态度。

留临安期间，诗人刘过曾有投赠辛弃疾的《呈稼轩》五首七绝：

> 精神此老健于虎，红颊白须双眼青。未可瓢泉便归去，
> 要将九鼎重朝廷。
> 闭门翘足观山睡，松桧郁然云气高。说梦向人应不信：
> 碧油幢下有旌旄。
> 书来赐以兰溪酒，下视潘莽奴仆之。吾老尚能三百盏，
> 一杯水不直吾诗。

---

① 《辛弃疾集编年笺注》卷二，第 179 页。
② 《晋书》卷六五《王导传》。收入《二十五史》，第 204 页。

卧庐人昔如龙起，鼎足魏吴如等闲。若结梅花为保社，林逋只合住孤山。

书生不愿黄金印，十万提兵去战场。只欲稼轩一题品，春风侠骨死犹香。①

刘过字改之，是吉州太和人，一生屡试不第，漫游四方，作客诸侯。刘过性格豪爽，狂放不羁，以一介布衣，勇于议论古今治乱，受到陆游、陈亮等友人的赞赏。陆游赠诗道：

放翁七十病欲死，相逢尚能刮眼看。李广不生楚汉间，封侯万户宜其难！②

陈亮所赠诗则更为雄健，其诗有云：

刘郎才如万乘器，落溠轮困难自致。强亲举子作书生，却笑书生败人意。合骑快马健如龙，少年追逐曹景宗。弓弦霹雳饿鸮叫，鼻尖出火耳生风。安能规行复矩步，敛袂厌厌作新妇？黄金挥尽唯空囊，男儿虎变那能量！会须斫取契丹首，金印牙旗归故乡。③

刘过积极主张恢复中原。他有一首《瓜洲歌》追记绍兴末完颜亮

---

① 《龙洲集》卷八，第68页。
② 《剑南诗稿》卷二七《赠刘改之秀才》。收入《陆放翁全集》，第438页。
③ 《刘龙洲词》附录陈亮《赠刘改之》，《蝉隐庐丛书》本。收入《龙洲集》，第132页。

南犯毙命于瓜洲事，其中说："败军惨无主，蛇豕散莫收。势当截归路，尽与俘馘休。甲兵洗黄河，境土尽白沟。天予弃不取，区区乃人谋。金帛输东南，礼事昆夷优。参差女墙月，深夜照敌楼。泊船运河口，颇为执事羞。"[1]对四十年来南宋君臣忍耻包羞，向金人纳币屈膝的可耻行径进行揭露和谴责。

刘过一方面笑傲王侯，另一方面也奔走权门。在他晚年流寓临安期间，曾代人或亲自向韩侂胄献词祝寿，其中自然多阿谀奉承之语。嘉泰三年（1203）十月韩侂胄生辰，刘过献《满江红》为寿，便有"功甚大，心常小。居廊庙，思耕钓。奈华夷休戚，系王颦笑。盟府山河书带砺，成周师保须周召"[2]句。为求取功名，作为江湖人士也自无可厚非。

辛弃疾闻知刘过诗名，当出于陆游、姜夔等友人的推荐。临安与会稽地近，于是遣人招刘过越中一会，刘过仿效稼轩《沁园春》"杯汝前来"阕的拟人问答体作词代答。据岳珂《桯史》所载，其词"下笔便逼真"[3]：

　　斗酒彘肩，风雨渡江，岂不快哉！被香山居士，约林和靖，与东坡老，驾勒吾回。坡谓："西湖，正如西子，浓抹淡妆临镜台。"二公者，皆掉头不顾，只管衔杯。　　白云："天竺飞来。图画里、峥嵘楼观开。爱东西双涧，纵横水绕；两峰南北，高下云堆。"遁曰："不然，暗香浮动，争似孤山先

① 《龙洲集》卷一，第2页。
② 《龙洲集》卷一一《满江红·寿》，第96页。
③ 《桯史》卷二《刘改之诗词》，中华书局1981年版，第23页。

探梅？须晴去，访稼轩未晚，且此徘徊。"[1]

辛弃疾得词十分高兴，向刘过赠钱数百缗，约他至会稽幕下会面，可惜刘过以事未往。二人在会稽和临安都错过了相会的机遇。但刘过所赠诗，却把晚年辛弃疾红颊白须、两瞳如电、壮健如虎的形态神情活画出来，是一首绝妙的画像赞。刘过甚至表示，只要辛弃疾给他一个好评语，便会感到死而无憾。但辛弃疾却没有留下一篇为刘过作的诗词。

---

[1] 《龙洲集》卷一一《沁园春·寄辛承旨，时承旨招，不赴》，第88—89页。

第二十一章　京口壮图

一　与程珌再论北伐用兵

（一）辛弃疾既以晓畅军事知名，南渡以后曾率领部队讨平茶商武装，具有实战经验和军事韬略，在觐见宁宗时又表示要像赵充国请缨那样承担起更重的责任，南宋王朝的决策当局何以不让他担任指挥部队作战的职务，或者是能够参与决策的枢密院高级官员呢？在辛弃疾奉朝请的两个多月间，韩侂胄召集了几次侍从以上官员的会议，讨论北伐决策问题，辛弃疾也曾从钱财物货的源流、敌国山川的险易等方面分析双方的优劣，对宋金战争的前途做实事求是的判断，提出切实可行的战略计划。然而，韩侂胄却最终没有把他安排在更为重要的军政决策岗位上，充分发挥他的军事长才，这说明，韩侂胄虽然要建立前所未有的功业，决定用兵北伐中原，但他却不愿意起用真正可以领导和指挥北伐的英雄人物，更为可能的是，韩侂胄过高估计了自己的能力，以为他自己便是建立不朽功名的领袖人物，根本不愿意与他人共同建立丰功伟绩。所以，尽管辛弃疾是担任军政领导的合适人选，他却无意予以重用。

嘉泰四年（1204）三月，宋廷派侍从近臣辛弃疾出任知镇江府。

赴京口途中，得知友人黄榦监石门酒库，辛弃疾遂专程往嘉兴府访之。

黄榦字直卿，福州闽县人，朱熹的女婿。辛弃疾绍熙间任福建提刑及帅闽期间，与朱熹及黄榦来往密切。监库是诸州镇酒税酒务专卖的监当官，由选人差充，是黄榦补官后第一任职官，其到任后，认真对待职务，使原先所酿酒味由浇薄转至醇香，而且不行抑卖，不捕私酤，于是旧户尽复，新课日登，不到一年便补足亏欠的旧额。门人曾言：“琐琐者，何足以烦君子？”黄榦笑答道：“孰非公家事耶？惟无事不知，无事不能，乃为通材。世之仕者，务为简佚，俨然如神明，竟亦何用？”[1]

辛弃疾平生对儒生中重视实务、肯于践行的人物十分赏识。这次驱车骑过石门，见其官政，不由得叹道：

> 是所谓圣贤尝为委吏、乘田者也。

“委吏、乘田”，言会计及苑囿刍牧之吏。孟子谓孔子尝为乘田委吏，张载《正蒙》曰：“仁者先事后得，先难后获，故君子事事则得食，不以事事，‘虽有粟，吾得而食诸’？仲尼少也，国人不

---

[1] 见《勉斋集》书后所附《黄文肃公年谱》。

知，委吏、乘田得而食之矣。"言圣贤皆从委吏、乘田诸事做起，
方能有所成就。

（二）镇江是南宋在长江上的重镇，三国时谓之京城，又称
京口。辛弃疾到任，适当夏初，遂作《生查子》词：

> 梅子褪花时，直与黄梅接。烟雨几曾开？一春江里
> 活。　富贵使人忙，也有闲时节。莫作路边花，长教人
> 看杀。①

春天在大江中活跃着，澎湃着。春天充满了生机，但短暂易逝。
晋朝人卫玠，下都人久闻其名，环拥而睹，本来虚弱的卫玠，不
堪劳苦，终被看杀。②词的意思是：不要做路边的春花，中看不
中用。尽管宋廷并没有付与他特别的权限，但他决心在镇江任上
有所作为。

韩侂胄派出元老重臣镇守京口，似乎给人以重用这位抗金名
宿的印象，其实这只是表面文章而已。因为，倘若不任命为江淮
宣抚使一类兼职，辛弃疾就不能主持任何军事行动，更谈不到统
率军队作战了。辛弃疾自然明白，所以词中有"富贵使人忙，也
有闲时节"的语句。

镇江学者刘宰为辛弃疾来守此邦，作启以贺。刘宰字平国，
镇江金坛县人，绍熙元年（1190）进士，以父丧免官，除服后

---

① 《辛弃疾集编年笺注》卷一五，第1805页。
② 见余嘉锡《世说新语笺疏》之《容止第十四》，中华书局1983年版，第
614页。

到临安，韩侂胄方谋用兵，刘宰致启邓友龙、薛叔似言不可。刘宰的《贺辛待制知镇江》启是考察辛弃疾入见以来活动的重要史料，全文是：

　　奉上密旨，守国要冲。三辅不见汉官仪，今百年矣；诸公第效楚囚泣，谁一洗之？敢因画戟之来，遂贺舆图之复。岂比儿童之拍手，谩夸师帅之得人。

　　某官卷怀盖世之气，如圯下子房；剂量济世之策，若隆中诸葛。大儿仅数文举，上床自卧元龙。赫然勋名，付之谈笑。绳雁鹜于三尺，俾愁恨叹息之俱无；隶貔虎于五符，使灾害祸乱之不作。田园归去，翰墨生涯。驰骋百家，搜罗万象。得其小者，风蝉碎锦褫；宏而肆之，金薤垂琳琅。落纸云烟，争光日月。上会稽，探虎穴，方八命九命之增崇；坐宣室，思贾生，忽一节二节之促召。

　　皇图天启，敌运日衰。壶浆以迎，久郁遗民之望；肉食者鄙，谁裨上圣之谋？星拱百僚，雷同一说。自介圭之入觐，借前箸以为筹。究财货之源流，指山川之险易。金马玉堂之学士，闻所未闻；灞上棘门之将军，立之斯立。

　　眷惟京口，实控边头。虽地之瘠，民之贫，然酒可饮，兵可用。茧丝保障，岂惟增北固之雄？约辀错衡，旋即首东都之会。

　　某年几四十，才仅下中，向须菽水之供，故五斗米是为；今罹风树之感，虽万钟禄何加？未忘父教之忠，有喜国仇之雪。矧鹪巢之有托，岂燕贺之敢稽！未终素𬙂之期，莫扣黄堂之下。执舍人之役，虽阻见于曹参；勒燕然之铭，尚或须于班固。①

这篇贺启之价值在于：包括刘宰在内，当时士大夫都以为辛弃疾来守京口，有宋宁宗密旨，是用兵恢复的一个标志，故此皆"因画戟之来，遂贺舆图之复"，感受到极大的鼓舞，此为一；刘宰对辛弃疾气概、方略、文才、学识所做的称誉和评价，如把他和张良、诸葛亮相提并论，不是没有道理，而是同晚年的辛弃疾在上层知识分子中获得的威望声誉相一致的，辛弃疾十年高卧之后，毅然出山，在当时影响巨大，不能不引起宁宗和韩侂胄的重视，所谓"八命九命之增崇"，不知确指何事（辛弃疾帅浙东时官朝请大夫，守京口仅增一秩，为朝议大夫），而"一节二节之促召"，则是指急召此老入都，参商大计，此为二；虽然此时朝野上下，抗金北伐的呼声甚高，但朝堂之上，文武群僚"雷同一说"，并没有真知灼见，仅仅附会当权者而已，在此情况下，辛弃疾"借前箸以为筹"，论证恢复之艰难，边境财源方面的准备，使学士大夫和将领闻所未闻，多受启迪。这表明，辛弃疾本年春间在临安的言行，是负责任和审慎的。他平生所一贯坚持的主张，这时也并没有改变。

刘宰此时以父丧闲居京口，"未忘父教之忠，有喜国仇之雪"，竟尔赞同辛弃疾的备战活动。

这年四月，曾经在淳熙九年（1182）知抚州的钱象祖，自吏部尚书除同知枢密院事，辛弃疾认为，这是增重庙堂、交欢军国之举，遂因早与之相识，特写了一篇贺启给他。贺启对钱象祖的

---

① 《漫塘集》卷一五。

为人和业绩做了必要的恭维，随后便针对当前形势和北伐大计，表达了相关的意见和希望。其中两段文字是：

> 盖必有非常之人，乃可当不次之举。惟枢机运动之地，须帷幄谋画之才。精神折千里之冲，文武为万邦之宪。久积苍生之望，果闻涣号之扬。虽周伯仁怅望神州，共当戮力；然管夷吾复生江左，此复何忧？

> 某风雨孤踪，山林晚景。候西清之对，疏浅奚堪？分北顾之忧，切逾已甚。所托万间之庇，殆成一己之私。富贵功名之及时，行快风雨之会；王侯将相之有种，更增茅土之传。①

"不次之举"指议决中的北伐用兵。辛弃疾入对所说的"务为仓猝可以应变之计"，就是要做好用兵的准备，事变机遇一旦到来，从容应付，不为匆忙造次之举。然而不次之举，要待非常之人，没有英雄豪杰主持，则事不成。这些话，仍然是对他觐见宁宗时所讲的那番话的阐释和发挥。人才问题，是当前的首要问题，择有所作为之人而用之，是应变的需要，是北伐胜利的需要。恰恰这一问题没有引起南宋决策当局的足够重视。所以才在此再三提出，以期有所反响。

充沛的爱国热情和责任感驱使他自觉自愿地承担起"分北顾之忧"的使命。辛弃疾在他到京口不久所作的《生查子》《南乡子》两首词中，便充分反映了渴望战胜敌人、建立丰功伟业的愿望。前阕为"题京口郡治尘表亭"，词云：

---

① 《辛弃疾集编年笺注》卷五《贺钱同知启》，第451页。

> 悠悠万世功，矻矻当年苦。鱼自入深渊，人自居平土。　红日又西沉，白浪长东去。不是望金山，我自思量禹。①

尘表亭在镇江府北固山上，建于北宋。辛弃疾登亭远眺，想起当年大禹平治水土、拯救万民的伟业，心情不能不澎湃激扬。红日西沉，暮色霭霭；白浪东去，大江无尽。他要效仿一代先哲，创建盖世之功，去拯救陷于水火之中的中原人民。

《南乡子·登京口北固亭有怀》一词则更其激昂悲壮，词云：

> 何处望神州？满眼风光北固楼。千古兴亡多少事？悠悠，不尽长江滚滚流。　年少万兜鍪，坐断东南战未休。天下英雄谁敌手？曹刘。生子当如孙仲谋。②

北固楼在北固山顶。南宋乾道五年（1169），辛弃疾友人陈天麟（字季陵）为知府时补建，并写有碑文，其中有一段文字是："夫六朝之所以名山，盖自固耳。其君臣厌厌若九泉下人，宁复有远略？兹地控楚负吴，襟山带江，登高北望，使人有焚龙庭空漠北之志。神州陆沉殆五十年，岂无忠义之士奋然自拔，为朝廷快宿愤、报不共戴天之仇，而乃甘心恃江为固乎？"③陈天麟的意思是：六朝称此山为北固山，本来就有恃江为险、负隅固守、无意中原逐鹿的含义。这不免令英雄豪杰扼腕叹息。辛弃疾同意陈天麟的

---

① 《辛弃疾集编年笺注》卷一五，第 1806 页。
② 《辛弃疾集编年笺注》卷一五，第 1809 页。
③ 《北固山志》卷一二，清刻本。

意见，"何处望神州？满眼风光北固楼"亦正有一种不甘于置中原于度外的积极进取精神及肩负千古兴亡的历史责任感。下半阕的"年少万兜鍪"数句，评论孙权在当时面对曹刘两家枭雄，不和不降，虽坐断江南一隅，却争战不休。当今统治集团中，有哪一个能比得上孙仲谋这样的少年英雄？这些意思和贺钱象祖启中的"富贵功名之及时，行快风雨之会；王侯将相之有种，更增茅土之传"诸语是一致的，所以使用了积极进取的典故。

辛弃疾到镇江任职以后，在日常政务之外，把主要力量放在建立一支可以应对抗金任务的新军上。他的作为，曾在同程珌的一次谈话中有所披露。嘉泰四年（1204）夏，新任建康府府学教授的程珌过京口，辛弃疾谈起有关北伐的方略以及镇江目前的备战活动。这次谈话，后来被程珌写进《丙子轮对札子》（丙子即宋宁宗嘉定九年，1216）中，成为研究和探讨辛弃疾兵家韬略的珍贵资料。

程珌字怀古，徽州休宁人，绍熙四年（1193）登进士第，是宰相王淮的孙女婿。

京口素有"酒可饮，兵可用"的说法。但辛弃疾却在这次谈话中认为，南宋军队不战自溃之风，从隆兴元年（1163）李显忠指挥的符离之战开始。近一百年来，这一风气在一代又一代的士兵中间相互感染传承，即使把溃兵全部正法，一时也很难加以改变。唯一可行的办法就是将禁军各分守区驻扎在大江南岸，以军威震慑敌人。"至若渡淮迎敌，左右应援，则非沿边土丁断不可用。"①

---

① 《洺水集》卷二《丙子轮对札子》二。

南宋正规军的战斗素质如此之差，颇使辛弃疾忧虑。符离之战中所调用的正是南宋正规军部队，那种未战趾高气扬，一遇硬仗便畏缩不前，稍须坚韧苦战便生退避之心，以致不经大战即溃不成军的风纪和习气，虽然过了四十余年，仍让人记忆犹新，可见那次战役带给他的影响是何等深刻，以至到这时仍不能不旧事重提，以引起南宋主持军政的人物注意。

辛弃疾谈到，自他到镇江后，立即部署组建一支新军：造一万件红色军服，并准备先招募一万名军人。因为沿淮河边生长的当地人，处在宋金的边界，要经常防备敌人的滋扰，所以从小就练习武艺，骑马射箭，长大了便在淮河两岸出没，不少人做了强盗。他们对女真军，平常没放在眼里，一向持戏侮的态度。至于靠近长江北岸各州郡，如淮东的通、泰、真、扬州，淮西的舒、蕲、无为等州军，这里的人则由于地理位置的关系，以务农为生，一辈子用惯了锄头犁杖，很少与女真人打交道，一听到战场上敲锣打鼓声便心惊胆战，与江南吴地的人一样，他们是不能算作边丁的。

辛弃疾既懂得招募士兵必须有所选择，又要懂得招募来的军队必须独立驻扎，不与正规军掺杂在一起。因为相互掺杂，日久就会渐受官军影响，全都养成了临阵弃甲逃窜的风气，一旦面临紧急情况，彼此相互推诿，不肯奋勇向前。有了立功受奖的机会，则相互争夺，甚至为此大打出手，哪有工夫一致对敌？当然，招募来的军队除不能与正规军掺杂外，还要振军威。淮东和淮西要屯驻两支军队，每支要有两万人才能成军。淮东可屯于山阳，淮西则屯于安丰，选择依山阻水的地势安营设寨，让随军老幼家属都安置在其中，使之无反顾之忧。然后更新统帅，严格训练，使之气势壮而势力雄，可以收到不战而屈人之兵的结果。

在南宋立国之初的若干年内，当时的大军，例如张、韩、刘、岳大军，大多由西北壮士组成，士大夫阶层认为北方和西北方人体格健壮，英勇善战，而江南人则多柔弱不振，所以能与女真人抗衡的只有西北健儿。然而，过了五六十年之后，南宋正规军中的西北健儿早已老病死亡，其成员换了不止一代，现兵丁多为江南之人，不但战斗力大不如前，而且骄堕成习，军队素质之低是人所共知的事实。在西北流人日渐减少的情况下，不得已而求其次，则应选择淮河两岸生长起来的边民为兵丁，经过教阅训练，使之成为北伐作战的主力（当年的西北忠义如今也已同辛弃疾一样进入了暮年，自然不能披甲上阵了）。辛弃疾是头脑清醒冷静、经验丰富的军事家，四十年来，他虽然不再担任军队中的职务，却时刻关注着军队建设等重大问题。现在正值北伐前夕，他所焦虑的重点便是军政整顿和训练新军的问题。如果说，他在江西平定茶商军时拣选精锐士兵和当地土丁组成敢死队，是针对实战对象的确当之举，那么，他在湖南创立飞虎军和在福建准备"造万铠，招强壮，补军额，严训练"，便是有意识地针对未来的恢复中原战争采取的有效措施。他是一贯主张建立几支强大的有战斗力的军队，代替南宋的所谓御前诸军。这充分体现了他的兵家韬略。

在同程珌的谈话中，辛弃疾的另一个重要观点就是加强对敌情的了解和掌握。他说："谍者，师之耳目也，兵之胜负与夫国之安危悉系焉。而比年有司以银数两、布数匹给之，而欲使之捐躯深入，刺取敌之动息，岂理也哉？"他拿出一尺见方的锦帛给程珌看，只见上面写满了金国步兵骑兵的数目、驻扎地点及将帅的姓名，他指着这块锦说："此已废四千缗矣。"

辛弃疾还说："弃疾之遣谍也，必钩之以旁证，使不得而欺。如已至幽燕矣，又令至中山，至济南。中山之为州也，或背水，或负山，官寺帑廪位置之方，左右之所归，当悉数之。其往济南也亦然。"他又补充道："北方之地，皆弃疾少年所经行者，彼皆不得而欺也。"

然后他又对程珌说："敌之士马尚若是，其可易乎？"[①]

辛弃疾同程珌的谈话，尚在嘉泰四年（1204）的夏季，最晚在六月，上距他到镇江就职也不过四个月，而他所派遣的间谍不但到了金国的首都中都，还到了山东和河北，并且从金国安全返回，刺探了有价值的情报，从这些情况看，辛弃疾派出间谍的时间，显然早在一年之前，即他帅浙东之时，并不是到镇江后才始遣谍的。

辛弃疾既然是一到浙东安抚使任就派出间谍深入金国刺探情报，这就再清楚不过地说明，他晚岁再出的唯一目标，只是为了恢复中原，他不单从口头上呼吁抗金救国，而且在实践行动上做出了表率，这在当时的南宋朝野中，除了辛弃疾之外，没有第二个人。

嘉泰四年，辛弃疾在镇江任上所开始的招募新军计划，后来又有哪些进展，还有哪些备战活动，都是读者所关心的。但是，除了上引《丙子轮对札子》做了介绍外，却不见任何史书有所记载；《丙子轮对札子》也只说到这年夏天以前的情况，下半年的备战活动全不得而知，这实在是令人遗憾的事。

---

① 《洺水集》卷二《丙子轮对札子》二。

然而，从现存的一些零碎资料和下半年辛弃疾所作诗词来看，有理由推断，由于这些备战措施与当权的韩侂胄等人的主张大相径庭，各方面压力和阻挠必定接踵而来，使他在镇江所做的一切工作被迫终止，使他的爱国热情和进取精神受到严酷的打击和挫伤。

辛弃疾虽"奉上密旨，守国要冲"，却没有迹象表明他曾受到宋宁宗和韩侂胄的授权，可以便宜行事。既然遣谍一事早在他帅浙东时便已着手进行，则当时绝不是经南宋当局同意而后实施的。迨至对金的侦察告一段落，募军计划将要实行时，他一定要将其侦察所得及根据这些情报制订的北伐计划如实汇报给南宋朝廷，如此一来，必定引起南宋王朝的震惊和哗然议论。自南宋两次与金议和以来，南宋的军政首脑和保守的士大夫官僚在对金关系上一直持非常敏感的态度，不敢有一丝一毫触及女真统治者利益的行为，深恐因此开罪金人，惹来无穷的麻烦。遣谍一事本来涉及国家的安危，但在这些人看来，无异于向金国挑衅，作为地方官，干预军国重事，有越权之嫌，是不能容忍的。韩侂胄公开倡议北伐，已招来朝野一片反对声，使其不得不有所收敛，只与二三党羽和某些亲信将领秘密筹备此事。辛弃疾遣谍一事遭到非议，自在事理之中。

创建新军的动议更是触犯了主和派和守旧臣僚的大忌。冗兵庸将原是南宋军政上的一大弊病，军队数量庞大，每年耗费大量财政收入用于养兵，仅沿长江和汉中的都统司大军便有二十余万人[1]，而军队战斗力却很差，遇敌即溃的事屡见不鲜。对于如何改

---

[1] 见《宋史》卷一八七《兵志》一，第4582—4583页。

变这种局面，主和和守旧人士提不出任何办法，却坚决反对建立精锐新军代替屯驻大军的主张。淳熙六年（1179），辛弃疾创建飞虎军，这些人便以加重人民负担为借口加以沮抑阻挠。当时周必大即说："长沙将兵元不少，……若精加训练，自可不胜用。而辛卿又竭一路民力为此举，欲自为功且有利心焉。"① 甚至朱熹也在私下说："潭州有八指挥，其制皆废弛。而飞虎一军独盛，人皆谓辛幼安之力。以某观之，当时何不整理亲军？自是可用。却别创一军，又增其费。"② 这些观点前后习染，一脉相承，此时也不例外。很难想象，辛弃疾创建新军的主张能得到朝廷的应允。

辛弃疾的抗金计划不能落实，还因为他对韩侂胄的认识太过宽厚了。韩侂胄及其党羽起用某些负有时望的人物，为的是提高自身的威望，抗金主张既已取得这些人物的赞同和支持，他们便觉得目的达到，不再需要这些人物瓜分唾手可得的功名。特别是嘉泰以来，各都统司屯驻大兵的管军大都是韩侂胄拔擢和倚恃的人，他们多为纨绔子弟，从未经过战阵和疆场的锻炼，但韩侂胄正企图依靠他们建立不世之功，对于辛弃疾所严厉批评的军中那些恶劣风气和重组北伐新军的主张，特别是由辛弃疾组建一支归他自己指挥的新军的实践，韩侂胄怎么可能欣然接受呢？

当镇江备战不了了之之后，这年秋，辛弃疾曾连续作了三首《瑞鹧鸪》词，除一首无题外，另两首分别题为"京口有怀山中故人""京口病中起登连沧观，偶成"，与上半年所作的《生查子》词"不是望金山，我自思量禹"所表现的抗金热情高涨截然

---

① 《庐陵周益国文忠公集》卷一九五《（与）林黄中少卿》，第90页。
② 《朱子语类》卷一三〇《本朝》四《自熙宁至靖康用人》，第3102页。

不同，都是一些官情淡漠、意兴阑珊之作。怀铅山友人的一首所表达的竟然是欲归不得的矛盾痛苦情怀：

> 暮年不赋短长词，和得渊明数首诗。君自不归归甚易，今犹未足足何时？　偷闲定向山中老，此意须教鹤辈知。闻道只今秋水上，故人曾榜《北山移》。[1]

铅山友人韩仲止见此词后，写出和章道：

> 南兰陵郡《鹧鸪》词，底用登临更赋诗？贵不能淫非一日，老当益壮未多时。　人间天上风云会，眼底眉前岁月知。只有海门横北固，宦情随牒想推移。

虽赞扬辛弃疾"贵不能淫"非一日一时，而是一贯如此，却也认为"老当益壮"的日子不多了。其仕宦之情随着时间推移必有所变化。

接下来辛弃疾又作了一首登镇江府治连沧观的同调词，其上阕云：

> 声名少日畏人知，老去行藏与愿违。山草旧曾呼远志，故人今又寄当归。[2]

---

[1] 《辛弃疾集编年笺注》卷一五，第1812页。
[2] 《辛弃疾集编年笺注》卷一五，第1813页。

这后两句被明末清初学者顾炎武注意到了，且做了歪曲性的解释："幼安久宦南朝，未得大用，晚年多有沦落之感，亦廉颇思用赵人之意尔。"[1] 远志、当归都是中药名，晋郝隆戏谢安："处则为远志，出则为小草。"曹操曾寄当归于太史慈，招其北归。顾炎武以为，辛弃疾晚年颇悔仕宦南宋不得重用，有还归北方之心，这完全是错误理解前辈词意。辛弃疾平生志愿在报国复仇，宋朝是他的祖国，他与女真人有亡国之恨，即使他在南宋未得重用，但他恢复旧物的信念从少年至老年，从无改变。正所谓"造次必于是，颠沛必于是"，不因自身出处荣辱而动摇。"寄当归"之前冠以"故人"二字，正是前词"山中故人"之谓，岂能随意指为仕宦于敌国的旧相识？

显然，上述词作一定是辛弃疾在镇江的一切备战活动均遭南宋当局摧遏后，心情激愤，表达一时生出的归卧山林旧居之念而已。其无题的《瑞鹧鸪》词正明白无误地说清了这一点：

> 胶胶扰扰几时休？一出山来不自由。秋水观中山月夜，停云堂下菊花秋。　　随缘道理应须会，过分功名莫强求。先自一身愁不了，那堪愁上更添愁？[2]

既然韩侂胄及其党羽剥夺了辛弃疾参与北伐的权力，作为镇江知府，辛弃疾若不上章请祠，则只有在地方建设上尽其余力了。

辛弃疾曾念及刘宰家贫，赠其五十镒（二十两或二十四两为

---

①　顾炎武《日知录》卷一三《辛幼安》，岳麓书社 1994 年集释版，第 501 页。
②　《辛弃疾集编年笺注》卷一五，第 1817 页。

一镒）助家用。刘宰作启表示感谢，还顺便提及，入夏以来，旱情严重，里正、县吏隐瞒不报，如果各级官吏到八月还不把灾情如实报告，则恐怕难以及时申奏朝廷，所以希望他揭榜公布，让官吏据实来报，及早采取救灾措施。① 据《宋史》，这一年七月甲子，"以旱诏大理、三衙、临安府、两浙及诸路决系囚。戊辰，祷于天地、宗庙、社稷"②。辛弃疾有哪些救灾举措，史书别无记载。

辛弃疾在镇江修葺桥梁多座，便利百姓通行，见于地方志记载的有以下数处：

清风桥，在嘉定桥南。宋景祐间郡守范公希文重建，俗呼为范公桥（民怀范公之德，故名。苏子瞻《怀刁景纯》诗有"伤心范桥水"之句）。嘉泰、开禧间郡守辛弃疾复甃以石。③

梦溪桥，在朱方门外，水源自园通沟入漕渠，以沈内翰括居梦溪，故名。嘉泰中郡守辛弃疾重修。④

嘉泰桥，在市东紫金坊，宋嘉泰间造，故名。俗名真子桥，后废，重建，更名中市桥。⑤

① 见《漫塘集》卷一五《谢辛待制弃疾》。
② 《宋史》卷三八《宁宗纪》二，第 736 页。
③ 见卢宪《嘉定镇江志》卷二。收入《宋元方志丛刊》，第 2337 页。
④ 见光绪《丹徒县志》卷四，清刻本。
⑤ 见光绪《丹徒县志》卷四，清刻本。

二 罢知镇江

开禧元年（1205）春，韩侂胄等既以北伐为唾手可得的功名，决意先行对金采取挑衅行动，以达到用兵的目的。从这年正月开始，襄阳都统司等守边宋军密受韩侂胄旨意，派出小股兵力，进入金朝管辖的唐、邓、蔡、巩各州，实施抢掠烧杀，率先破坏了边境的安宁。

韩侂胄用兵的准备尚未完成，大军未加训练，将领庸懦无能，却要首先向敌人挑衅，这是辛弃疾坚决反对的。早在乾道中虞允文当政时，辛弃疾就坚决反对在开战之前向敌人进行挑衅，张扬用兵之声，引起敌人的戒备。现在韩侂胄又正重蹈虞允文的覆辙，企图挑起边衅后再用兵北伐，这正与辛弃疾对敌人实行突然袭击，以攻其无备，出其不意的主张背道而驰，倘若韩侂胄果然继此出师，结局就很难预料了，这是辛弃疾深为忧虑的事情。

这年二月二十日戊申，是元月八日立春后的第五个戊日，亦即开禧元年的春社日（此年秋辛弃疾被罢免，不及在镇江过秋社）。辛弃疾在镇江作了一首《永遇乐·京口北固亭怀古》词，表达他对时局的深切关怀和忧伤情绪：

千古江山，英雄无觅，孙仲谋处。舞榭歌台，风流总被，雨打风吹去。斜阳草树，寻常巷陌，人道寄奴曾住。想当年金戈铁马，气吞万里如虎。　元嘉草草，封狼居胥，赢得仓皇北顾。四十三年，望中犹记，烽火扬州路。可堪回首？佛狸祠下，一片神鸦社鼓。凭谁问廉颇老矣，尚能

饭否？^①

这首词所用的在镇江开创帝业之君孙权、刘裕（字寄奴）的典故，尽人皆知。孙权与曹刘争战不休，《南乡子》一词亦曾对此大加赞扬。这首词对刘裕率师北伐，收复京洛的豪气大为嘉许，然而对刘裕之子刘义隆的北伐却只有斥责。刘义隆只会说大话，全无乃父风范，听了王玄谟的陈说，便欲立盖世之功，如汉代霍去病之"封狼居胥"。元嘉间草草北伐，结果被魏太武帝拓跋焘（小字佛狸）打得溃不成军，仓皇逃回，北顾流涕，招致拓跋焘饮马长江，建行宫于瓜步，虎视江南。这些历史事件的回顾，没有一件不同眼前的时局相联系，显然是针对韩侂胄集团的轻率无谋而发。赞同什么，反对什么，在对历史教训的这一系列反思中已经袒露无遗，不必有更多的解释。所可忆念者，是四十三年前自己从烽火连天的中原战场拔身南归，最使人不堪回首。到如今大仇未复，大耻未雪，而南宋境内却已是一片歌舞升平景象，在魏太武帝行宫的基础上建造的太武庙，社鼓震天，人们忘记了民族的耻辱，淡化了杀敌意识。末句用廉颇遭谗故事也是最切题目的话语。据《史记》，廉颇晚年在魏国，思归赵国。赵王派使者视其堪用否，廉颇的对头郭开买通使者，回报赵王说，廉颇虽能用饭，但坐间三次如厕。结果赵王以为老而不用廉颇。词人的用意是：自己虽老而有廉颇之勇，报国之心，可惜由于郭开之流的谗毁，当局却不能用他。

---

① 《辛弃疾集编年笺注》卷一五，第1818页。

"凭谁问廉颇老矣，尚能饭否？"这是全词最关键的诘问。请谁来，由谁来问一声：廉颇虽老，尚能为国杀敌否？

这首词，据《鹤林玉露》记载，是写给丘崈的。[①]丘崈与辛弃疾均为久废起用。丘崈于嘉泰四年（1204）四月守建康[②]，刘过《上谯江州》诗所谓"丘公镇金陵，辛老治京口"是也。丘崈反对先事北伐，主张持重，后发制人。辛弃疾虽素来主张对金人不能讲信义，只要力所能及，出兵袭取全无不可[③]，但他也是主张慎重用兵，且坚决反对未战先事挑敌。《永遇乐》词涉及开禧北伐的重大决策问题，由于在朝臣中缺少同道和知音，因而寄致丘宗卿，也是朋友间磋商探讨之谊。

这时的辛弃疾，身体已经不很健康，常生病，去年秋已有《京口病中起登连沧观，偶成》之作。岳珂《桯史》记述了开禧元年（1205）春他在担任监镇江府户部大军仓时所了解到的辛弃疾的一些日常生活情况。原文称：

> 辛稼轩守南徐，已多病谢客。予来筮仕委吏，实隶总所，例于州家殊参辰，旦望贽谒刺而已。余时以乙丑南宫试，岁前莅事仅两旬，即谒告去。稼轩偶读余《通名启》而喜，又颇阶父兄旧，特与其洁。余试既不利，归官下，时一招去。稼轩以词名，每燕必命侍妓歌其所作。特好歌《贺新郎》一词，自诵其警句曰："我见青山多妩媚，料青山见我应

① 见《鹤林玉露》甲编卷一《辛幼安词》，第13页。
② 《景定建康志》卷一四。收入《宋元方志丛刊》，第1506页。
③ 见《辛弃疾集编年笺注》卷四《九议·其四》，第344页。

如是。"又曰："不恨古人吾不见，恨古人不见吾狂耳。"①

岳珂曾任总领所管仓储的官吏，和地方官本来并无上下级关系，只因他以在职官参加礼部试，考试不利而再归京口，才因进见时的《通名启》而受到辛弃疾的重视和接待。

岳珂述写这大段记事是为了炫耀他如何得到了辛弃疾的重视，其中恐难免有渲染之处。地方官虽不免迎来送往，常有歌筵舞席，但也会因此招致意料不到的流言蜚语，成为谗夫乘衅的口实。

果然，三月二日，因辛弃疾举荐的通直郎张瑛违法，辛弃疾坐谬举，被降两官。

四月，荆鄂副都统兼知襄阳府李奕被调任镇江都统制。《水心文集》卷二五《朝请大夫提举江州太平兴国官陈公墓志铭》载："开禧元年，襄阳前帅李奕，后帅皇甫斌，密受韩侂胄意，谋先事扰虏，纵亡命劫界外。……由是七州民无强弱相扇为盗，纵横入虏地，复归自寇。……处处杀掠，城扉昼掩。侂胄不知其情，将遂出师。公（陈谦）谓侂胄：'……乃倚群盗剽夺行之，岂得以败亡为戏乎？'既屡论斌、奕罪，力陈四不宜动，且求罢。侂胄患之，弥年不决。"②李奕正是是年春间挑起边衅的主要负责者。

李奕既是韩侂胄的心腹将帅，来镇江后欲与郡守保持良好关系，曾作诗给辛弃疾。今辛弃疾诗中乃有《和李都统诗》之作。诗云：

---

① 《桯史》卷三《稼轩论词》，第38页。
② 《水心文集》卷二五。收入《叶适集》，第503页。

破屋那堪急雨淋（自注：官舍皆漏）？且欣断港运篙深。
老农定向中宵望，太岁今年合守心。[1]

这首七绝写初夏大雨景象：郡守衙门年久失修，处处漏雨。诗人
虽身居漏室，却不愠而喜。所喜者，一是搁浅已久的港口因此复
可通航，二是干涸少雨的农田因此旱情缓解，丰收在望。去年以
来，浙西大旱，至此得雨，诗人喜民生之复苏，故作此诗，这同
杜甫《茅屋为秋风所破歌》所反映的那种身在江湖心忧元元的至
仁之心同一机杼。李奕祸国殃民，其人本不足道，辛弃疾此诗却
是有关国计民生的好诗，李奕得此冠其姓氏，亦是其大幸。

此年夏，辛弃疾的友人刘过游历京口，一偿数年前相会之
约。《桯史》卷二载：

庐陵刘改之（过）以诗鸣江西，厄于韦布，放浪荆楚，
客食诸侯间。开禧乙丑，过京口。……辛稼轩（弃疾）……
邀之去。馆燕弥月，酬唱亹亹，皆似之，逾喜。垂别，赒之
千缗，曰："以是为求田资。"改之归，竟荡于酒，不问也。[2]

《诗人玉屑》卷一九引吕炎《近录》亦载：

刘（过）改之《送王简卿归天台》："欲数人才难倒指，
有如公者又东归。……归期趁得东风早，莫放梅花一片

---

① 《辛弃疾集编年笺注》卷二，第181页。
② 《桯史》卷二《刘改之诗词》，第22—23页。

飞。"……辛稼轩简云:"夜来见示送王简卿诗,伟甚。真所谓'横空盘硬语,妥帖力排奡'者也。健羡,健羡!"①

王简卿名居安,台州黄岩人,因反对韩侂胄党羽苏师旦建节而罢校书郎,刘过时在中都,作诗送王居安归乡。而辛弃疾在京口得见其诗,大加赞扬,足见二人的正义感及作诗理念之接近。

开禧元年(1205)六月五日辛卯,南宋当局下令内外诸军,"密为行军之计";十二日,又"命诸路安抚司教阅禁军"。②十九日,却调辛弃疾改知隆兴府,远离江上防区。

在辛弃疾尚未离开镇江时,担任江西转运司干官的林镒,已写下了一篇贺启,欢迎辛弃疾来江西任职。启文有云:

畴庸北固,易镇南昌。棠舍阴浓,顿改江山之旧;松阶望峻,载观戟橐之新。先声鼎来,阖郡欲舞。顾趋承于秉属,尤感发于私衷。盖谓自三光五岳之气分,叹英豪其有几;更四圣百年之治足,慨功业之良难。早聆季子之来归,众喜夷吾之复见。使表饵得行其策,则规恢岂俟于今?方期父老之椎牛,开关持劳;岂谓儿童之竹马,夹道俟迎。抑九重深轸于此方,乃三锡重勤于老手。

恭惟某官,蓄雄刚之至德,负卓越之奇才。九卿高惟月之班,四国遍子蓄之绩。维是胸中之湖海,飘然与造物者游。发为笔下之波澜,殆非食烟火人语。脱略轩裳之表,逍

---

① 《诗人玉屑》卷一九,上海古籍出版社1978年版,第441—442页。
② 见《宋史》卷三八《宁宗纪》二,第738页。

遥岩壑之姿。然而当世望其有为，吾君引以自近。旋由次对，荐畀辅藩。居中则可寝谋于淮南，捍外则尚何忧于江左？虽咽喉之内地，实襟带于上流。眷顾周行，见大夫无可使者；仪图宿望，一敌国岂不隐然？不妨玉节之重临，伫听金瓯之有命。

某低徊一第，遭蹇半生。素亡逾人，矧未更事。猥玷公朝之荐口，重惭计幕之素餐。会逢十乘之启行，欣托二天之覆露。岂若秦之视越瘠，当不动心；倘如晋之用楚材，或堪为役。①

贺启反映了当时士大夫阶层对辛弃疾所寄予的厚望和殷切期待。然而，辛弃疾还未来得及去赴任，七月二日，就以臣僚论列，于七月五日改畀宫观。《宋会要辑稿·职官》载：

开禧元年七月二日，新知隆兴府辛弃疾、太府卿……陈景思并与宫观，理作自陈。以臣僚言弃疾好色贪财，淫刑聚敛。景思荐进驵吏，锻炼平民。②

在北伐正需人才的时候，辛弃疾却被罢免事任，难道真如臣僚所论劾，因其"好色贪财，淫刑聚敛"吗？

自开禧改元以来，韩侂胄急于兴兵北伐，为争取舆论支持，先后指使沿边守军派遣小股兵马袭击金国边境，制造出兵借口。但韩侂胄并没有因此赢得舆论的支持，反而招致士大夫和知名人

---

① 林锜《通待制辛帅启》。收入《五百家播芳大全文粹》卷四九。
② 《宋会要辑稿·职官》七五之三七至三八，第4092—4093页。

士的批评。韩侂胄没有就此收敛，一意孤行，排斥和拒绝任何不同意见。

开禧元年（1205）四月，武学生华岳上书宋宁宗，谏朝廷不宜用兵，痛斥韩侂胄及诸将误国之罪，韩侂胄得知大怒，既下大理狱，复下建宁府编管；五月，进士毛自知于殿试策中倡议用兵，即被擢为第一名。

与辛弃疾同章被弹劾的陈景思，其罢免的真正原因也不是"荐进驵吏，锻炼平民"。《水心文集》载，陈景思"迁太府卿，兼夏官侍郎，时开禧元年二月也。初，用事者专国久，规钓奇功，威服内外，术不素讲，而先事挑敌，在廷不获闻，思诚闻而未察也。一日，集侍从官议虏移文，变色叱咤曰：'国耻未报也，彼乃以近事责我，盍遂正名乎？'众相顾皇恐，对不坚决，思诚曰：'昔孝宗虑此久矣，迟回二十余年，终不敢发。惧发不胜，则安危存亡之所从分也。今财窘兵穷，贪将胺剥，外约难信，内心弗齐。且辛巳之役，只劳师一项，倾倒经费，遗患至今。征伐重事也，后不可悔。悔而复和，耻益甚尔，何报之有！'用事者与思诚亲，冀其助己，至是大怒，亟命提举玉局观"①。文中的"用事者"即韩侂胄。其所谓"盍遂正名"，意即废除和议，正敌国名义，对金宣战。韩侂胄挑起边境冲突的用意本就是制造用兵借口，但"术不素讲，而先事挑敌"的策略却是错误的。陈景思在用兵问题上不肯附和韩侂胄，遂因此而罢免。辛弃疾同日遭到弹劾，同章被罢免，恐怕真正的原因也是他在镇江的言行有违韩侂

---

① 《水心文集》卷一八《朝请大夫主管冲佑观焕章侍郎陈公墓志铭》。收入《叶适集》，第 359 页。

胄意旨，其抗金举措触及当政者的顾忌。所谓"好色"云云，以及陈景思的"锻炼"云云，都是表面言辞，不是韩党真正旨意，是不必认真看待的。

第二十二章　悲壮的晚年

一　仙人矶下的风雨

开禧元年（1205）秋，辛弃疾提举武夷山冲佑观，自镇江奉祠回归铅山。途经建康府，友人程泌赋《六州歌头》送别。词中檃括辛弃疾寓居铅山期间所作的几首歌词所开辟的意境，向他提出有关三件事的质询：

向来抵掌，未必总谈空。难遍举，质三事，试从公。记当年，赋得一丘一壑，天鸢阔，渊鱼静，莫击磬，但酌酒，尽从容。一水西来他日，会从公、曳杖其中。问前回归去，已笑白发成蓬。不识如今，几西风？　蒙庄多事，论虱豕，推羊蚁，未辞终。又骤说，鱼得计，孰能通？叹如云罔罟，龙伯唉，眇难穷。凡三惑，谁使我，释然融？岂是匏瓜者，把行藏、悉付鸿蒙？且从头检校，想见迎公，湖上千松。

这次回铅山，辛弃疾心情复杂，感慨很深。国家兴亡，民族恩怨，身世沉浮，种种情怀，交织融会在一起。上两次罢归，他所不能忍受的只是对个人的不公正对待，而这次却有所不同，既没有淳熙间罢归上饶时的愤嫉不平，也没有绍熙末再次罢归时的凄凉悲笑，有的只是对国事的忧愁，对社稷千秋的焦虑以及对负有进退人才之责的当国者的深切谴责，在从镇江溯江而上、入湖口、过鄱阳、东归铅山的漫长途中，伴随着顶头风雨，新凉秋水，牵魂入梦，郁结而不解。

题为"乙丑京口奉祠西归，将至仙人矶"的《玉楼春》词，作于泛江行程中：

> 江头一带斜阳树，总是六朝人住处。悠悠兴废不关心，惟有沙洲双白鹭。　　仙人矶下多风雨，好卸征帆留不住。直须抖擞尽尘埃，却趁新凉秋水去。[①]

仙人矶，在建康府西南江畔，西距马家渡不远。濒江处有巨石十余，矗立江边，地势颇为险要。"双白鹭"是实指，也指白鹭洲，在建康江南，新林浦（离建康二十里）西，上多白鹭，故有此名。

归舟行驶在波涛汹涌的夹江之中，突然而至的风雨打乱了归人的思绪。本欲在此地休憩的词人却不再停留，要在征衫抖尽尘埃之后，尽快赶回家中。天下兴亡，匹夫有责，何况一位对国家民族的前途命运负有特殊责任的人呢？六朝兴废，虽已去日悠

---

① 《辛弃疾集编年笺注》卷一五，第 1825 页。

悠，却让每一个经过此地的人难以忘怀。辛弃疾虽被罢黜，仍不能不寄情于时代的风风雨雨。历史的重担，在这位爱国志士的肩上是何等的沉重！

这次晚岁再出，给人的思考和教训实在是太多了。当西归的江行继续，行程过半，已从鄱阳湖进入余干江时，词人又作了一首《瑞鹧鸪·乙丑奉祠，舟次余干赋》词：

> 江头日日打头风，憔悴归来邢曼容。郑贾正应求死鼠，叶公岂是好真龙？　　孰居无事陪犀首，未办求封遇万松。却笑千年曹孟德，梦中相对也龙钟。①

归途中，每天所遭遇到的都是顶头的西风，船行于逆水中，风尘憔悴，可以想见。词人把自己比作汉人邢曼容。邢曼容为官不过六百石（州郡从事一类官），即自求免。此盖叹息自己每次为官数年便被罢免的遭遇。"郑贾"两句皆用典故。《战国策·秦策》三记载，周人称死老鼠为朴，郑国的璞却是玉。周人问郑贾："买朴吗？"郑贾说买，拿来一看却是老鼠，只好称谢不买。这叫作"眩于名，不知其实"。《新序·杂事》也载，叶公好龙，屋里雕画的都是龙。真龙得知现身堂上，叶公看见了，吓得六神无主。可见叶公所好，并不是真龙。用前一典故是自喻，说自己好比无知的郑贾，不明周人之所谓朴并非玉璞，结果求璞而得死鼠。辛弃疾晚年为恢复大计出山，以为当国者真心实意要报祖宗的仇耻，恢复祖国旧有河山，谁知完全不是这么一回事，而是假借

① 《辛弃疾集编年笺注》卷一五，第1827页。

恢复名义行其个人之私，这使他非常失望。他责备自己无知人之明，所以正应求璞得鼠之讥。通过两年来的自身体验，词人已经认识到，当国者口头上重视人才，实际上并不准备重用人才，之所以要笼络一些负有时誉的人物，是要用作招牌以争取舆论的支持，一旦目的达到，便会把有用的人才随意抛弃，正如叶公实际上是害怕真龙出现的一样。词中投枪所指，不言而喻，正应当是把持朝政的韩侂胄。

下片所引用的典故来自《史记·张仪传》：谓犀首无事而好饮酒。词人是说自己在镇江，既不得参与北伐谋划，亦不过日与二三客人饮酒而已。"求封遇万松"一句连用宋长万和张伯松两处典故，甚为罕见。《新序·义勇》载："万怒，遂搏闵公颊，齿落于口，绝吭而死。仇牧闻君死，趋而至，遇万于门，携剑而叱之，万臂击仇牧而杀之。"《公羊传·庄公十二年》亦载"仇牧闻君弑，趋而至，遇之于门，手剑而叱之，万臂杀仇牧"。《汉书·王莽传》载："（居摄元年）四月，安众侯刘崇与相张绍谋曰：'安汉公莽专制朝政，必危刘氏。……吾帅宗族为先，海内必和。'绍等从者百余人，遂进攻宛，不得入而败。绍者，张竦之从兄也。竦与崇族父刘嘉诣阙自归，莽赦弗罪。竦因为嘉作奏……，愿为宗室倡始，父子兄弟负笼荷锸，驰之南阳，猪崇宫室。……于是莽大说。……封嘉为师礼侯，嘉子七人皆赐爵关内侯。后又封竦为淑德侯。长安为之语曰：'欲求封，过张伯松；力战斗，不如巧为奏。'"宋长万因言语冲突，鲁莽杀人。刘崇与张绍为反对外戚王莽专政，保卫刘氏政权，举兵倡义。兵败身死后，这两人的亲属刘嘉与张竦（字伯松）为求与刘崇、张绍划清界限，主动向王莽作奏，要给刘氏宗族做出表率，亲手掘毁刘崇的宫室，凿为污水塘。结果这两个人都因此而封列侯。张竦和刘嘉的卑鄙丑恶行为，说穿了还是由当时王莽专制统治的政治压力造成的。当权者实行顺我者昌、逆我者亡的高压政策，士大夫中便会产生这种趋炎附势、投石下井、卖亲求荣的人物。词人运用这些典故，说自己"未办求封"，已经把韩侂胄比成了作乱的宋长万、篡汉的王莽，态度极为严峻尖锐。这实际上是声称此次出山，除了恢复中原的大目标外，自己是决不会为了求取封侯改变对韩侂胄的立场的。

有人说，辛弃疾的这两首词作，反映了词人的愤懑不平的心情。他怀着满腔愤怒，不想在归途经过临安，和当权者见面，表现了决绝的态度。这其实是完全误解了词人虽然悲愤难平却仍然情系祖国，责之深而爱之益深的一片丹心。

回到铅山后，辛弃疾又作了数首诗词，多以古喻今，讥刺时世之语，也都与暮年出处遭遇之感有关：

> 偶向停云堂上坐，晓猿夜鹤惊猜。"主人何事太尘埃？"低头还说向："被召又还来。"　多谢北山山下老，殷勤一语佳哉。"借君竹杖与芒鞋，径须从此去，深入白云堆。"
>
> ——《临江仙·停云偶作》[1]

> 期思溪上日千回，樟木桥边酒数杯。人影不随流水去，醉颜重带少年来。　疏蝉响涩林逾静，冷蝶飞轻菊半开。不是长卿终慢世，只缘多病又非才。
>
> ——《瑞鹧鸪》[2]

---

[1] 《辛弃疾集编年笺注》卷一五，第 1832 页。
[2] 《辛弃疾集编年笺注》卷一五，第 1834 页。

> 池鱼岂足较浮沉，丘貉何曾异古今？末路长怜鞭马腹，
> 淡交端可炙牛心。山方高卧云长乱，松本忘言风自吟。昨日
> 溪南鸡酒社，长卿多病不能临。
>
> ——《和前人韵二首》之一[①]

词中借猿鹤口吻，嘲笑主人"太尘埃"，以及自称司马长卿慢世，都是自嘲自伤的语句。而诗中所言，更是借《汉书》所记载的杨恽的语言，讽刺"大臣为画善计不用"的统治者，"古与今如一丘之貉"。

二　北伐溃败后坚拒出山

（一）在自认准备工作一切就绪，翻手覆手之间便可以成就不世功名之后，韩侂胄终于在开禧二年（1206）夏下令北伐金国。

韩侂胄北伐用兵的军事部署是：以邓友龙为御史中丞、两淮宣抚使，郭倪兼山东、京东路招抚使，出兵淮北，自泗、宿、寿州取河南；以薛叔似为兵部尚书、湖北京西宣抚使，皇甫斌为副使，出兵唐、邓，会两淮兵取河南；以程松为四川宣抚使，吴曦为副使兼陕西、河东招抚使，出兵汉中取陕西。这三路出兵的计划基本上沿袭了当年宋孝宗与虞允文的设想，所要攻取的目标和用兵策略都无所改动，仍然是南宋传统的用兵路线。

[①]《辛弃疾集编年笺注》卷二，第183页。

从四月下旬镇江都统制陈孝庆渡淮开始，北伐战事大致可分三个阶段：

一是中路、东路攻势受阻，宋军溃败，西路吴曦叛变；二是开禧二年（1206）十月，金军分兵南下反击；三是开禧三年（1207）二月，金人退兵，吴曦被诛，宋金议和。

开禧二年四月二十六日，镇江武锋军统制陈孝庆以所部毕再遇军自盱眙渡河，攻克泗州；二十七日，光州忠义人孙成等克复蔡州褒信县；二十八日，归投人彤宣、终明和金部押官成润等结集庄民五百人迎光化军忠义统领成表等军同为乡导，克复顺阳县；五月二日，淮西统制卞兴克复虹县；忠义人杨荣等克复蕲县。

五月七日，韩侂胄得知宋军已复上述州县，乃命直学士院李壁草诏，宣布讨伐金国。诏书有云："天道好还，盖中国有必伸之理；人心助顺，虽匹夫无不报之仇。"在声讨金人的罪行之后又说："含垢纳污，在人情而已极；声罪至讨，属胡运之将倾。兵出有名，师直为壮。"虽然话语颇为强项，但战争的胜负并不因此而受到决定性的影响。

五月十三日，皇甫斌引兵攻唐州，溃败；兴元都统秦世辅出兵至城固县，亦溃败；五月十四日，池州副都统郭倬、主管马军行司公事李汝翼会兵攻宿州失败；二十三日，郭倬等还军至蕲县，金人追击包围，郭倬顺从金人旨意，将马军司统制田俊迈献与金军，才得脱身而归；六月九日，建康都统兼知庐州李爽领兵攻寿州，溃败。[①]

---

① 见《宋史》卷三八《宁宗纪》二，第 741 页

宋军多路出击，分兵取金国沿边城镇，但稍遇金军阻击，或攻城略受阻碍，即溃败而归，全无战斗力。其中最明显的溃败是郭倬、李汝翼攻宿州的一路，其整个过程，在《宋会要辑稿·兵》九之二〇至二一有详尽记述：

　　三日，马军司后军统制知濠州田俊迈率所部兵渡淮。四日，池州都统制郭倬兵继之。……六日，主管侍卫马军李汝翼兵渡淮。……二十一日，虏出骑三千来攻，其夜倬、汝翼、俊迈率军退屯蕲州，至西流村复为虏邀击，多所杀伤。二十三日，虏兵围蕲县，我师势不敌，虏乘胜登城，焚城北门县治、仓库等，倬等战不利，兵多死。是晚，倬、汝翼受虏伪书，使人执俊迈送虏军。虏既得俊迈，即鸣金敛兵北归。其夜倬、汝翼引余众南还。是役也，兵初渡淮，三帅所统合部骑民兵几三万人，倬、汝翼孱懦无谋，兵无斗志，又值连雨，器甲烂脱，弓矢皆尽，所至水潦横溢，粮食不继，军还，溃乱不整，士卒多奔散，至灵璧，两军所存才五千余人而已。（先是，俊迈知濠州，尝遣忠义人吴忠等入北界，结集徒党，事觉，为虏捕获，尽得俊迈所给旗号等。又俊迈常遣人抄略彼界杀人，夺其鞍马橐驼等，故虏知俊迈名甚久，至是，倬等受虏伪书，其语谓能执送俊迈，则开以生路，免万人性命。倬等愚怯，信之，用其帐下余永宁计，诈作请俊迈议事，遂拥众围簇俊迈，夺其马及佩刀兜鍪等，相与执缚送虏寨。）[1]

---

① 《宋会要辑稿·兵》，第6915—6916页。

郭倬、李汝翼军溃败的情形以及二将所演出的自残保命的丑剧，按《宋会要辑稿》一书的原注，是据郭倬狱案修入，真确可信。《桯史》卷一四有《二将失律》条，亦载郭、李溃败及出卖田俊迈一事，其细节则较此更为详尽。

西线的情况是：四川宣抚副使吴曦早有叛变之谋，当四月二十六日韩侂胄令其出兵时，他便暗中遣其亲信将关外四州献与金人，以此作为代价求金人封他为蜀王。所以他只是装装样子，遣兵越过秦陇，与金人作战，但随即传令退军。六月，吴曦接受金人封王诏印，正式叛变降金。

这样，韩侂胄用兵不到两月，西线按兵不动，中路东路的襄阳、鄂、江、池州、建康、镇江府都统司分别出兵进攻唐、蔡、寿、宿、泗诸州，除夺取了泗州及少数县城外，主力宋军大都是略一接触敌人便溃败下来。担任监镇江府户部大军仓的岳珂，在北伐中曾受命渡淮，犒赏军前，目击宋军溃败情形，他记载道：

> 王师失利，溃兵蔽野下，泣声不忍闻，皆伤痍，或无半体，为之潸然，……是役也，殿司兵素骄，贯于炊玉，不能茹粝食，部饷者复幸不折阅，多杂沙土，军中急于无粮，强而受之。人旦莫给饭二盂，沃以炊汤，多弃之道；复负重暑行，不堪其苦，多相泣而就馨，道旁逃屋皆是，臭不可近。地多眢井，亦或赴死其间。每憩马一汲，辄得文身之皮，浮以桶面。①

① 《桯史》卷一四《开禧北伐》，第 164 页。

韩侂胄在六月四日将指挥东线战事不力的邓友龙罢免，以知建康府丘崈为刑部尚书、两淮宣抚使，取代邓友龙。程珌曾随从丘崈处理善后，到淮甸，他看到：

> 所集民兵皆锄犁之人，拘留维扬，物故几半。臣言之崈，一日而纵去者不啻万人，此盖犯招兵不择之忌也。禁旅、民兵混而不分，争泗攻寿，相戕殆尽，此盖犯兵屯不分之忌也。兵数单寡，分布不敷，人心既寒，望风争窜，此盖犯军势不张之忌也。

这是程珌追记辛弃疾嘉泰四年（1204）论恢复的谈话后，引证开禧北伐惨痛教训的一段话。他认为，开禧北伐的失败，完全证明辛弃疾之前论断的正确。他说：

> 明年乙丑（开禧元年），弃疾免归。又明年丙寅，始出师。一出涂地，不可收拾：百年教养之兵，一日而溃；百年葺治之器，一日而散；百年公私之盖藏，一日而空；百年中原之人心，一日而失。邓友龙败，朝廷以丘崈代之。臣从丘崈至于淮甸，目击横溃，为之推寻其由，无一而非弃疾预言于二年之先者。①

辛弃疾两年前所提出的是：招募新军应有选择；民兵和正规军应分别驻扎训练；兵力应相对集中，使军威振作起来。而开禧北伐

---

① 《洺水集》卷二《丙子轮对札子》二。

正是违背了这些原则，军队未加整顿，便以不教之兵临敌，失败当然在预料之中。辛弃疾在嘉泰四年（1204）的谈话中谈到的还有两点，也是开禧北伐失败的重要原因。一是韩侂胄北伐所依恃的各路都统司大军和殿前司诸军素质极差，缺少艰苦作战的锻炼，一遇强敌，立即不战而溃。甚至如岳珂所记述的，连粗米都不能下咽，困毙于道，又如何能驱使他们披坚执锐？二是韩侂胄这次出兵也根本不讲战略战术，多路出兵，攻取近边小城，这在以歼灭宋军为主要目标的金军面前，已失先机，胜负的预兆从战争一开端便显现出来。

由于宋人的大肆声张，金人对南宋败盟用兵早有准备。开禧元年（1205）以后，韩侂胄指使边将挑起边境冲突，便已暴露了用兵意图。金国立即以平章政事仆散揆为河南宣抚使，借诸道兵严守河南，后来因南宋三省枢密院发牒向金国做了解释并表示道歉，金方才取消了河南行省和宣抚司。开禧二年初，金章宗对南宋使臣陈景俊说："比来群臣屡以尔国渝盟为言，朕惟和好岁久，委曲涵容。"[1]可知金国并未放松警惕。四月十二日，金尚书省奏，河南统军使遣谍入襄阳，得知皇甫斌将遣兵四万人取邓州，三万人取唐州。于是调郑、汝、钧州之兵屯驻许州，亳、陈、睢州之兵屯驻于归德府，河南统军司兵屯驻于汴京，又调山东两路兵七千人驻大名府，河北东西路兵一万七千人屯驻河南。四月十五日，又以平章政事仆散揆领行省于汴京，许以便宜行事，部署陕西、河南、山东诸路兵马。这些军事部署都在宋军攻取泗州、揭开北伐战事之前，五月战事激烈时，金国又命河北、大名、北京

---

① 《金史》卷一二《章宗纪》四，第 273 页。

等发兵一万五千人屯驻真定、河间、清、献之间。从上述部署看，金国对南宋用兵路线知之甚悉，全力防守河南、河北西路这一条北上通道。

辛弃疾在《美芹十论》和《九议》中批判过的南宋以河南为首要攻取目标的战略思想，以及"求用兵之名而泄用兵之机"的策略思想，开禧北伐的指挥者却一一继承下来，结果自然要遭到金军的有力阻击。

北伐出师不利，韩侂胄起用丘崈代替邓友龙。丘崈到扬州后，以三衙江上诸军分守江、淮要害。韩侂胄遣人来商议招收溃军，丘崈则把民兵全部遣散。并请韩侂胄公布"苏师旦、周筠等偾师之奸"，惩处"李汝翼、郭倬等丧师之罪"。丘崈力主自守，要求放弃泗州，撤军回守淮东，韩侂胄从之，于是王大节、皇甫斌、李爽、李汝翼等败将相继贬逐。

六月，韩侂胄渐悔被苏师旦所误，在召集礼部尚书李壁饮酒时，语及苏师旦主用兵一事，李壁略举苏师旦过失以窥韩侂胄意，韩侂胄以为然，于是极论"师旦怙势招权，使明公负谤，非窜谪此人，不足以谢天下"①。这样，负责北伐军事指挥的苏师旦罢枢密都承旨，七月二十一日，又除名韶州安置。八月十七日，斩郭倬于镇江。

（二）开禧二年（1206）四五两月，北伐战事激烈之际，辛弃疾正家居铅山。韩侂胄用兵既不利，又想到辛弃疾，大约在这年七八月间，再起辛弃疾知绍兴府兼浙东安抚使。特授制词是：

---

① 《宋史》卷三九八《李壁传》，第12108页。此事亦见《西山文集》卷四一《故资政殿学士李公神道碑》。

师帅承流，本以宽大奉行为首；会稽并海，思得文武牧御之才。属此畴咨，得于已试。惟素望凤烦于镇压，则赤子必善于抚摩。其即祠廷，往分阃制。具官某：谋猷经远，智略无前。方燕昭碣石之筑官，何愧海滨之至；驾华山骤耳以行远，讵忘烈祖之知？久矣践扬，蔚有风采。爰擢登于禁从，将旋畀以事功。其才任重有余，盖一旦缓急之可赖；为吏太刚则折，此三期贤佞之未齐。朕惟旬四方而用俊民，岂以一眚而掩大德。其以济南之名彦，载新浙左之旌麾。夫才固有其所长，政亦贵于相济。往者盗鬶为害，赖卿销弭居多，今闻怀绥以重来，必且望风而屏去。惟宽严之不倚，庶操纵之适宜。噫，黄霸治如其前，终归长者；粤人轻而好勇，务在安之。可。①

制词通篇没提到北伐战事，只有一句"盖一旦缓急之可赖"透露了某种消息。这时的韩侂胄，还没有重用辛弃疾的意思，所以先任以浙东帅，并用此试探他的意向。

在辛弃疾尚未应命期间，镇江故交、任浙东仓司干官的刘宰已先作来贺启：

恭审祗奉尧言，载临禹会。五侯九伯，即专铁钺之征；万壑千岩，重仰诗书之帅。神人胥豫，宗社有休。

恭惟某官，命世大才，济时远略，挺特中流之砥柱，清

① 卫泾《后乐集》卷一《降授朝散大夫充宝谟阁待制提举建宁府武夷山冲佑观赐紫金鱼袋辛弃疾依前官特授知绍兴军府兼管内劝农使充两浙东路安抚使马步军都总管赐如故制》，文渊阁《四库全书》本。

明寒露之玉壶。十载倦游，饱看带湖之风月；一麾出镇，迥临越峤之烟霞。上方为克复神州之图，公雅有誓清中原之志。乾旋坤转，虎啸风生。俟对西清，入陪闲燕；承流北府，出分顾忧。肆烦十乘之启行，尽董六师而于迈。然念京口之兵可用，徒侈流传；太仓之粟相因，未多红腐。必考杜牧自治之策，庶收宣王外攘之功。众窃迟之，我则异是。上还印绶，归卧林园，既乖曲突之谋，屡见俗庵之折。旋悔雁门之失计，轻用王恢；欲使淮南之寝谋，莫如汲黯。起家有诏，贺厦无涯。竹马欢迎，误喜细侯之至；木牛馈运，正须丞相之来。

某跪别风姿，骤更岁律。曩窃棠阴之覆，兹欣芝检之颁。一天独有二天，敢恃门墙之旧？今日以至后日，所祈山薮之容。诵咏深深，敷陈罔既。[①]

刘宰贺启可考见开禧元年（1205）、二年辛弃疾有关北伐的主要观点。其中自"京口之兵可用"到"我则异是"一段，正是概括了刘宰两年前在镇江所听到的议论。辛弃疾在镇江必曾对刘宰等人谈到，南宋正规军既无作战能力，不能委以重任（"京口之兵可用"只是历史上的佳话，今天已完全不同了），府库的积蓄不够充盈，必须讲究自治之策，然后实施用兵计划。主战者以为太迟，辛弃疾却认为非此不能成功。

元人袁桷在一篇跋文中谈到朱熹和辛弃疾论恢复用兵时记载说：

---

① 《漫塘集》卷一四《上安抚辛待制》。

尝闻先生（朱熹）盛年，以恢复为最急议，晚岁则曰："用兵当在数十年后。"辛公开禧之际亦曰："更须二十年。"阅历之深，老少议论自有不同焉者矣。①

"更须二十年"正是"众窃迟之，我则异是"的最好注释。

"上还印绶"四句，是说辛弃疾推迟用兵的建议，是北伐取胜之道，而韩侂胄不能采纳，才导致了用兵的一再失败。

"旋悔雁门之失计，轻用王恢；欲使淮南之寝谋，莫如汲黯"四句，是说北伐失败后，韩侂胄后悔用人不当，欲挽回国事，非起用辛弃疾不可。

根据刘宰引用的许多典故看，辛弃疾再次帅浙东，必已在北伐屡败之后，即开禧二年（1206）的七八月间。北伐的失败，说明辛弃疾的预见完全正确，所以要再次起用他。但辛弃疾在此形势之下，已不愿再为韩侂胄出谋划策、收拾残局，故辞免新命。大概是一辞不允，又有再辞或三辞，方始改命他人为浙东帅。查继为浙东帅的是钱象祖，他于八月二十二日到任。钱象祖先于开禧二年三月因不肯任北伐之责罢免参知政事兼知枢密院事。

（三）开禧北伐以来，韩侂胄所信任、倚为心腹的文臣武将，无不在北伐中暴露出贪婪腐败、委琐无能的面目。苏师旦本是平江府的一名书吏，曾供韩侂胄奔走之役，韩侂胄秉政后冒充宁宗潜邸旧臣，知阁门事，拜节钺，除枢密都承旨，及指挥用兵失败，被窜于海上，韩侂胄败亡后抄籍其家，其平日招权纳贿所得金及金器动辄上万两，可见其为人之贪。②邓友龙、薛叔似以及

---

① 《清容居士集》卷四六《跋朱文公与辛稼轩手书》。
② 见《四朝闻见录》戊集《侂胄师旦周筠等本末》，第181页。

郭倪、皇甫斌、郭倬、郭僎、李汝翼、李爽、王大节等人，"雕瘵军心，疮痍士气，……苟且偷冒，以至通显"①，本来就不得军心，其丧师辱国，皆在辛弃疾的预料之中。

用兵失败后，韩侂胄不得不将负有责任的败将一一责处。其中攻宿州的郭倬、李汝翼所受责罚最重。《宋史·宁宗纪》载，六月七日，夺郭倬、李汝翼三官，八月十七日，斩郭倬于镇江。按郭倬、李汝翼出卖田俊迈逃归后，"倬、汝翼寻逮送诏狱，鞫得其实，倬伏诛，余人论罪有差"②。岳珂当时目睹郭、李军败及下狱诸事，他在《二将失律》中详述其事：

> 余归，病中得邸状，汝翼、倬俱薄谪湘、湖间，意泯熄矣。居亡何，有旨，命大理正乔（梦符）即京口置狱，推俊迈事，皆莫测所以发。既乃闻余永宁者，适以事至宣司，遇俊迈之驭，执之，呼冤，丘枢讯焉，得其情。以事已行，不欲究，第杖永宁脊，黥流海岛。倬之弟僎，轻佻人也，好大言，闻永宁得罪而怒，实不知其事之出于倬，妄谓不然，以诉于平原，平原谓之曰："平反易耳，第万或一，然国有常宪，彼时何以为君地？不如姑已。"僎固称枉，请直之。乔遂来复追永宁于道，俱下吏，左验明甚。九月，狱具，永宁碟死，倬弃市，从者皆论极典，汝翼以不出语，得减死，窜琼州。③

---

① 《宋史》卷四五五《忠义》十《华岳传》，第13376页。
② 《宋会要辑稿·兵》九之二一一，第6916页。
③ 《桯史》卷一四《二将失律》，第167页。"平原"即韩侂胄。"九月"恐为'八月'之误。

按郭、李之谪窜湖湘，是在丘崈极论苏师旦误国之罪的稍后，即七月初的事。而二将下诏狱（即京口特置的大理寺狱），则应在七月中旬。诸将下狱一事传到铅山山中，辛弃疾特作了一首《丙寅岁山间竞传诸将有下棘寺者》的七律诗以记之：

> 去年骑鹤上扬州，意气平吞万户侯。谁使匈奴来塞上？却从廷尉望山头。荣华大抵有时竭，祸福无非自己求。记取山西千古恨，李陵门下至今羞。①

"去年"句指开禧元年（1205）北伐战事之前，诸将皆骄傲自负，不可一世，以为大功可成，富贵立致。《桯史》卷一五《郭倪自比诸葛亮》条载，郭倪自负，以诸葛亮自比。岳珂开战后至泗州见郭倪，见座上客扇，皆题写杜诗"三顾频烦天下计，两朝开济老臣心"句。其弟郭倬败于符离，郭僎败于仪真，始自料前景不妙，对客哭泣，数行俱下。②"匈奴来塞上"句用的是王恢诱引匈奴入塞事，指开禧元年以来，诸将竞相派遣小股部队化装成百姓深入对境，杀掠骚扰，挑起边塞争端，以致金人警觉，北伐无功事。"谁使"两字是说，诸将既把北伐意图暴露给敌人，则用兵不胜，正是自取其祸。"荣华"一联，则直言诸将今日入狱，罪有应得，无不是前日的行为造成的。尾联用李广之孙李陵投降匈奴事。《史记·李将军列传》载李陵兵败降敌，"自是之后，李氏名败，而陇西之士居门下者皆用为耻焉"。按郭倪、郭倬等皆郭

---

① 《辛弃疾集编年笺注》卷二，第188页。
② 见《桯史》卷一五《郭倪自比诸葛亮》，第180页。

浩之孙，郭棣、郭杲、郭果之诸子，世代为将，至此身败名裂。开禧北伐，诸将偾师之罪责是无法逃脱的。辛弃疾闻诸将入狱，作诗痛斥之，非幸灾乐祸，而是忧国伤时，对断送恢复大业的罪人不能不予以口诛笔伐。

开禧二年（1206）九月十三日，宋廷祭天地于明堂，辛弃疾因进宝文阁待制，封历城县开国男。

九月二十八日，辛弃疾再作七律一诗，表达坚拒出山的意愿。

> 渐识空虚不二门，扫除诸幻绝根尘。此心自拟终成佛，许事从今只任真。有我故应还起灭，无求何自别冤亲？西山病叟支离甚，欲向君王乞此身。[1]

在韩侂胄的把持下，国事被搞得一团糟，辛弃疾不堪忧国忧民，心神憔悴困惫，亟欲摆脱这一局面，求得自身的安宁，因此表示要在翌年申乞致仕，不再为国事操心焦虑。

三　晚岁的心路历程

（一）开禧二年十月，北伐战事已进入第二阶段，金左副元帅仆散揆分兵九路南下，出颍、寿、唐、邓、涡口、清河口，以

———————

[1]《辛弃疾集编年笺注》卷二《丙寅九月二十八日作明年将告老》，第192页。

及陕西成纪、陈仓、临潭、盐川、来远。金兵势如破竹，到十二月，中路光化、枣阳军、信阳军、随州皆陷没，东路的安丰军、濠、滁、真、和州亦皆陷没。至开禧三年（1207）正月，金人南犯既已得手，便以此为资本胁迫南宋，遂又主动退兵，诱使宋人遣使议和。

开禧二年十二月，宋廷罢免湖北、京西路宣抚使副薛叔似、陈谦，以湖北安抚使吴猎为宣抚使，又命辛弃疾为湖北安抚使，进职龙图阁待制，并且不准其辞免，令先赴行在议事。

其时金人已有议和意，江淮宣抚使丘崈上疏，请朝廷移书金帅，与金议和。并说，金人既指称韩侂胄为用兵首谋，如致书金人，应暂时避免由韩侂胄系衔。韩侂胄得疏大怒，罢丘崈宣抚使，以知建康府叶适兼江淮制置使。宋廷召辛弃疾觐见，所征询的大概就是有关议和的对策。

辛弃疾不得已奉命启程赶赴临安。据行程和当时形势推断，这时或当在开禧二年的岁杪。他在到达行在后向朝廷提出什么建议，现在已无从查知了，只知他被留在行在，任命为兵部侍郎。这是执掌兵卫、仪仗、武举、民兵、厢军、土军及舆马、器械等政事的职务，并不负责军务，与抗金没有直接关系。辛弃疾不准备接受这一职务，于是上章辞免，宋廷不允其所辞时有一道制词说：

> 敕具悉。朕念国事之方殷，慨人材之难得。外而镇临方面，欲借于威望；内而论思禁列，将赖之于讦谟。熟计重轻之所关，莫若挽留而自近。卿精忠自许，白首不衰。扬历累朝，亶为旧德。周旋剧任，居有茂庸。建大纛以于蕃，趣介

圭而入觐。虽戎阃正资于谋帅，而武部尤急于需贤。勉图厌难之勋，宜略好谦之牍。所辞宜不允。[①]

此时，福州旧友黄榦写来一封书信，对当前形势及辛弃疾的出处选择问题多有评论：

> 　　榦拜违几舄，十有余年。祸患余生，不复有人世之念。以是愚贱之迹，久自绝门下。今者不自意乃得俯伏道左，以慰拳拳慕恋之私。惟是有怀未吐，而舟驭启行。深夜不敢造谒，坐局不敢离远，终夕展转，如有所失。
>
> 　　恭惟明公，以果毅之资，刚大之气，真一世之雄也。而抑遏摧伏，不使得以尽其才。一旦有警，拔起于山谷之间，而委之以方面之寄，明公不以久闲为念，不以家事为怀，单车就道，风采凛然，已足以折冲于千里之外。
>
> 　　虽然，今之所以用明公，与其所以为明公用者，亦尝深思之乎？古之立大功于外者，内不可以无所主，非张仲则吉甫不能成其功，非魏相则充国无以行其计。
>
> 　　今之所以主明公者何如哉？黑白杂揉，贤不肖混淆，佞谀满前，横恩四出。国且自伐，何以伐人？此仆所以深虑夫用明公者，尤不可以不审夫自治之策也。
>
> 　　国家以仁厚揉驯天下士大夫之气，士大夫之论，素以宽大长者为风俗，江左人物，素号怯懦，秦氏和议又从而销靡之。士大夫至是，奄奄然不复有生气矣。语文章者多虚浮，

---

① 《后乐集》卷三《辛弃疾辞免除兵部侍郎不允诏》。

谈道德者多拘滞。求一人焉，足以持一道之印，寄百里之命，已不复可得，况敢望其相与冒霜露、犯锋镝，以立不世之大功乎？此仆所以又虑夫为明公用者，无其人也。内之所以用我，与外之所以为我用者，皆有未满吾意者焉。[1]

黄榦从绍熙五年（1194）辛弃疾罢免福建安抚使以后，至嘉泰四年（1204）辛弃疾知镇江府赴任之年始见了一面。中间因伪学之禁，黄榦列名于伪学逆党籍中，仕途受到禁锢，书中"祸患余生，不复有人世之念"就指此事。据《宋史》本传，黄榦于朱熹死后，特持三年心丧，此后党禁解除，调任监嘉兴府石门酒库。吴猎帅湖北（吴猎于开禧元年［1205］十二月帅湖北），辟黄榦为安抚司准备差遣。吴猎改任宣抚，黄榦赴行在，改任临川令，得见辛弃疾于临安，又因忙于启行，不得面叙委曲，才致此书。

　黄榦希望辛弃疾慎重考虑的，是当前掌握用人大权的为何等人物，而果真付与辛弃疾重任，可以使用的又有何等人物。黄榦认为，古来在外立功，朝中必有支持者。而如今朝廷之上，决策者们"黑白杂揉，贤不肖混淆，佞谀满前，横恩四出"，用人者自治未理，如何攻人？江左历来缺少人才，尤其是有所作为的人才。秦桧专权以来，人才更是备受摧残，可以胜任地方官的尚且没有几人，怎能指望一些毫无生气的庸碌之辈去舍生忘死、冲锋陷阵呢？黄榦显然认为，辛弃疾一生所期待的复仇雪耻的机会，开禧间也并不存在。在当时，和黄榦持相同观点的当不乏其人。对这些，辛弃疾也显然有过认真考虑，所以自镇江罢归后，便不

---

① 《勉斋集》卷四《与辛稼轩侍郎书》。

准备再次接受韩侂胄所授予的各种差遣。一年来，知绍兴府、江陵府、兵部侍郎的任命，他都一一推辞掉了。然而韩侂胄对他仍予挽留，尽管他坚辞兵部侍郎不就，还是给予在京宫观，不让他离开临安。

开禧三年（1207）二月，四川兴州中军正将李好义同监兴州合江仓杨巨源、四川转运副使安丙等共诛叛徒吴曦。吴曦公开僭位仅四十一日。

三月二十六日，在朝侍从以及执刑法官员共议吴曦族属连坐的刑名，同上奏状，辛弃疾以龙图阁待制在京宫观列名于吏部尚书兼给事中陆峻、兵部尚书宇文绍节、吏部侍郎兼直学士院卫泾、工部侍郎兼知临安府赵善坚之后，吏部侍郎雷孝友、户部侍郎梁季珌等人之前。

接着，辛弃疾又因此次"需宥"，恢复了朝议大夫的官阶。

（二）说到辛弃疾晚年的经历，必须联系到宁宗即位以后的政治局势变化以及韩侂胄集团的内外政策。从绍熙五年（1194）七月赵扩登上帝位，到开禧三年十一月韩侂胄被诛，前后十四年，正是宋宁宗在位期间第一个控制政权的权臣韩侂胄从发迹、发展到最终覆灭的历史时期。辛弃疾病逝于开禧三年的九月，几乎目睹了韩侂胄集团的兴亡始终。如果说辛弃疾两首江行词主要是写他晚年对宋廷态度的变化，还不如说两词充分体现了他对韩侂胄集团的好恶感情。因此，研究他的晚年心路历程，就与韩侂胄集团的兴亡进程密不可分。

宋高宗放弃政权之前和其后，南宋政治进程曾发生了重大的变化。高宗在位三十六年之间，由大奸大恶的权相秦桧主政的时间长达十九年。其中，驱逐忠良，杀害抗金大将岳飞，与金国达成丧权辱国的绍兴和议，成为其当政时期的主要历史事件。秦桧死后，驱逐秦桧余党的努力直到绍兴末年才告完成。但新即位的孝宗却仍然维持了同金国的议和，虽有振奋人心的符离之战，对历史的大趋势却仍然无力加以改变。

而且，从孝宗受禅开始，直至二十七年后再次上演的禅位光宗，及至短短五年之后重新传位宁宗的宫廷政变，前后六十余年的孝、光、宁三朝政坛，其主要特点又都与高宗朝有所不同，其最突出的政治生态就是近习、佞幸、宦官的干政和外戚的专断。其间的激烈矛盾和给社会的影响也都是前所未有的。

韩侂胄集团的暴起，是随着光宗皇位的替代而发生的。在此之前，辛弃疾受到宦官、佞幸集团政治上的打击报复，从舞台上退出，导火索还是淳熙二年（1175）的扑灭赖文政茶商武装叛乱事件。淳熙四年冬，辛弃疾在江陵湖北安抚使任上，因抵制江陵驻军的都统制率逢原纵容部曲殴打百姓，与率逢原的后台宦官发生冲突，淳熙八年成为因逢迎言兵而同时与虞允文、赵雄等被孝宗骤用的言官王蔺的弹劾对象，从此终孝宗之世，不再起用。众所周知，虞允文、赵雄等人，都是靠浮夸言兵，而得到孝宗重用，而又一贯勾结宦官、佞幸以固权势。

宁宗即位后，辛弃疾更是屡受言官的弹劾。绍熙五年（1194）七月，因左司谏黄艾的弹章，他被罢免了知福州和福建安抚使。所论有二，一为过度用钱，二为杀人。前者谓其在闽帅任上多所兴建，后者则全为诬陷。自淳熙首遭言章之后，辛弃疾七闽为官，听从了朱熹的建议，并没有如前此帅湖北时痛治茶商武装的余党，因而不存在杀人之事。而创建地方武装，加强军备，则是辛弃疾平生坚持抗金事业的一贯主张，在福建，亦

"欲造万铠，招强壮，补军额，严训练"，以此招致执政的赵汝愚的猜忌，而被辛弃疾"衔之切骨"的这次弹劾，当与此有关。此后有记载的两三次弹劾，都来自新兴的韩侂胄集团。一次是绍熙五年（1194）九月，韩侂胄党羽御史中丞谢深甫言其"敢为贪酷"，遂降其贴职。一次是此年十二月，言其受到理学中人中书舍人陈傅良的庇护。而翌年庆元元年（1195）十月，韩侂胄党羽御史中丞何澹再劾辛弃疾"酷虐哀敛"，遂其落职。谢、何二人，都是韩党的重要成员，是发起庆元党禁的"魁恺"，可知，在赵汝愚被排除政坛之后，辛弃疾的主要政敌，都来自韩侂胄集团。

虽然庆元党禁初期，辛弃疾屡受韩侂胄集团的排斥和迫害，但是，由于他并不是赵、朱一党，而且曾受赵汝愚信任的谏官所弹击，所以，到了庆元三年十二月，宋廷公布伪学逆党籍时，辛弃疾并不在其中。而到了庆元四年，辛弃疾恢复了贴职宫祠，算是宋廷正式恢复了其政治地位。而到了嘉泰二年（1202），宋廷宣布解除党禁学禁，此后他便面临再度出仕的问题，这才有了嘉泰三年他的出知绍兴府、四年改知镇江府等事件。

（三）总括韩侂胄执政以来，辛弃疾晚年同宋廷和韩党的关系，的确是复杂和矛盾的，是不能一言以蔽之的。

韩侂胄集团的兴亡，以其主要政治事件划线，大致可分三个时期。一是庆元间的学禁党禁，二是嘉泰间的政治转型，三是开禧间的对金北伐战争。以下详述辛弃疾在这三个时期的遭遇及其心态变化。

绍熙五年七月五日，宋宁宗继承生病不能主政的光宗，成为南宋第四代皇帝。在拥立宁宗时立有大功的赵汝愚成为执掌朝政的宰执大臣，而外戚韩侂胄也以沟通内宫的吴皇后之功成为朝中新生的潜在势力。为了争夺对朝政的控制，两人之间的斗争，促使朝中政治力量迅速分化，从而拉开了韩侂胄执政十四年的序幕。

为把赵汝愚、朱熹一党的势力驱逐出朝，并从思想文化上清算朱熹的理学思想，韩侂胄集团仿前人故智，实行党禁、学禁。庆元三年（1197）十二月，遂设立伪学逆党籍，把赵、朱一党的五十八人打入党籍，在政治上实行禁锢，直至庆元六年。

鉴于庆元党禁的不得人心，嘉泰二年（1202），韩侂胄改弦更张，废除了实行六年的党禁学禁，恢复遭到禁锢的伪学党人的官职，欲体现举国一致的团结，并准备对金用兵，收复中原失地。

开禧二年（1206）五月，北伐战争开始，但准备不足的宋军在战争初起时即遭遇挫败，此后宋金双方处于胶着状态。直到开禧三年十一月，礼部侍郎史弥远等朝臣发动政变，刺杀韩侂胄，与金人再度议和，执政的韩党彻底失败。

辛弃疾在绍熙五年（1194）以后，受到赵、韩两党的排摈和打击。曾遭到多次弹劾。黄艾虽未列入伪党禁名单，却被赵汝愚擢为言官。他的弹劾，使辛弃疾在福建任职期间的政绩全被抹杀，为此辛弃疾衔之入骨，却无可奈何。而谢深甫、何澹等言官，皆为韩侂胄死党。在庆元初，辛弃疾是和赵、朱理学党徒同样受到诬陷而被清除的对象。对此，辛弃疾不能不站在受打击的理学家一边，反对韩侂胄的政治压迫。因此在党禁期间，他断绝了同韩侂胄一党的一切联系，还利用诗词为武器，对这一时期险恶的政治环境加以谴责和批评，对主政者的倒行逆施加以嘲讽和斥责。

而庆元四年（1198），宋廷恢复了辛弃疾的职名和官祠，其后解除政治和学术的双禁，最终决定举国一致对金用兵。韩党的这一转变，却使辛弃疾对这一系列的新政充满了好感和希望。他基于一生力主抗金的坚定不移的立场，因而也乐于看到韩侂胄转变立场，团结抗金人士，一致对外。因此，辛弃疾对其所倡议的抗金之举，给予了一定的理解和支持，他以出任知绍兴府兼浙东安抚使的行动支持了韩侂胄的北伐决策。

嘉泰四年（1204）春，当辛弃疾临安朝见时，他向宋宁宗提出金国必乱必亡的判断，提出"愿付之元老大臣，务为仓猝可以应变之计"的建议。

宋廷改任他为抗金重镇镇江府的知府，他高兴地接受任命。在京口，他的一首《生查子》词写下了"悠悠万世功，矻矻当年苦。……不是望金山，我自思量禹"①的词句，表达他欲创建像大禹一样拯救万民的丰功伟业的壮志。

辛弃疾不是徒有虚名的人士，他是军事上具有战略远见又有实战经验的人物，他到镇江之后，即着手备战工作：派遣间谍深入金国边境和内地，了解敌人的实力；针对宋军的弱点和备战情况，准备招收沿边壮丁，组成一支具有实战能力的北伐先遣部队。

他还在读宋高宗《亲征诏草》时写下激励人心的语句："今此诏与此虏犹俱存也，悲夫！"展示他不与敌人共存的战斗意志。这些言行，当然都源于他长期秉持的爱国热情的迸发，并非一时

---

① 《辛弃疾集编年笺注》卷一五《生查子·题京口郡治尘表亭》，第1806页。

的冲动，是他以实际行动支持开禧北伐的正当表现。

　　然而，围绕在韩侂胄身边的并不是真正的爱国者和抗金派人士，而多半是一批怀有各种私心的文武臣僚，韩侂胄信任并倚仗用兵的，如邓友龙、苏师旦、李奕、皇甫斌等轻率狂躁而又浮夸的人物，也并不肯同当代的豪杰贤能之士共创功名，一旦其笼络人心的行为稍有进展，便又开始对持不同意见者加以排挤、打击和报复。开禧元年（1205）三月辛弃疾坐谬举降官，只是他们报复辛弃疾在镇江府擅自备战的尝试之举而已。但从这件事上，仍能看出韩侂胄集团对辛弃疾任用上的限制，是排除异己的前奏。果然，到了此年六月，韩侂胄集团便免除了辛弃疾新的任命，迫其奉祠而归，这才有了是年秋间的回归铅山及途中两首小词的写作。

　　早于辛弃疾降官之前，开禧元年的二月下旬，辛弃疾已经写下了《南乡子》和《永遇乐》两首名词，其中所表达的思想感情，已同前岁新知京口所赋词章的豪情万丈有所不同。《南乡子》一词是作者在登北固亭高处北眺中原时，对实现北伐的一种深切的隐忧。而《永遇乐》则是对韩侂胄即将发动的对金战争的切实的告诫。"仓皇北顾"和"神鸦社鼓"等警句，如同他前一年同程珌谈话时所提出的警告一样，"无一而非弃疾预言于二年之先者"，具有真知灼见和预判的前瞻性。所以，当韩侂胄集团不顾一切地罢免辛弃疾时，他情绪之激动，反响之强烈，前所未有。

　　开禧二年，韩侂胄出兵攻金，然而，正如辛弃疾两年前所预料的，"一出涂地，不可收拾：百年教养之兵，一日而溃；百年葺治之器，一日而散；百年公私之盖藏，一日而空；百年中原之人心，一日而失。"① 郭倬战败，出卖部将给敌人，以换取自己的性命。对此行径，辛弃疾愤怒斥责："荣华大抵有时竭，祸福无非自己求。"其中并无幸灾乐祸之意，而是彰显了民族大义。辛弃疾"岂幸人之祸者哉? 盖悲之也"②。

　　开禧北伐的失败，验证了韩侂胄一党危害国家利益的丑恶行径。虽然在战败后，韩党又企图用官爵利禄再次笼络辛弃疾，为开禧之战收拾残局，一而再地任命辛弃疾为知江陵府、湖北安抚使，进兵部侍郎，加宝文阁待制、龙图阁待制，直至进枢密都承旨，最后是把指挥战争的权力给予辛弃疾，但辛弃疾始终没有接受这些职务。这并不能说明辛弃疾已经同韩侂胄集团彻底划清了界限，决绝破裂，如某些根本不了解历史事实的人所说，是"怀此怨愤之心，不愿生入临安，故此选择了冲犯长江风涛，迂回余干远路，大大绕路，回到铅山瓢泉，并写下《玉楼春》和《瑞鹧鸪》这两阕词，将他的选择明示世人"③。我要说的，这种论证，完全不是事实。从开禧元年（1205）三月辛弃疾的被降官开始，虽然他对韩侂胄的愤恨不平尽人皆知，而且也确曾赋诗明志：

　　　　三峰一一青如削，卓立千寻不可干。正直相扶无依傍，撑持天地与人看。④

① 《洺水集》卷二《丙子轮对札子》二。
② 《仇池笔记》卷上《白乐天诗》。收入《宋人笔记小说：东坡志林·仇池笔记》，华东师范大学出版社 1983 年版，第 218 页。此处借用苏轼评白居易"当君白首同归日，是我青山独往时"所语。
③ 简锦松《现地研究与辛弃疾词的新读法》。收入《数字人文》2020 年第 1期，第 60 页。
④ 《辛弃疾集编年笺注》卷二《江郎山和韵》，第 198 页。

他以山石为譬，前有永丰雨岩的石浪，后有铅山期思的苍壁，在挺特不凡中，他发现了其奇杰和独立不阿。他以一个爱国者的磊落心态，在祖国需要他的时候，依然挺身而出，为国纾难。

开禧三年（1207）春，宋廷以知江陵府、兵部侍郎召辛弃疾觐见，因其时韩侂胄在四川安排的都统制吴曦叛变，宋廷要征求辛弃疾就如何处理这一事件的意见，这时的辛弃疾不顾晚年多病之躯，毅然应诏赴京。他所写下的这首《江郎山和韵》就说明，他不肯依附韩侂胄，但也不可能和朝廷隔断联系。他是怀着这样的心态面对这次召见的。辛弃疾《题桃符》云："身为参禅老，家因赴诏贫。"他的委婉表示，仍然是说他身处矛盾之中但始终以国事为重的情感经历。

辛弃疾是一位坚定的爱国志士。他的一生虽然历经坎坷，但报效祖国、实现恢复中原和统一国家的愿望十分强烈，不是一时一事能使之发生动摇的。韩侂胄集团的十余年专制，尽管在历史进程中是一个逆流，也受到了辛弃疾等爱国者和正直的人士的反对，但当他举起抗击金人的旗帜时，却也在一定程度上受到举国的拥护和欢迎。及至因其准备不足等主客观原因，导致开禧北伐失利，为辛弃疾等人所诟病和斥责，也是出于公议公理。辛弃疾西归江行二词，虽说充满了幽怨不平之气，谴责之语气极为严峻，却也表达了他不以个人荣辱为念，关心国家命运和时局发展的一片爱国热忱。词人总结其晚年再出的是非，表达的只是除了恢复的大目标外，决不肯为求取功名谄媚韩侂胄等当权者的铮铮风骨。史料记载，辛弃疾垂殁之际曾淡淡地表示："侂胄岂能用稼轩以立功名者乎？稼轩岂肯依侂胄以求富贵者乎?"[①] 一个坚定的爱国志士在大是大非面前,表现得如此分明,是不容歪曲和误解的。

---

① 《叠山集》卷七《宋辛稼轩先生墓记》。

第二十三章　赏志以殁

一　正直相扶无依傍

　　晚年的辛弃疾，在屡经颠沛忧伤之余，已经日渐衰弱。开禧三年（1207）夏，在辛弃疾的一再要求下，免去了在京官观，畀与外祠，使他能够回归铅山养病。辛弃疾晚年阶官特迁中奉大夫，可能也在此时。[①] 归途经过衢州的江山县，他看到江郎山三峰挺拔耸立，心有所感，《江郎山和韵》诗中已有云：

　　　　正直相扶无依傍，撑持天地与人看。[②]

表明自己绝无依傍权势之心、贪慕富贵之意，此心之光明磊落，是可以坦然面对天地的。

---

① 据《有宋南雄太守朝奉辛公圹志》："祖弃疾，故任中奉大夫、龙图阁待制。"
② 《辛弃疾集编年笺注》卷二，第 198 页。

　　从开禧三年（1207）夏到九月，辛弃疾在故居度过了最后的时光。这期间，他只写了《题鹤鸣亭》和题为"偶作"的若干首诗以及题为"丁卯八月病中作"的一首《洞仙歌》词。从其中几首是可以看出这位杰出的爱国者是以何种心情走完人生的最后行程的。

　　莫被闲愁挠太和，愁来只用道消磨。随流上下宁能免，惊世功名不用多。闲看蜂衙足官府，梦随蚁斗有干戈。疏帘竹簟山茶碗，此是幽人安乐窝。

　　林下萧然一秃翁，斜阳扶杖对西风。功名此去心如水，富贵由来色是空。便好洗心依佛祖，不妨强笑伴儿童。客来闲说那堪听？且喜近来耳渐聋。

　　种竹栽花猝未休，乐天知命且无忧。百年自运非人力，万事从今与鹤谋。用力何如巧作奏，封侯元自曲如钩！请看鱼鸟飞潜处，更有鸡虫得失不？

　　　　　　　　——《丁卯七月题鹤鸣亭》三首①

　　儿童谈笑觅封侯，自喜婆娑老此丘。棋斗机关嫌狡狯，鹤贪吞啖损风流。强留客饮浑忘倦，已办官租百不忧。我识箪瓢真乐处，《诗》《书》执《礼》《易》《春秋》。

　　一气同生天地人，不知何者是吾身。欲依佛老心难住，却对渔樵语益真。静处时呼酒贤圣，病来稍识药君臣。由来不乐金朱事，且喜长同垄亩民。

　　老去都无宠辱惊，静中时见古今情。大凡物必有终始，

－－－－－－－－－

① 《辛弃疾集编年笺注》卷二，第202—204页。

岂有人能脱死生？日月相催飞似箭，阴阳为寇惨于兵。此身
果欲参天地，且读《中庸》尽至诚。

——《偶作》三首①

　　贤愚相去，算其间能几？差以毫厘缪千里。细思量义
利，舜跖之分，孜孜者，等是鸡鸣而起。　　味甘终易坏，
岁晚还知，君子之交淡如水。一饷聚飞蚊，其响如雷，深自
觉昨非今是，羡安乐窝中泰和汤，更剧饮无过，半醺而已。

——《洞仙歌·丁卯八月病中作》②

　　回到铅山，他已然清醒地认识到仕宦生涯接近尾声，而身体
的遽然衰病，又将使他的生命走向终点，他以平静、坦然甚至是
前所未有的超脱、旷达的心情对待这一切。

　　摆脱了功名的束缚，他"闲看蜂衙足官府，梦随蚁斗有干
戈""静处时呼酒贤圣，病来稍识药君臣"。《题鹤鸣亭》的第三
首"百年自运"大概是说天道自运，不是人力所能挽回。韩侂胄
的败亡既无法避免，辛弃疾坚欲摆脱纠缠，置身事外。这位"林
下萧然一秃翁"，已不再喜欢生死搏斗的围棋、贪吃无厌的仙鹤，
在相催如飞的日月中，只凭《诗》《书》等圣贤著作，打发一瓢
饮、一箪食的生涯了。

　　绝笔词《洞仙歌》重要的几句是"细思量义利，舜跖之分，
孜孜者，等是鸡鸣而起"。其意为：世上的事总要分清孰真孰伪，
同样是兢兢业业，鸡鸣而起，然而一个为义，一个为利，表面上

---

① 《辛弃疾集编年笺注》卷二，第206—209页。
② 《辛弃疾集编年笺注》卷一五，第1842页。

从事同一事业，其实目的并不相同，他同韩侂胄不正是这样吗？
虽然同样主张北伐，却无法进行合作。

这些诗词都表明，他最后的日子里，在表面上的平静中潜藏
着矛盾和忧虑。

二　大呼"杀贼"而终

早在开禧二年（1206）十二月，督视江淮军马的丘崈即遣使
同金左副元帅仆散揆商谈和议。开禧三年二月，仆散揆病死，金
主命左丞相完颜宗浩主行省事。四月，韩侂胄以萧山丞方信孺为
国信所参议官，使汴京议和，因金人追究用兵首谋，故以知枢密
院事张岩领衔。

从四月到九月，方信孺三次出使，同金帅反复辩论，商议
讲和条件。金人的条件十分苛刻，包括割两淮、增岁币、索归正
人、犒师银及惩处主战罪犯。方信孺归来，韩侂胄坚问第五个条
件，方信孺回答说："欲得太师头耳。"韩侂胄大怒，夺方信孺三
官，送临江军居住。

韩侂胄怒金人欲追究战争罪犯，中止和议，准备再次用兵。
于是，起用辛弃疾为枢密都承旨（都承旨掌传达旨命，通领枢密
院事务。开禧间，苏师旦以枢密都承旨负责北伐军事指挥）。

北伐战事进入议和阶段后，韩侂胄处于极其不利的境地。尽
管南宋方面力图说明用兵是苏师旦、邓友龙、皇甫斌所为，但金
人并不相信，认为韩侂胄若无用兵意，苏师旦等人岂敢专擅。因
此，把惩处战争罪犯作为允许和议的重要条件。韩侂胄对金用兵

失利，求和又遇到这种难以接受的先决条件，在走投无路的情况下，把最后的希望寄托在辛弃疾身上，企图通过付与辛弃疾军事指挥之权，换取他的支持，扭转战争局势的被动不利。

辛弃疾任枢密都承旨之命是九月四日下达的，同时还附加了一道命令，要他"疾速赴行在奏事"。——从嘉泰四年（1204）起，韩侂胄虽然多次征询辛弃疾对北伐的意见，但始终不信任他，对他心存歧视或疑忌，不肯付与他任何直接指挥作战或参与决策的职权。直到北伐一败涂地，宋金双方激烈斗争的形势已将韩侂胄逼入死胡同时，才似乎真的要发挥辛弃疾的军事长才了。命令中既有"疾速"二字，可知这项召命已是十万火急，不容拖延。朝廷特遣枢密院官员马不停蹄，直驰铅山促驾。无奈辛弃疾这时已经病危，他只对枢府官员说了两句话：

> 侂胄岂能用稼轩以立功名者乎？稼轩岂肯依侂胄以求富
> 贵者乎？ ①

说韩侂胄不是一个肯让他去创立恢复之功的人，而他也不是一个肯依附韩侂胄求取富贵的人。可知在临终之际，辛弃疾仍然头脑清醒。如果他不是已经病危，他是否有可能接受韩侂胄授予的这一迟到的职务呢？

九月十日，一代的英雄豪杰辛弃疾带着恢复大业未完成的遗恨病逝于铅山家中，年六十八岁。

临终时，他还手指北方，大呼几声"杀贼！杀贼！"后，溘

---

① 《叠山集》卷七《宋辛稼轩先生墓记》。

然辞世。[①]

  据说，辛弃疾于是日午时，"暴薨于瓢泉秋水院"，瓢泉秋水院即五堡洲秋水观。好友陆游的悼诗也说"君看幼安气如虎，一病遽已归荒墟"[②]，说明他不是因久病而亡没的。

---

① 崇祯《历城县志》卷一〇《辛弃疾传》："临卒，以手北指，大呼'杀贼，杀贼'，数声而止。"
② 《剑南诗稿》卷八〇《寄赵昌甫》。收入《陆放翁全集》，第1095页。

结语　辛弃疾一生功绩及稼轩词的历史地位

一　辛弃疾统一中国的战略构想

（一）毕生坚持以武力收复失地的主张

《美芹十论》的奏进札子中开头便提到："虏人凭陵中夏，臣子思酬国耻，普天率土，此心未尝一日忘。……大父臣赞，……每退食，辄引臣辈，登高望远，指画山河，思投衅而起，以纾君父所不共戴天之愤。"①这几句话所反映的事实是：当辛弃疾的祖父辛赞在金朝居官时，他还只是一介少年，却已把用武力恢复中夏、一雪国耻当作了自己毕生的奋斗目标。

是否坚持用武装力量抗击女真贵族的进犯，收复失地，是南北宋巨变时期乃至宋金议和之后的更长时期内区分抗金派与主和派的主要标志。辛弃疾自七岁开始，就跟随祖父仕宦于河南、山东乃至汴京等地，至其二十二岁在金朝发动武装抗金起义，十五

---

① 《辛弃疾集编年笺注》卷三，第215—216页。

年间在金的所作所为，曾深受谢枋得的称赞："一少年书生，不忘本朝，痛二圣之不归，闵八陵之不祀，哀中原子民之不行王化，结豪杰，志斩虏馘，挈中原还君父，公之志亦大矣。"[1] 而这一时段，在南宋恰是宋高宗绍兴十六年（1146）到三十一年，其间南宋的政权长期处在以出卖国家利益、结好女真贵族为职志的秦桧及其同党的控制之下，其所执行的当然是一贯的对金屈辱求和的政策。辛弃疾能够自少年开始，不屈从于女真贵族的统治，坚定地树立收复失地的信念，并以南宋为自己的祖国，显然是出自其自觉的爱国之心，其报国之志并不视南宋最高统治者制定和执行的对金政策而转移。

从绍兴三十一年乘金主亮南犯之机发动武装起义，到翌年奉表南归，辛弃疾"结义士耿京等，纠合忠义军二十五万，以图恢复。斩寇取城，报功行在"[2]，及辛弃疾在北方策划和参与的攻克济州的战役、配合南宋水师的胶州湾之战和奉表南归的重大决策，无一不是为了实现其用武力推翻女真贵族在中原的统治的夙愿。迨至其南归之后，不顾自身担任江阴军签判这样一个微不足道的官职，既进言于一贯主张抗金而为主和派长期排斥的江淮宣抚使张浚，复经深思熟虑，写出著名的论战文章《美芹十论》，进献于即位未久却已对武力抗金颇为动摇的宋孝宗。在这之前，他还深入金地六百里，在济州（山东济宁）军营中活捉叛贼张安国，解送南宋行在所临安将其正法，用实际行动振奋民族精神，鼓舞南宋军民的抗金斗志。以上所为，其目的只有一个：说服南

---

① 《叠山集》卷七《宋辛稼轩先生墓记》。
② 《菱湖辛氏族谱》卷首转引《铅山志》。此条记事诸语，现存铅山县志中均不见载。

宋的决策者，坚持绍兴末年以来实施的正确对金策略，实现自己用武力恢复中夏的主张。

不管南宋抗金斗争的形势如何发展变化，对于辛弃疾来说，他素所坚持的主张始终不变。

辛弃疾南归之初，尽管对南宋内部的局势和抗金主和两派政治势力的消长还不甚熟悉，他却毫无顾虑，积极向最高决策当局进献自己的抗金计略。绍兴三十二年（1162）的夏天，辛弃疾向张浚建言，提出"分兵杀虏"的战略设想。这时宋孝宗方始即位，尚未实施符离攻敌之役。

到了隆兴二年（1164）夏秋之交，当符离之战溃败的阴影笼罩在南宋朝野各派人物头脑之中挥之不去，"举一世以咎任事将相"[①]之时，辛弃疾却本着鼓励南宋决策者坚持抗金原则不变的目的出发，积极评价符离之役"粗有生气"，并认为张浚"虽未有大捷，亦未至大败"。[②]

据《宋史》卷三三《孝宗纪》一所载，隆兴二年秋，宋金两国已就再次议和交换了多次使节。为了尽快实现与金讲和，宋孝宗已把唯一一位主张抗金的右仆射张浚驱逐出朝，这时的宰执大臣如左仆射汤思退，同知枢密院事洪遵，参知政事周葵、贺允中、王之望等人，几乎都是主张对金求和的，其中汤思退、王之望更是极力破坏抗金事业，排挤抗金人士不遗余力。主和派既控制朝政，此年夏秋，遂有弃海、泗、唐、邓四州及罢招军、鬻两淮所括马、遣使求和等一系列献媚金人、自毁防务的举措。辛弃

---

① 《刘克庄集笺校》卷九八《辛稼轩集序》，第4113页。
② 见《辛弃疾集编年笺注》卷三《美芹十论·进美芹十论》，第216页；《美芹十论·久任》，第302页。

疾在这时撰写并进奏《美芹十论》，能够在宋孝宗犹疑不决时力排主和派众议，仍然坚持对金用兵的立场，这在当时朝野人士中，是最为突出的。《美芹十论》坚决反对同敌人议和，坚持同敌人对峙、积蓄力量、攻取战胜的方针。"其三言虏人之弊，其七言朝廷之所当行。先审其势，次察其情，复观其衅，则敌人之虚实，吾既详之矣，然后以其七说次第而用之，虏固在吾目中。"[①]尤其是《美芹十论》的最后一章《详战》，所论述的是如何用武力攻取中原、对金战而胜之的问题。显然，《美芹十论》所提出的是一条以武力恢复失地的战略计划。

辛弃疾反对议和，主张对金用兵，却不是草率行事，匆忙浪战。乾道改元以后，宋孝宗深悔议和之失，与宰相虞允文谋划败盟用兵。然而，这时的辛弃疾却认为，虞允文等人所提议的"明日而亟斗"之策"非真能斗也，其实则恫疑虚喝，反顾其后，而不敢进"[②]，乾道备战的结果完全证明了他的这一论断。所以，在写给虞允文的《九议》中，辛弃疾严肃地批评虞允文派遣范成大借泛使身份使金，以挑起事端谋求出兵的用意。他说：

> 日者，兵用未举而泛使行，计失之早也。夫用兵之道有名实，争名者扬之，争实者匿之。吾惟争名乎？虽使者辈遣，冠盖相望，可也。吾将争实乎？吾之胜在于攻无备，出不意，吾则捐金以告之："吾将与汝战也。"可乎？……
>
> 里人有报父之仇者，力未足以杀也，则市酒肉以欢之，

---

① 《辛弃疾集编年笺注》卷三《美芹十论·进美芹十论》，第217页。
② 《辛弃疾集编年笺注》卷四《九议·其二》，第338页。

> 及其可杀也，悬千金于市，求匕首，又从而辱之。意曰："汝
> 詈我则斗。"曾不知父之仇则可杀，以酒肉之欢则可图，又
> 何以詈为哉？计虏人之罪，诈之不为不信，侮之不为无礼，
> 袭取之不为不义，特患力不给耳。区区之盟，曾何足云？故
> 凡求用兵之名，而泄用兵之机者，是里人之报仇者也。①

《宋史》本传说"（乾道）六年，孝宗召对延和殿。时虞允文当
国，帝锐意恢复，弃疾因论南北形势及三国、晋、汉人才，持论
劲直，不为迎合"②。显见辛弃疾对宋孝宗和虞允文的草率浪战不
予"迎合"，并不是反对用武力攻敌，而是真正坚持了用武力恢
复失地的一条正确路线。

宋光宗在即位后的三四年内，即陷入与退位的宋孝宗的矛盾
之中，朝野上下都把注意力集中在能否说服光宗去重华宫朝见孝
宗的问题上。辛弃疾久废之后又一次仕于中朝，却不为时势和虚
名所动，在召见之际提醒宋光宗注意国防，"居安虑危，任贤使
能，修车马，备器械"③，以应对缓急之变。

辛弃疾晚年恰逢权臣韩侂胄发动的开禧北伐。韩侂胄在实行
了十年极不得人心的庆元党禁之后，欲效仿宋孝宗的符离北伐，
对金用兵。这对一生坚持用武力恢复失地的辛弃疾来说，何去何
从，是一次严峻的考验。辛弃疾在晚岁再出，为抗金事业做最后
的努力之时，按照自己一生素所坚持的主张，对韩侂胄的用兵意
愿给予了一定的支持。但同时，他也绝不同意韩侂胄重蹈符离之

---

① 《辛弃疾集编年笺注》卷四《九议·其四》，第344—345页。
② 《宋史》卷四〇一，第12162页。
③ 《辛弃疾集编年笺注》卷四《论荆襄上流为东南重地疏》，第400页。

役的覆辙，提出"必考杜牧自治之策，庶收宣王外攘之功。众窃迟之，我则异是"①，相对于韩侂胄党羽急欲开战的图谋，实事求是地指出："敌之士马尚若是，其可易乎？"②并认为应准备二十年而后再战。③

总之，以武力恢复失地，是辛弃疾行之一生的奋斗目标，他为此而生，为此而死，不因时局形势发生变化而有所改变，也不因一生荣辱加身而有所改变。

（二）敢于提出光复旧物、统一中国的设想

辛弃疾在《美芹十论》的第四篇《自治》中，希望宋孝宗"姑以光复旧物而自期，不以六朝之势而自卑"，鼓励其"陵跨汉唐"，"然后为称"。④可知辛弃疾所要恢复的是汉唐的旧有疆域，绝不是某种南北两朝分治的情形。

从北宋徽宗开始，几代宋朝的皇帝都对女真人有一种深刻的恐惧心理，认为自女真族暴兴，汉族政权已不是敌手。所以，能够实现南北分治，已经是最理想的境况，至于恢复汉唐疆域，则是他们从来不敢奢望的。所以，当年宋徽宗写在给粘罕的书信中，就建议金与南宋划黄河（指改道入淮的黄河）而分治。后来，金朝曾一度把河南地割让给南宋，虽然不久即反悔而再次占

① 《漫塘集》卷一四《上安抚辛待制》。
② 《洺水集》卷二《丙子轮对札子》二。
③ 见《清容居士集》卷四六《跋朱文公与辛稼轩手书》。
④ 见《辛弃疾集编年笺注》卷三，第258、260页。

领了河南，但从那以后，南宋君相们的所谓恢复大业，无不把终极目标确定在收取黄河以南的土地上。

对于历来南宋的抗战派来说，通过发动军事上的攻势，改变宋金既有的斗争形势，其目标中都是只有河南、陕西两地而已。宋孝宗即位初年发动的符离之战，战前宋孝宗所下达给李显忠、邵宏渊二将的指令，就是"自宿、亳趋汴，由汴京以通关陕"①。乾道八年（1172）九月虞允文罢相任四川宣抚使，行前允文"自诡北伐"，孝宗遂"谕以进取之方，期以某日会河南"②。而数十年后的开禧北伐，所谓三路出师，亦即由两淮攻宿、亳，由荆襄出唐、邓，由四川攻陕西，全都遵循隆兴、乾道间的出兵路线而无所改变。可知其所谓战略目标，也是不曾有所变动的。

然而，辛弃疾南归伊始，在其向张浚提出的建议中，就提出了与此全然不同的战略计划：出兵收山东，直取幽燕。其谈话中"才据山东，中原及燕京自不消得大段用力"③语，正是要攻取幽燕，恢复北宋乃至汉唐的旧境。到了隆兴、乾道间，在《美芹十论》和《九议》等论战文章中，辛弃疾虽然不再提及攻取燕京，但在其用兵计划中，仍然是兵出沭阳，下山东，震河北，使燕山塞南门而守。所谓"使燕山塞南门而守"，乃是攻取除燕京以外的河北、河东及山东地区，恢复北宋的全部疆土。可知辛弃疾虽不提北取燕京，但他的计划也仍然是一个志在统一中国的战略构想。

嘉泰三年（1203）底，辛弃疾在浙东安抚任上被召，宋宁宗

①　《宋史》卷三六七《李显忠传》，第 11431 页。
②　《宋史》卷三八三《虞允文传》，第 11799 页。
③　《朱子语类》卷一一〇《朱子》七《论兵》，第 2706 页。

及当权的韩侂胄要征求他对北伐用兵的看法。行前，辛弃疾拜会寓居绍兴的爱国诗人陆游，在谈话中涉及这次应对北伐一事。后来，陆游在送行诗中写下这样的几句：

> 大材小用古所叹，管仲萧何实流亚。天山挂旆或少须，先挽银河洗嵩华。中原麟凤争自奋，残虏犬羊何足吓！ ①

陆游认为，只要朝廷予以重用，辛弃疾一定能实现平生为之奋斗的理想。陆游要辛弃疾稍迟再实现"天山挂旆"，而要他首先攻取的中原地区的嵩山和华山，却与辛弃疾的战略计划不符：辛弃疾平生坚持的是从山东进兵，取河北，然后再收复河南。先取嵩山、华山所在的河南地，不是他的战略首选。所以，他在派遣间谍潜入金国时，要求间谍所到之地，就既有自河南北上的中山，又有山东的济南，当然还有幽燕。可以说，辛弃疾在南归之初为南宋恢复事业所设计的战略构想，至其晚年也仍然不曾有所改变。

辛弃疾的战略构想，是一个高瞻远瞩而又确实可行的计划，虽然在他提出乃至坚持不变的那个历史时期，能够从皇帝和宰执大臣那里获致的支持和赞同几乎为零，但这只能说明在统治阶层中控制人们的思想的是传统的失败主义和无所作为的保守主义，却不是这个计划之缺乏理性和实践的客观可能。

符离之役后，南宋主和派大肆鼓吹南北有定势，吴楚不足以

---

① 《剑南诗稿》卷五七《送辛幼安殿撰造朝》。收入《陆放翁全集》，第815页。

争衡中原之说。户部侍郎王之望曾说："臣窃观天意，南北之形已成矣，未易相兼。我之不可绝淮而北，犹敌之不能越江而南也。在东昏时，渐有败盟之端，未几自毙。敌帅凶悖，决意并吞，气凌风云，众如山海，较其强弱，可为寒心。然欲取蜀则困于散关，欲涉汉则败于襄阳，欲渡江则折于采石。衅起萧墙，一夕灰烬。敌之南侵，其祸如此。我师数十万，东西并举，岂不可以制敌？守疆圉则粗安，图攻取则必龃。川陕之师，歼于德顺。江淮之众，溃于符离。我之北伐，其祸又如此。"[①] 而辛弃疾却在《美芹十论》的《自治》篇中分析古今南北形势之异同，列举项羽以江东子弟攻破强秦的实例，说明具有正义性质的抗金战争，必能驱逐女真统治者，完成光复旧物的大业。

辛弃疾不但在理论上确信其统一中国的主张具有可行性，而且在其一生中，也是屡次要把这一目标付诸实践的。

为了实现这一目标，辛弃疾努力要创建一支有战斗力的军队，作为北伐的奇兵和主力。辛弃疾平生仕宦的江阴军、镇江、建康府、鄂州、襄阳府等地，都是南宋江上御前诸军的主力驻扎之地，因而他有机会对这些大军的战斗力做出正确的评估。从他得之于军中的结论看，他认为这些军队素骄而不堪征用。开禧之役前，他曾说："中国之兵不战自溃者，盖自李显忠符离之役始。百年以来，父以诏子，子以授孙，虽尽僇之，不为衰止。惟当以禁旅列屯江上，以壮国威。至若渡淮迎敌，左右应援，则非沿边

---

① 见《历代名臣奏议》卷二三四《请止北伐以待天变奏》。摘要亦见于《宋史》卷三七二《王之望传》，第 11538 页。东昏，即金熙宗。

土丁断不可用。"①开禧之役中，岳珂曾亲见"殿司兵素骄，贯于炊玉，不能茹粝食，部饷者复幸不折阅，多杂沙土，军中急于无粮，强而受之，人旦莫给饭二盂，沃以炊汤，多弃之道。复负重暑行，不堪其苦，多相泣而就罄"②，证明辛弃疾所论断的全都是事实。所以，他仕宦所及，必以建立一支强有力的军队为主要政务。淳熙七年（1180），他在湖南创建飞虎军，虽以弹压盗贼为名，却马步军兼有，以正规军战法加以训练，其着眼点显然放在这支军队的战斗力上。飞虎军后来果然成为一支劲旅，被誉为"江上诸军之冠"，甚至"北虏颇知畏惮"。③它之未能充任开禧北伐的主力，只是由于统御无术之故。绍熙四年（1193），辛弃疾知福州，用理财所得的五十万缗中拨一部分缗钱打造万副铠甲，准备招募强壮，补充军额，严加训练。事未及行，便被罢免。开禧元年（1205），他在镇江知府任上，又造红衲万领，欲先招万名土丁（即沿边壮丁），与官军分屯，新其将帅，严其教阅，使之势合而气震。很显然，他三次创建军队的努力，是要造就一支可以担任北伐奇兵的军队，亲自率领它去实现统一祖国的历史使命。历史虽然没有给他这一机会，但他的爱国主义主张和实践却是当时的壮举。

---

① 《洺水集》卷二《丙子轮对札子》二。
② 《桯史》卷一四《开禧北伐》，第164页。
③ 见《宋史》卷四〇一《辛弃疾传》，第12164页；《历代名臣奏议》卷一八五卫泾奏状。

（三）对发展传统兵家理论的杰出贡献

辛弃疾是南宋时期为数不多的通晓兵事的人物，但这方面的研究却不多见。他既起家兵间，深谙南北形势及兵家利害，所以他的几部著作如《美芹十论》《九议》等，也大都蕴含着他的军事韬略。后世人对此颇有一致的见解，即认为以他的军事才能，是可以完成恢复中原的统一大业的。元朝人于钦说："稼轩豪杰之士，枕戈待旦，有志于中原久矣。宋人举国听之，岂无所成？"① 王恽也赋诗道："千古《美芹》高议在，不应成败论终初。"② 而邓广铭先生则径以"战略家"称之。③

辛弃疾论兵的最大特点是：他善于把古代兵学的抽象理论同宋金军事斗争的具体实践结合起来，形成具有鲜明时代特征的军事理论，所以，他的兵学著作，是把古代兵学推向与时俱进新高度的重要标志。我以为，他的贡献主要有三点：

1. 辛弃疾强调人民群众参与民族战争。在《美芹十论》中，辛弃疾认为，金国的实力虽较南宋为强，但仍"有弊之可乘"。只要上下一心，志在必行，就一定可以"雪耻酬百王，除凶报千古"。他的坚定信念基于以下两点：一、抗金战争是正义战争，解除女真贵族的进犯威胁，收复失地，能够得到南宋人民的理解和支持。辛弃疾曾在《九议》之三提及，南宋用兵，"官任其费，不责之民，缓急虽小取之，不至甚病，虽病，而民未变也"④。二、

① 《齐乘》卷六《人物·辛幼安》，第628页。
② 《秋涧集》卷二〇《江山万里图》。
③ 见《辛弃疾词鉴赏》序言，齐鲁书社1986年版，第14页。
④ 《辛弃疾集编年笺注》卷四，第341页。

中原人民心系祖国，反对女真贵族的统治。《美芹十论·观衅》开篇便说："自古天下离合之势，常系乎民心。"①他们的武装起义，是对南宋恢复事业的有力支援。辛弃疾特别强调这第二点，认为中原人民群众的反金斗争是南宋在同金国对峙中能以弱攻强、不被敌人所消灭的重要条件。而在确定南宋的战略方面，辛弃疾进而提出，在出奇兵攻山东的计划中应当把"山东之民必叛虏，以为我应"②考虑进去。在中国封建社会中，正面肯定人民群众的历史作用的言论并不多见。辛弃疾能做出上述论证，不但观点十分精辟，而且提出这样的观点本身就具有重要意义。他的上述观点显然已经超越了同时代人们的认识水平，更是在产生《孙子》和《孙膑兵法》的时代不可想象的。

2. 辛弃疾倡导进攻战略。翻看宋金战史可知，自斡离不率数千骑兵直趋汴京，"使古之兵法皆尽废不可用"③以来，向来都是女真军对南宋实施以进攻为主的战略决策，而南宋统治阶层则一贯在对金战争中奉行消极防御的战略。然而，经过绍兴末年中原反金战争洗礼的辛弃疾，却反其道而行之，同样倡导进攻战略，主张对金国发动致命一击。他在《美芹十论》的《详战》篇中提出这样的战略策划："兵法有九地，皆因地而为之势。不详其地，不知其势者，谓之'浪战'。故地有险易，有轻重，先其易者，险有所不攻；破其重者，轻有所不取。今日中原之地，其形易、其势重者，果安在哉？曰：山东是也。不得山东，则河

---

① 《辛弃疾集编年笺注》卷三，第 250 页。
② 《辛弃疾集编年笺注》卷三《美芹十论·详战》，第 310 页。
③ 《水心别集》卷一五《终论》三。收入《叶适集》，第 823 页。

北不可取，不得河北，则中原不可复。"① 如果算上绍兴三十二年（1162）他向张浚的口头建议（因其只见于《朱子语类》，尚不知他在当时是否已形成文字），在他南归之初，已有三次郑重向南宋决策当局提出这一建议。虽然每一次都没能在最高统治者那里得到某种回应，但这只能说明包括宋高宗、孝宗和张浚等决策人物在内的南宋当局的平庸和难有作为，却不能用此来衡量这一建议的价值。《详战》认为："明知天下之必战，则出兵以攻人，与坐而待人之攻也，孰为利？战人之地，与退而自战其地者，孰为得？均之不免于战，莫若先出兵以战人之地。"② 针对宋金力量的强弱差距，他认为宋金战争作为不对称战争，"是谓小谋大，寡遇众，弱击强。以情言之，则其大可裂也，其众可蹶也，其强可折也"③。而促进这种转变的关键则是"谋而后战"。他进而提出，"故凡强大之所以见败于小弱者，强大者分，而小弱者专也。知分之与专，则吾之所与战者寡矣。所与战寡，则吾之所以胜者必也"④。

3. 在对敌战略确定之后，辛弃疾提出了进攻方向上"击其首"的原则性主张。

中国古代论兵者众多，孙武兵法冠其首，是公认的"秦汉兵学之祖"⑤。孙子曾有一段重要论述："故尝用兵者，譬如率然。率然者，常山之蛇也。击其首则尾至，击其尾则首至，击其中则首

① 《辛弃疾集编年笺注》卷三，第306—307页。
② 《辛弃疾集编年笺注》卷三，第306页。
③ 《辛弃疾集编年笺注》卷四，第342页，《九议·其三》
④ 《辛弃疾集编年笺注》卷四，第353页，《九议·其六》
⑤ 朱彝尊《经义考》卷二四七《群经》九，文渊阁《四库全书》本。

尾俱至。敢问可使如率然乎？曰可。"①《武编》卷四谓"孙子所谓
率然者，谓士卒深入死地，其情不得不相救"②，是强调相互支援
的重要。辛弃疾却在《美芹十论》的《详战》篇中针对孙子的论
证写下如下一段话：

> 古人谓用兵如常山之蛇，击其首，则尾应，击其尾，则
> 首应，击其身，则首尾俱应。臣窃笑之。夫击其尾则首应，
> 击其身则首尾俱应，固也。若夫击其首，则死矣，尾虽应，
> 其庸有济乎？③

所谓"击其首"的进攻手段，实即对一击致其命的歼灭战，而非
对击溃战的恰当表达。战略确定之后，选择何地为进攻方向，是
战争成败的关键。辛弃疾这段话从理论上批评了孙子论述战争
进程的粗疏。明人王守仁曾言："譬之打蛇得七寸矣，又何忧不
得耶？"④叶子奇《草木子》卷二亦言："'打蛇断尾时如何？'曰：
'末去而本犹存也。'曰：'断头时如何？'曰：'本去则末不存矣。'
曰：'立命岂无其所乎？'曰：'有之，存乎神，神去则机息矣。'"⑤
辛弃疾在《美芹十论》《九议》以及向张浚提出的建议中，提出
了一个分兵佯攻、奇兵突袭、直捣敌后的用兵构想。他认为，当
金人以重兵屯聚中原，其山东空虚，而山东可直趋燕京，占领山

---

① 孙武《孙子》之《九地第十一》，文渊阁《四库全书》本。
② 唐顺之《武编》前集卷四《孙武子常山蛇阵辩》，文渊阁《四库全书》本。
③ 《辛弃疾集编年笺注》卷三，第307页。
④ 王守仁语。见《王文成公全书》卷三四《年谱》三，文渊阁《四库全
书》本。
⑤ 叶子奇《草木子》卷二《钩玄篇》，文渊阁《四库全书》本。

东，河北及幽燕可下。依据打蛇击其首的原则，应当出奇兵攻取山东，而后则依次攻取河北、中原。

辛弃疾以"痛其心，则手足无强力""噪其营，则士卒无斗心"①的比喻，说明"击其首"即瘫痪敌方的指挥中枢。这同后世的"斩首"理论相比，虽表述方式有所不同，但战役效果却是相同的。辛弃疾在这里展示了很高的战争理论境界，其认识之卓绝，影响之深远，也为后世的战争实践所证明。

---

① 《辛弃疾集编年笺注》卷三，第307页。

二　辛弃疾抗金事业的历史影响

（一）始终如一的爱国志士

辛弃疾一生，正如邓广铭先生所说：从 1161 年金主完颜亮南犯到 1206 年韩侂胄北伐，"这两次战役，以及介居于这两次战役之间的宋金两国间的其他斗争，辛弃疾几乎每一次都是很奋勇地投身在内，为保卫汉族人民及其文化的安全而贡献出他的智能和力量"[①]。因此，我们可以确认，他是南宋历史上一位始终如一、坚定不移的爱国志士。

辛弃疾出生于金国统治的山东济南，在他二十二岁时，山东、河北人民为反抗民族压迫，乘金主亮南犯之机，爆发了大规模的反金起义。辛弃疾的祖父曾做过金朝南京开封府的知府，他本来是可以通过正常途径出仕为官的，但他却受民族大义的激

---

① 《稼轩词编年笺注（定本）》卷首《略论辛稼轩及其词》，上海古籍出版社 2007 年版，第 20—21 页。

励，纠集二千余人，同耿京共同组建了山东最大的起义军队伍。并且担任军中掌书记，成为起义军的谋主，策划了攻占东平府、支援南宋水师的胶州湾之战，并做出了奉表南归的重大决策。

当宋高宗在建康府接见起义军代表时，辛弃疾"陈大计八条奏闻，上伟其忠"①。徐元杰的《稼轩辛公赞》也说："高宗劳师建康，亟入，条奏大计，上伟其忠。"②这八条大计，今虽不得其详，但必然是就南宋抗金的各种问题，经过深思熟虑才发表的意见，按其思辨的新颖和卓越（此后他每有建言，必得到舆论的注意和耸动，可知其初出茅庐的这八条建议亦必如此。韩玉的《水调歌头·上辛幼安生日》有句云："夙蕴机权才略，早岁来归明圣，惊耸汉廷臣。言语妙天下，名德冠朝绅。"③）可见也应是南宋王朝和宋高宗本人前所未闻的，所以才"伟其忠，骤用之"。后来他又曾向江淮宣抚使张浚建言出奇兵取山东，《朱子语类》卷一一○之《论兵》载："辛弃疾颇谙晓兵事，云：……某向见张魏公，说以分兵杀虏之势。……才据山东，中原及燕京自不消得大段用力。"④这段记载，详述他的整个战略决策计划。其缜密及高瞻远瞩的思路与识见，又能从他再后所进献的《美芹十论》和《九议》等专门研讨战略问题的著作中窥见一斑。

辛弃疾南渡之初，不仅以提供战略理论名震江南，而且他又是一个有胆识的实践家。在与金兵浴血奋战的日子里，他曾"斩寇取城""壮岁旌旗拥万夫"；在回归南宋之后，闻知其战友耿京

①　《菱湖辛氏族谱》卷首转引《铅山志》。
②　《梅野集》卷一一。
③　《东浦词》。
④　《朱子语类》卷一一○，第2705—2706页。

为叛徒杀害，他亲率五十骑，深入金地六百里，在济州（今山东济宁）军营中活捉叛贼张安国，解送南宋行在所临安将其正法。他的这一英勇行为，振奋了民族精神，极大地鼓舞了南宋军民的抗金斗志。就连以怯懦著称的南宋文人洪迈，对此也表达了由衷的敬仰："予谓侯本以中州隽人，抱忠仗义，章显闻于南邦。齐虏巧负国，赤手领五十骑，缚取于五万众中，如挟免兔。束马衔枚，由关西奏淮，至通昼夜不粒食。壮声英概，懦士为之兴起，圣天子一见三叹息。"①

尽管辛弃疾南渡以后的四十多年间仕途坎坷，屡受南宋对金投降派的谗毁和排摈，但他抗金报国的壮志始终不曾消泯。为了国家的利益和民族的振兴，他不惜在垂暮之年出山，为抗金事业做最后的奋斗。嘉泰四年（1204）正月，辛弃疾入见，言金国必乱必亡，应当委托元老大臣，"务为仓猝可以应变之计"②，表达了勇于承担抗金重任的决心。并就理财用兵提出了具体的有价值的建议："究财货之源流，指山川之险易。金马玉堂之学士，闻所未闻；灞上棘门之将军，立之斯立。"③随后，他又在知镇江府备战期间，派遣间谍深入金朝腹地，对金国兵力部署情况做充分的侦察，表明了对未来的抗金战争必须慎重对待、不可匆遽浪战的负责态度。当专制朝政的韩侂胄不顾及一切不同意见，执意发动北伐而遭惨败后，已被罢黜回归铅山家中的辛弃疾，痛愤抗战大好局势的崩溃，积忧成疾，一病不起。临终之际，他还大呼"杀

---

① 《稼轩记》。
② 《建炎以来朝野杂记》乙集卷一八《边防》一《丙寅淮汉蜀口用兵事目》，第 825 页。
③ 《漫塘集》卷一五《贺辛待制知镇江》。

贼"数声而止。

（二）南宋乃至中华民族历史上的英雄

辛弃疾的英雄业绩、宏伟志愿和忠贞不渝的爱国情结，八百多年来，感动着、激励着无数的中华儿女。辛弃疾的爱国精神，是祖国传统思想中闪耀璀璨光芒的精髓所在，是历史长河中可以长久地凝聚人心的一种力量源泉。

当辛弃疾以二十三岁的英年，纵横驰骋于抗金前线，两渡江淮，诛叛逆，进忠荩，在绍兴末年便已成震撼南北两朝的风云人物。洪迈说他以"中州隽人，抱忠仗义，章显闻于南邦"，又以其"壮声英概"，获得了南宋君臣的叹服。韩玉说他"夙蕴机权才略，早岁来归明圣，惊耸汉廷臣"①。南宋最有名的理学家朱熹，则详载辛弃疾诛杀叛贼张安国的英雄行为及其军事韬略，把他和南宋初年的张浚、赵鼎、岳飞等人并称为"中兴人物"。②而李幼武的《宋名臣言行录》续录未能收入他的英雄事迹，显然不是朱熹本意。到了南宋晚期，爱国志士谢枋得则力赞辛弃疾"有英雄之才，忠义之心，刚大之气"，且认为，辛弃疾以"一少年书生，不忘本朝，痛二圣之不归，闵八陵之不祀，哀中原子民之不行王化，结豪杰，志斩虏馘，挈中原还君父，公之志亦大矣。耿京死，公家比者无位，犹能擒张安国归之京师，有人心天理者，闻

---

① 《东浦词》之《水调歌头·上辛幼安生日》。
② 见《朱子语类》卷一三二《本朝》六《中兴至今日人物下》。

此事莫不流涕"①，南宋有这样的英雄人物而不能用，是当国者的责任。

辛弃疾南渡后，三次上书，皆论恢复大计。时人大都认为，以辛弃疾的志节和才干，是足以担当起恢复重任的。当辛弃疾脱离下级僚吏，初次任一路漕节时，罗愿就已以"英风杂文武，公独可肩差"及"文武兼资，公忠自许"称许于他。②舒邦佐也称其"抱经纶廊庙之材，负拯顿乾坤之业"③。对于辛弃疾进献《美芹十论》等论战著作，刘克庄则有大段评价：

> 辛公文墨议论，尤英伟磊落。乾道、绍熙奏篇，及所进《美芹十论》、上虞雍公《九议》，笔势浩荡，智略辐凑，有《权书》《衡论》之风。……其论与尹少稷、王瞻叔诸人绝异。乌虖，以孝皇之神武，及公盛壮之时，行其说而尽其才，纵未封狼居胥，岂遂置中原于度外哉？④

元人王恽过辛弃疾铅山墓地，赋诗说：

> 相秦审势不明理，坐使炎兴失远图。力主备边伸大义，先生真是孔明徒。
> 遗编三复美芹辞，睿眷曾蒙孝庙知。黄壤不埋忠义气，

---

① 《叠山集》卷七《宋辛稼轩先生墓记》。
② 《鄂州小集》卷一《送辛殿撰自江西提刑移京西漕》；卷五《谢辛大卿启（幼安）》。
③ 《双峰舒先生存稿》卷三《及第谢辛帅启》。
④ 《刘克庄集笺校》卷九八《辛稼轩集序》，第4113页。

至今烟草见蟠螭。[1]

又在《江山万里图》诗中再三致意："千古《美芹》高议在，不应成败论终初。"[2]

辛弃疾长期被南宋统治集团弃置不用，当时许多有识之士大都表达了深为惋惜的意念。杰出的思想家陈亮，认为辛弃疾虽被放归山林，然而仍然"足以照映一世之豪""足以荷载四国之重"[3]。其弟子范开则说："公一世之豪，以气节自负，以功业自许。"[4]友人黄榦则认为："恭惟明公，以果毅之资，刚大之气，真一世之雄也。而抑遏摧伏，不使得以尽其才。"[5]

迨至嘉泰、开禧之际，辛弃疾一生的恢复愿望行将破灭，而适逢把持政柄的韩侂胄欲借开边以巩固权位，面对这仅有的机遇，辛弃疾顶住压力，毅然出山，要为统一大业付出最后的努力。黄榦赞叹道："一旦有警，拔起于山谷之间，而委之以方面之寄，明公不以久闲为念，不以家事为怀，单车就道，风采凛然，已足以折冲于千里之外。"[6]诗人张镃赞叹道："江南久无豪气，看规恢意概，当代谁如？"[7]学者刘宰则祝贺他："三辅不见汉官仪，今百年矣；诸公第效楚囚泣，谁一洗之？敢因画戟之来，遂贺舆

---

① 《秋涧集》卷三一《过稼轩先生墓》。
② 《秋涧集》卷二〇。
③ 《陈亮集》增订本卷一〇《辛稼轩画像赞》，第114页。
④ 《稼轩词》甲集序。
⑤ 《勉斋集》卷四《与辛稼轩侍郎书》。
⑥ 《勉斋集》卷四《与辛稼轩侍郎书》。
⑦ 《南湖集》卷一〇《汉宫春·稼轩帅浙东……代书奉酬》。

图之复！"①诗人林镒则感慨道："早聆季子之来归，众喜夷吾之复见。使表饵得行其策，则规恢岂俟于今！……居中则可以寝谋于淮南，捍外则尚何忧于江左？"②

自宋末爱国人士谢枋得大力称扬辛弃疾的爱国精神，以为其"精忠大义，不在张忠献、岳武穆下"③，有识之士无不为深以为然。故元、明之际，辛弃疾的一生业绩多受人们的关注。由于《宋史》的《韩侂胄传》未能删除对辛弃疾对开禧用兵的支持（宋代国史在谢枋得的提议下，在《辛弃疾传》中已剔除了据倪思弹章写成的支持开禧用兵等事节，《韩侂胄传》则失于删削），亦颇有人借此对辛弃疾晚年加以讥刺。然而，也有人对此力加驳斥。如元代的于钦言：

> 《宋实录》载，幼安赞韩侂胄用兵，侂胄败，幼安获罪于士论。非也。稼轩豪杰之士，枕戈待旦，有志于中原久矣。宋人举国听之，岂无所成？侂胄之败，正陈同父所谓"真虎不用，真鼠枉用"之所致，以此议公，可乎？④

《困学纪闻》有"绍兴、隆兴主和者皆小人，开禧主战者皆小人"语，清代的学者阎若璩则在注语中反驳道：

> 时辛弃疾亦主战。余谓此即《西涯乐府》云："议和生，

①　《漫塘集》卷一五《贺辛待制知镇江》。
②　《通待制辛帅启》。
③　《叠山集》卷七《宋辛稼轩先生墓记》。
④　《齐乘》卷六《人物·辛幼安》，第628页。

议战死；生国仇，死国耻。两太师，竟谁是？"潘辰评："都无一是者也。"

而李慈铭更在《越缦堂读书记》中指出：

> 稼轩以附会开禧用兵，稍损名节，然其拔贼自归，固无日不枕戈思效，即此四十六字（指《跋绍兴辛巳亲征诏草》），满腔忠愤，幡际天地间，如闻三呼渡河声矣。[1]

明末富有爱国思想的学者顾炎武早年曾在《日知录》中怀疑辛弃疾晚年颇有思归金国之情，完全歪曲了爱国志士的一生忠义大节。然而他后来觉察到自己的错误。在一首题为《济南》的诗中，写下了这样的诗句：

> 湖上荷花岁岁新，客中时序自伤神。名泉出地环岩郭，急雨连山净火旻。绝代诗题传子美，近朝文士数于鳞。愁来独忆辛忠敏，老泪无端痛古人。[2]

可知爱国志士之心，异代追慕，终能得到人们的理解。尽管在文字狱的压迫下，清朝的知识分子大多讳言辛弃疾抗金恢复的爱国精神。但清朝颇具眼力的统治者康熙皇帝，却几次提到辛弃疾的英雄行为，多有善评。如其论批《续资治通鉴纲目》中辛弃疾斩

---

① 李慈铭《越缦堂读书记》，上海书店出版社 2000 年版，第 1188 页。
② 《日知录》卷一三。又见《亭林诗集》卷三。

杀张安国一事时指出：

> 《纲目》前书起兵复东平，皆所以予之也。安国阴蓄异志，杀京降金，则其叛逆之罪固无足论者。弃疾痛主将之无辜，愤逆贼之背国，谋于诸将，执送临安，其讨贼之义正矣。苟非明于大义，奚能尔哉？

> 君子观弃疾之事，不可谓宋无人矣。特患高宗不能驾驭之耳。使其得周宣王、汉光武，其功业奚止是哉！

以满族入主中原的康熙皇帝，作为女真族的后裔，充分肯定辛弃疾反金起义的正义性质，充分评价辛弃疾能够担负恢复大业的英雄才干，具有超越常人的认知能力，又能超越民族狭隘观念的影响，也可谓识见不凡了。

近代以来，辛弃疾的民族气节、爱国思想和行为依然受到人们的爱戴，在中国人民前仆后继反抗侵略者和压迫者的斗争中，继续发挥着振顽起懦的作用，成为人尽皆知、人人敬仰的英雄人物。这里不再赘论。

三 辛弃疾忧心时事的爱国词作

辛弃疾不但是南宋历史上一位具有文才武略的英雄豪杰式的人物，而且是中国文学史上富有爱国主义思想的杰出词人。

同历史上许多各有特长的伟大作家一样，辛弃疾把全部精力和热情投入到歌词创作中，成为这一领域的代表词人。他的歌词，以杀敌报国、恢复失地为主题，集中反映了人民群众盼望祖国统一和民族强盛的愿望，表达了高昂的战斗精神。

辛弃疾痛愤女真贵族对中原的残暴统治，不能容忍南北分裂、山河破碎、神州陆沉的局面，他用自己的歌词创作表达矢志不渝的爱国情结，抒发恢复失地、一统华夏的愿望。在《声声慢》(开元盛日)、《水龙吟》(渡江天马南来)、《贺新郎》(细把君诗说)等词中严斥女真民族的进犯，深刻反映中原沦陷、胡骑纵横带给祖国的灾难和带给人民的痛苦，唱出了"平戎万里""西北洗胡沙"等时代最强音，体现了爱国志士"何日去，定天山""了却君王天下事""好都取山河献君王"的强烈愿望。

他的爱国精神和宏伟词篇，被后人誉为"自有苍生以来所无"[1]。

我国各族人民自来有保家卫国的优良传统。面对其他民族的压迫，为保卫民族的经济文化不至受到蹂躏、摧残以至毁灭，奋起反抗，以武装斗争对付敌人，是坚定的爱国主义思想的集中体现。辛弃疾就是12世纪宋金对立斗争中涌现的杰出爱国者的代表。尤为难能可贵的是，辛弃疾既以爱国志士的身份活跃在南宋的政治舞台上，同时又以词人的身份占据了宋代词坛的制高点。他既在南宋抗金事业中显露才华，成为抗战派众望所归的人物，以其所具有的影响和号召力，加之其独树一帜、以恢复大业为创作主题的歌词，遂使其人与其歌词终能最完美地结合在一起，这在我国文学史上，是前所未见的一种"天地奇观"[2]，是历史所造就的英雄诗史，陈模所谓"万古一清风"[3]，并不是过誉。

辛弃疾南渡从政以后，首先面临的就是隆兴和议以后宋孝宗、虞允文的乾道备战。尽管他强烈反对虞允文的那些对敌策略和施为举措，但在这一期间的歌词创作中，还是写出了"闻道清都帝所，要挽银河仙浪，西北洗胡沙"[4]的句子，对宋孝宗的不依恃和议、不忘抗金事业的决策深表支持。对于因出任都大发运使而备受时人责难的史正志，辛弃疾在一首贺词中充分肯定他的抗金意识："袖里珍奇光五色，他年要补天西北。且归来谈笑护

---

① 《刘克庄集笺校》卷九八《辛稼轩集序》，第4113页。

② 刘辰翁《须溪集》卷六《辛稼轩词序》，文渊阁《四库全书》本。

③ 《怀古录校注》卷中，第61页。

④ 《辛弃疾集编年笺注》卷六，第490页。

长江，波澄碧。"①迨至淳熙改元之后，虞允文病死，宋孝宗斗志阑珊，抗金事业半途而废，辛弃疾则充满忧虑地写出一首《菩萨蛮》词：

> 郁孤台下清江水，中间多少行人泪？西北望长安，可怜无数山。　　青山遮不住，毕竟东流去。江晚正愁余，山深闻鹧鸪。②

词人深情地注视着在民族矛盾斗争中苦苦挣扎的人民群众，对故国山河无限神往。恢复的艰难和前途的迷茫莫测并不能动摇词人百折不挠的抗金信念。在以往的伟大文人中，只有屈原的九死而不悔的诗人气质方能相比。

辛弃疾以抗金为己任，时刻准备率领千军万马，亲冒矢石，用武力收复失地，创建不朽功勋。他常以历史上抗击匈奴、突厥的英雄人物如霍去病、李广、薛仁贵自期，并勉励他人，"取山河""定天山""了却君王天下事"。他经常回忆起早年抗金的英雄行为，用以自励。宋孝宗搁置恢复大业，转向自治，决定放弃辛弃疾这样有所作为的人而不用。在这之后，辛弃疾被迫开始了长达二十年的放归林下生涯。这期间，辛弃疾虽不在军旅，却时时忆念着戎马生涯，向往有朝一日亲践戎阵，"开边功名万里"，为完成统一大业而冲杀。稼轩词中，遂有"醉里挑灯看剑""却笑将军三羽箭""检校长身十万松"这样的词句。稼轩词"以激

---

① 《辛弃疾集编年笺注》卷六《满江红·建康史帅致道席上赋》，第 496 页。
② 《辛弃疾集编年笺注》卷六《菩萨蛮·书江西造口壁》，第 582 页。

扬奋厉为工"①，充分展示了我国人民不屈不挠的斗争精神和民族
气节，在中国古代诗歌史上是首屈一指的。

辛弃疾放归林下既久，一次独宿永丰博山王氏草庵，为赋
《清平乐》词，感人至深：

> 绕床饥鼠，蝙蝠翻灯舞。屋上松风吹急雨，破纸窗间自
> 语。　　平生塞北江南，归来华发苍颜。布被秋宵梦觉，眼
> 前万里江山。②

词人在深秋的一个风雨交加的夜晚独处王氏小屋，荒废、凄凉、
残破的环境和一个人惊醒时的身世孤立的悲感，却被眼前祖国万
里大好河山所赋予志士的神圣使命完全压倒，以至忆念平生，枯
坐待明。词人伟大高尚的爱国情操，即使是以心忧黎元为己任的
杜甫的《茅屋为秋风所破歌》，恐也难以与之相比拟。

南宋统治集团一贯迫害打击抗金人士不遗余力，辛弃疾对
此极为痛心和憎恶。他的词作如《满江红》（倦客新丰）、《贺新
郎》（老大那堪说）、《八声甘州》（故将军饮罢夜归来）、《玉楼
春》（江头一带斜阳树）等篇，对此力加谴责，显现词人铮铮铁
骨、猎猎雄风。稼轩词对黑暗的社会现实予以一再揭露和嘲讽，
"英雄感怆，有在常情之外"③，他的许多词作，反映当时的政治现
实，展示了词人反抗政治压迫的坚强性格。

庆元党禁期间，辛弃疾反对党争，反对压制不同政见，风

---

① 徐釚《词苑丛谈》卷一，上海古籍出版社 1981 年版，第 12 页。
② 《辛弃疾集编年笺注》卷八《清平乐·独宿博山王氏庵》，第 891 页。
③ 《须溪集》卷六《辛稼轩词序》。

骨凛然。他曾借用东晋孟嘉九日落帽一事，作《念奴娇》词，表达对韩侂胄侮嫚知识分子的不满及对投靠韩党以求功名富贵的某些士人的鄙薄。他的"谁与老兵供一笑，落帽参军华发。莫倚忘怀，西风也解，点检尊前客"①诸语，被时人理解为指斥名士孟嘉投靠一老兵桓温，"故西风落其帽以贬之"②。像这样冷嘲热讽的词作，在这一时期的稼轩词中并非仅一二见。然而，敢于在诗词中就时局、权臣表达如此显露的斥责和讥刺，在历来文学家中并不多见。

辛弃疾人在深山更深处，却无法远离当权者的政治迫害。尘世的喧嚣，更使他以陶渊明自期，遂作《贺新郎》词以自见：

一尊搔首东窗里。想渊明《停云》诗就，此时风味。江左沉酣求名者，岂识浊醪妙理？回首叫云飞风起。不恨古人吾不见，恨古人不见吾狂耳。知我者，二三子。③

《千年调·蔗庵小阁名曰厄言，作此词嘲之》《贺新郎·用韵题赵晋臣敷文积翠岩，余谓当筑陂于其前》等篇，同样展示了他不反抗政治压迫和敢于议论时势的不屈性格。

辛弃疾还创作了大量词作，描绘当时的农村生活、壮丽山河、人生情感，内容之丰富，情绪之饱满，显示了词人对祖国人

---

① 《辛弃疾集编年笺注》卷一三《念奴娇·重九席上》，第1646页。
② 《鹤林玉露》甲编卷一《落帽》，第7页。
③ 《辛弃疾集编年笺注》卷一四《贺新郎·邑中园亭，仆皆为赋此词……庶几仿佛渊明思亲友之意云》，第1746页。

民的深厚感情及对美好生活的追求，如《丑奴儿近·博山道中，效李易安体》《清平乐·村居》《西江月·夜行黄沙道中》等许多歌词，都脍炙人口。

四　稼轩词在中国文学史上的杰出成就

　　辛弃疾一生写作六百多首词，为两宋词人之最，其质量也是出类拔萃的。辛词取得很高的艺术成就，不但善于创造栩栩如生的艺术形象，还善于运用诗的比兴手法、句法，长于用典，活用诗文中的成语，善于运用民间生动活泼的口语，使之成为南北两宋歌词艺术的集大成者。他还对词体进行了大量多样化、规范化的革新尝试，创建出独具一格的稼轩体词。

　　运用神奇想象，表现富有生命活力的形象，原为辛词所擅长。其中的《沁园春·灵山齐庵赋。时筑偃湖未成》以驰骤回旋的万马比喻灵山的重峦叠嶂，以十万待命出征的壮士比喻偃湖的松林，把静止的山水写得活灵活现，赋予其鲜明的个性。他在《木兰花慢·中秋饮酒将旦，客谓前人诗词，有赋待月，无送月者，因用〈天问〉体赋》词中以"词人想象，直悟月轮绕地之理"[1]为后人所乐道：

---

① 王国维《人间词话》，人民文学出版社 1984 年版。

> 可怜今夕月，向何处，去悠悠？是别有人间，那边才
> 见，光影东头？是天外空汗漫，但长风浩浩送中秋？飞镜无
> 根谁系？姮娥不嫁谁留？　　谓经海底问无由，恍惚使人
> 愁。怕万里长鲸，纵横触破，玉殿琼楼。虾蟆故堪浴水，问
> 云何玉兔解沉浮？若道都齐无恙，云何渐渐如钩？①

以极其丰富的想象力、绘声绘色的语言，合以神话瑰丽奇异的故
事情节，用一百字的短歌编织成了一幅《天问》图，的确可以想
见词人的创作能力是何等高超。他如《太常引·建康中秋夜为吕
叔潜赋》等词也都以浪漫的想象寄托了他的审美情趣。

　　辛词运用诗的比兴象征手法，表达词人的思想感受。典型之
作如《摸鱼儿·淳熙己亥，自湖北漕移湖南，同官王正之置酒小
山亭，为赋》，其上片是：

> 更能消几番风雨？匆匆春又归去。惜春长怕花开早，何
> 况落红无数！春且住，见说道天涯芳草无归路。怨春不语，
> 算只有殷勤，画檐蛛网，尽日惹飞絮。②

词人用了半阕笔墨，反复咏写春归。借用几番风雨、天涯芳草、
蛛网飞絮、烟柳斜阳等阑珊迷乱的景物刻画其惜春、伤春的情
怀，表达他对南宋国势和恢复事业的关注、忧伤、愤惋。《贺新
郎·赋琵琶》等词运用状物写志的手段，集中唐开元全盛至其衰

---

① 《辛弃疾集编年笺注》卷一二，第 1453 页。
② 《辛弃疾集编年笺注》卷七，第 647 页。

败的典故，表达逸豫亡国的兴亡之感。辛词采用象征借喻的写法，自是继承了《诗经》《离骚》以来诗的优秀传统，提升了词的艺术表现能力。陈廷焯称其"词意殊怨，……极沉郁顿挫之致"，起句"从千回万转后倒折出来，真是有力如虎"①。

前人称辛词为"稼轩体"（范开《稼轩词》甲集序），此即指辛词借鉴诗的创作理论和表现形式，进一步拓展了词的内容；同时，还借鉴了辞赋、散文等多种文体的创作方法，丰富和拓展了词的创作手段和表现能力。辛词又是一个融汇了多种形式多种艺术风格的组合体，它虽以"悲壮激烈"为主，却能在"激扬奋厉"之外时时"昵狎温柔，魂销意尽"②，呈现出不主故常、摇曳多姿的面貌。"盖曲者曲也，固当以委曲为体。然徒狃于风情婉娈，则亦不足以启人意。"③就其风格而论，辛词既可豪放沉郁，亦有秾纤绵密、淡雅妩媚之作。而其驱遣语言，无论文雅蕴藉、清新脱俗还是平易幽默，都充分显现了歌词原起源于民间的本色。

稼轩词不拘一体，广泛吸取我国传统诗歌各种体裁的艺术表现形式，在词体允许的范围内加以丰富扩充。辛弃疾在创作中借鉴了《诗经》的四言体、《离骚》的杂言体、汉魏乐府的五言体以及格律诗的七言体的特点，使词可以反映和包容更为复杂广泛的各个层面的社会生活。稼轩词以文为词，以赋为词，不但极大地提高了歌词的语言表达能力，扩展了词的语言适用范围，而且对辞赋、散文的构架结体进行艺术处理并恰到好处地加以吸纳，

---

① 见陈廷焯《白雨斋词话》卷一，人民文学出版社 1983 年版，第 23 页。
② 《词苑丛谈》卷一，第 12 页。
③ 《怀古录校注》卷中，第 61 页。

使其歌词的艺术表现力得以大幅度提升。这是辛弃疾在对词的艺术手段力加丰富革新所取得的辉煌成果，在宋词发展的历史上，是前所未有的创新。

辛弃疾不但是歌词大家，他在诗文创作方面也取得了很大的成就。

稼轩诗现仅存一百多首，遗佚甚多。就现存各类体裁而言，稼轩诗取法甚广，然其基调却同其歌词一样以沉郁雄健为主，同时兼具俊逸平易的风格，用以抒写爱国豪情，讥刺时政，亦与其歌词异曲同工。

至于辛弃疾的散文和四六文体文，则在当时即获致文人学士的普遍称誉。其散文尤以政论文、军事论文最著名。刘克庄称其《美芹十论》《九议》等著作"笔势浩荡，智略辐凑，有《权书》《衡论》之风"，谢枋得称其"文似西汉"。其四六体文的名篇佳句，成为许多四六选本的名句。可惜其各体文多数散佚不传。

总之，辛弃疾的歌词，用来反映抗金报国的重大主题和爱国志士壮志难酬的坎坷遭遇，其境界的雄奇阔大、气势的郁勃激荡，自然为历来歌词作者所不具备，甚至在词史上以旷放为宗旨的著名词人苏轼也都无法比拟。辛词在南宋文坛上享有很高的声誉，在中国文学史上占有崇高的地位，是我国传统文化中的瑰宝。

附 录

辛弃疾年表

宋高宗绍兴十年（1140） 一岁

五月十一日生于山东历城四风闸。

绍兴二十三年（1153） 十四岁

在金领乡荐。

绍兴二十四年（1154） 十五岁

应金礼部试。

绍兴二十七年（1157） 十八岁

再有燕山之行。

绍兴二十九年（1159） 二十岁

次子辛秬生。

绍兴三十一年（1161） 二十二岁

聚众二千人起义反抗金朝统治，并参加耿京领导的山东忠义军，任掌书记，参与攻取济南、兖州之战，参与决策援助胶州海道之战。

绍兴三十二年（1162） 二十三岁

奉耿京表南渡后，至建康，为宋高宗召见，授右承务郎。耿京为部将张安国所杀，亲率五十骑北上劫张安国于金军营中，押归南宋。改授江阴军签判。张浚作江淮宣抚使，进直取山东之策。

宋孝宗隆兴二年（1164） 二十五岁

进奏《美芹十论》。江阴签判任满。

乾道元年（1165） 二十六岁

是年或稍晚，妻赵氏卒于江阴军。改任广德军通判。

乾道三年（1167） 二十八岁

广德军通判任满。以镇江为家，或自此年为始。

乾道四年（1168） 二十九岁

改建康府通判。

乾道六年（1170） 三十一岁

召对延和殿，奏进《论阻江为险须藉两淮疏》和《议练民兵守淮疏》。迁司农寺簿。

乾道七年（1171） 三十二岁

虞允文为宰相，作《九议》上之。

乾道八年（1172） 三十三岁

正月，出知滁州。滁州旧荒敝凋残，实行宽征薄赋政策，短时间内面貌一新。

乾道九年（1173） 三十四岁

正月入琅琊山赏雪。冬，因病退归镇江，与友人范如山相识，或即此时。

淳熙元年（1174） 三十五岁

正月，辟江东安抚司参议官。范如山来访，迎娶其女弟或即此时。是年十一月，叶衡为右丞相，力荐弃疾慷慨有大略，召见，迁仓部员外郎。

淳熙二年（1175） 三十六岁

迁仓部郎中。夏，上疏论行用会子。湖北茶商赖文政反于常德，后再入湖南，蹂践江西，官军屡败。六月，弃疾出为江西提点刑狱，节制诸军，进击茶商武装。九月，围困赖文政于瑞金县，迫其投降，送赣州杀之。进秘阁修撰。

淳熙三年（1176） 三十七岁

冬，移京西路转运判官兼本路提举、提刑。

淳熙四年（1177） 三十八岁

二月，差知江陵府兼湖北安抚使。以军法严禁沿边州县以耕牛战马负茶负入金界，对境内盗贼严法禁治，盗贼屏迹。冬，以江陵统制率逢原纵部曲殴打百姓，与帅守冲突，徙知隆兴府兼江西安抚使。

淳熙五年（1178） 三十九岁

筑两埠于新建县宝气亭前，以遏洪水。三月，召为大理少卿。大理狱空。秋，出为湖北转运副使。与张栻、马大同等具议湖北土丁刀弩手，不合。

淳熙六年（1179） 四十岁

三月，改湖南转运副使，自鄂州移潭州。与湖南帅臣王佐议春耕不合。五月，王佐率兵入徭洞，擒起义者陈峒以归。弃疾曾至衡州耒阳以供军需。目睹湖南农民为州县横征暴敛所害，进奏《淳熙己亥论盗贼札子》。秋，孝宗批答弃疾所奏札子，告以改除湖南帅，行其所知，无惮豪强之吏。始于信州上饶县城北建带湖新居。长女辛稹生。

淳熙七年（1180） 四十一岁

在湖南安抚使任内，赈济永、邵、郴三州。整顿湖南乡社。置郴州宜章县、桂阳军临武县学。创建湖南飞虎军。为筹集军费，于长沙实施榷酒法。冬，加右文殿修撰，改知隆兴府兼江西路安抚使。

淳熙八年（1181） 四十二岁

江西大饥，到任即张榜约束饥民与不法商贩，平停粮价，量借钱物，购丰收地区粮食发粜。荒政修举，诏迁一官。是年四月，三子辛秬生。十一月，改除浙西路提刑，以监察御史王蔺论劾，落职罢新任。归上饶带湖新居，开始十年退闲生涯。

淳熙九年（1182） 四十三岁

友人朱熹来上饶，与韩元吉并其子韩淲同游南岩，有题名。

淳熙十五年（1188） 四十九岁

家居上饶。范开编《稼轩词》甲集。主管冲佑观。冬，友人陈亮来会，也同游鹅湖、瓢泉。

宋光宗绍熙二年（1191） 五十二岁

除福建提刑。

绍熙三年（1192） 五十三岁

春，赴福州闽宪任。途经建阳，与朱熹同游武夷山。在闽宪任折狱定刑，务从宽厚。九月，福建安抚使林枅卒，摄帅。以法治下。长女妻闽士陈汝玉。十二月，被召。

绍熙四年（1193） 五十四岁

赴召途中访朱熹，晤陈亮。光宗召见，论荆襄上流为东南重地。迁太府卿。秋，加集英殿修撰知福州兼福建安抚使。

绍熙五年（1194） 五十五岁

置备安库，以备军需及宗人请米。有书与曾三复。出卖犒赏

库回易盐。修建福州郡学及经史阁。七月，以左司谏黄艾弹劾，
罢任，主管建宁府武夷山冲佑观。继以御史中丞谢深甫论列，降
秘阁修撰。十二月，谢深甫再论陈傅良庇护辛弃疾。自上饶再赴
期思卜筑。

宋宁宗庆元元年（1195） 五十六岁

家居上饶。十月，御史中丞何澹论奏，落职。

庆元二年（1196） 五十七岁

妻兄范如山与妻范氏先后卒。卜葬地于铅山阳原山崩洪。是
年，以带湖居第火，徙居期思市瓜山瓢泉、五堡洲。九月，以言
者论列，罢官观。

庆元四年（1198） 五十九岁

家居期思。复集英殿修撰、宫祠。与朱熹多来往。

庆元六年（1200） 六十一岁

家居。友人杜旃来访。朱熹卒，有悼词祭文。

嘉泰三年（1203） 六十四岁

夏，起知绍兴府兼浙东安抚使。疏奏州县害农六事。与陆游
游从。岁杪召赴行在。

嘉泰四年（1204） 六十五岁

正月召见，言盐法，并论敌国形势。加宝谟阁待制提举佑神
观，奉朝请。三月，差知镇江府。在镇江多有备战之举。

开禧元年（1205） 六十六岁

三月坐谬举，降朝散大夫。六月，改知隆兴府，以臣僚论
列，与宫观。归铅山。

开禧二年（1206） 六十七岁

秋，差知绍兴府兼浙东安抚使，辞免。冬，进宝文阁待制，

知江陵府，封历城县开国男，进龙图阁待制，令赴行在奏事。

开禧三年（1207） 六十八岁

试兵部侍郎，辞免，提举佑神观。叙复原官。归铅山，进中奉大夫、枢密都承旨。九月十日病卒。

辛弃疾家室再考

一

对辛弃疾家室和子女的考索，是辛弃疾生平研究的一个重要组成部分。辛弃疾在全部六百多首词中，不止一次地提到他的妻子。例如，在邓广铭先生的修订本《稼轩词编年笺注》中，《汉宫春·立春日》居于全部词作之首，邓先生认为这首词首句"春已归来，看美人头上，袅袅春幡"所言的"美人"，应即辛稼轩的夫人范氏。而此书的《增订三版题记》中也说："辛稼轩在'锦襜突骑渡江初'的绍兴三十二年（1162），便已有了家室，亦即和先已寓居京口的范邦彦之女、范如山之妹成婚了。"又说，据此词"'年时燕子，料今宵梦到西园'句，知其违别故乡济南仅及一年；'却笑东风……又来镜里，转变朱颜'诸句，为稼轩以'朱颜'形容自己面貌仅有的一次，知其确作于青年期内"①。又如

---

① 见邓广铭《稼轩词编年笺注》修订本，上海古籍出版社1993年版，第3页。

辛弃疾有一首《定风波》词，题为"大醉，自诸葛溪亭归，窗间有题字令戒饮者，醉中戏作"，下片是："欲觅醉乡今古路，知处。温柔东畔白云西。起向绿窗高处看，题遍。刘伶元自有贤妻。"此词作于退归带湖新居既久之后，沉酣于山水诗酒之时，而所涉及的那位把"绿窗"题遍的"贤妻"，当然也是指范氏而言，而且据此可以考定她竟是一位知书达理、颇具风趣且善解人意的女子。

稼轩词中，涉及其夫人的词作，当然不只上举的两首。又如辛稼轩还有一首《满江红·中秋寄远》词，明显是其宦游思家的"寄内"词；其另一首《浣溪沙·寿内子》更是直接写给他的夫人的作品。稼轩其他诗词涉及这一题材的还有一些，而对于这些诗词作品的理解及写作背景的考释，则因对辛弃疾家室的研判不清，至今尚多歧义，未能有效解决。

由此看来，对辛弃疾这样一位重要作家的生平和家室做进一步的考察和探索，对于稼轩词的研究所具有的重要价值是不言而喻的。然而，自清人辛启泰作《稼轩先生年谱》以来，虽然有兴趣研究辛弃疾生平的学者阵营亦颇为庞大，却因为资料的匮乏，能对这些问题做出有说服力的解答的人寥寥无几。辛启泰当清嘉庆之际，尚能见到传世的《铅山辛氏族谱》，本应有条件对此有清晰的记载，但他只是在《稼轩年谱》的《后记》中稍稍提到了辛稼轩九子之名，对稼轩的祖母、母亲、夫人、女儿，竟然没有写下一个字。我们今天可以明确地指出，辛启泰在利用《铅山辛氏族谱》的过程中，舍弃了大量有价值的资料，而不加以充分利用，这表明他确实不具备一个史学家的才识。

20世纪初以来，辛弃疾和他的稼轩词研究，成为古典文学研究的一个热门课题。仅编著《辛稼轩年谱》的学者就有陈思、梁启超、郑骞、邓广铭、蔡义江等多人。[①] 由于辛启泰所著《稼轩先生年谱》留给后人有用的资料太少，故此诸人的年谱，对辛弃疾生平事迹的研究遂依据其所占有的历史文献资料的多寡做出各自的论证，因而使辛弃疾生平事迹异说纷纭，错误丛生，对辛弃疾的家室研究也就一无所获，以迄于今。邓广铭先生所著《辛稼轩年谱》，曾受到多数辛弃疾研究者的好评，成为这一类著作中的佼佼者。但是，今日看来，其中也存在一些问题，其中之一就是对辛弃疾家室的直接资料掌握得不多。不过，邓先生还是在资据不足的情况下考出了辛弃疾的妻子范氏，并对范氏的家世情况有所考证。[②]1997 年，邓先生在增订《辛稼轩年谱》时借助 1984年新发现的《铅山辛氏宗谱》中《辛稼轩历仕始末》[③] 一文，以及宋刘宰《漫塘集》中《故公安范大夫及夫人张氏行述》、牟巘《陵阳集》中《书范雷卿家谱》等文，考定辛弃疾"南归之初，寓居京口娶妻范氏，为邢台范邦彦（子美）之女，如山（南伯）之女弟。邦彦父子亦绍兴辛巳岁相偕南下归正者"，并作按语说："据牟氏文，知稼轩于南归后方婚娶，其事当即其南归之初。"这

---

① 　陈思《稼轩先生年谱》，辽海书社 1931 年《江海丛书》本；梁启超《辛稼轩先生年谱》，《饮冰室合集》本；郑骞《辛稼轩先生年谱》，台北华世出版书店1977 年版；邓广铭《辛稼轩年谱》，上海古典文学出版社 1957 年版、上海古籍出版社 1997 年版；蔡义江等《辛弃疾年谱》，齐鲁书社 1987 年版。

② 　见《辛稼轩年谱》1957 年版。此后，邓先生又多次加以补充，增补了一些内容。

③ 　此谱为铅山紫溪乡辛氏宗族的家谱，此族清初自福建泉州迁居铅山。此谱编于 1947 年，编谱时，把《辜墩辛氏宗谱》所载的几篇序跋和《辛稼轩历仕始末》转录谱中。详可见拙著《跋〈铅山辛氏宗谱〉和〈辛稼轩历仕始末〉》一文，《中国史研究》1984 年第 2 期。

一论断，邓先生充满了学术的自信，在《辛稼轩年谱》增订本的《增订题记》中，在《稼轩词编年笺注》的《增订三版题记》中，和在词集的若干有关词作注释中，以及在他晚年所写的论文中都一再重复提及这些观点。[①]

然而，随着辛弃疾研究新资料的发现，邓先生的这些结论，或许有被修改和被完善的可能。

二

2006 年，江西抚州友人辛乾林君把他收藏的一部《菱湖辛氏族谱》[②]提供给我。这是一部辛弃疾家族最完整的历史记录，是在辛启泰利用《铅山辛氏族谱》撰写辛弃疾家世以来最重要的发现。20 世纪 80 年代所发现的《铅山辛氏宗谱》全名为《铅山鹅南辛氏宗谱》，是铅山紫溪西山的一支辛氏后裔编写的族谱，其中仅有关于辛弃疾的一篇《历仕始末》，却并无辛弃疾手撰的《济南辛氏宗图》和有关辛弃疾在铅山的后裔的任何记载。这部《宗谱》还转载了几篇转引自《辜墩辛氏宗谱》的序跋。在发现这个《宗谱》时，邓先生和我是最先看到它的，然而，对于

---

① 见《略论辛稼轩作于立春日的〈汉宫春〉词的写作年份和地点——读郑骞教授〈辛稼轩与韩侂胄〉书后》。收入《邓广铭治史丛稿》，北京大学 1997年版。

② 《菱湖辛氏族谱》，题"怡和堂重修"，共八册，1935 年印行。其中涉及辛弃疾的内容还有辛弃疾画像、《稼轩公词稿》、《稼轩公历仕始末》、《稼轩公祠记》、《铅志稼轩公事迹》、《稼轩公赞》等。

所谓"辜墩辛氏"，我们当时既不清楚它的所在，也不知道由辛改为辜姓的辛氏后裔是否存在，所以，当时的注意力全都集中在那篇《辛稼轩历仕始末》对辛弃疾研究所能发挥的作用上去了。至于辛弃疾家室的情况，那时尚无暇顾及。邓先生关于范夫人于绍兴末即嫁于辛弃疾的论断，却是他后来提出的，现在看来，并不确切。

这次所发现的是由辛弃疾次子辛秬的后裔编次的《菱湖辛氏族谱》。菱湖辛村位于抚州市以北数公里处，全村辛氏一族，人口有上千人。他们全都是辛秬的后代，是由抚州东乡县的辜墩分迁出的辛氏族人。而这部《菱湖辛氏族谱》，就收录了辛弃疾手撰的《济南辛氏宗图》《辛稼轩历仕始末》以及铅山、辜墩、菱湖及其余各地辛氏后裔的名录和小传，起自宋代，下迄近世。这些记载，据谱前的各序，知即原属《辜墩辛氏宗谱》所载，惜辜墩谱于20世纪已毁，而八卷本的《菱湖辛氏族谱》却保存完整。通过此谱，我们得以看到清嘉庆间辛启泰曾见到的《铅山辛氏族谱》中有关辛弃疾先世及后裔的谱牒，得到了我们多年来追寻未见的资料。

辛弃疾所撰《济南辛氏宗图》，共《源流总图》和《密州位》《京师位》《郑州位》《福州位》《莱州位》《东京位》《东平位》《济南位》和《期思位》十部分。其中《期思位》应即辛弃疾后裔所续补。而前九部分也有宋代之后续补的内容。其中的《济南位》，又称《陇西派下支分济南之图》，涉及辛弃疾及其夫人、子女的则有如下记载：

第六世，幼安公，讳弃疾，行第一，号稼轩。宋绍兴十年庚申五月十一日卯时生。开禧丁卯年九月初十日卒。葬洋源。室赵氏，再室范氏，三室林氏。

生子九：稹、秬、䅢、穮、穰、穳、秸、襃、䆉。女二：长穤，幼穊。

这两段内容，当然不可能是辛弃疾手撰《宗图》的内容，而应当是其后裔的续补。但所记辛弃疾的生卒年月日时，以及葬地，夫人、子女的姓名，则完全符合族谱的体例，可知其必然是宋代所撰族谱的原文，经历来修谱者辗转传抄而流传至今，其内容应当是极其珍贵而且应当是十分可靠的。

在《济南之图》之后，《族谱》又载《济南派下支分期思世系》，有关辛弃疾生平的记载，则大部分与《辛稼轩历仕始末》相同，唯在"开禧丁卯年九月初十日卒于正寝"之后，又有下列记载：

初室江阴赵氏，知南安军修之女，卒于江阴，赠硕人。继室范氏，蜀公之孙女，封令人，赠硕。公与范硕人俱葬本里鹅湖乡洋源，立庵名圆通。

公生平出处、事迹详见《行状》《年貌谱》。有《稼轩文集》行于世。生子九：长名稹，次名秬，三名䅢，四名穮，五名穰，六名穳，七名秸，八名襃，幼名䆉。女二：长名穤，次名穊。

以上两部分记载，亦多我们未知的内容，如辛弃疾坟庵名圆通，又如所提及的《行状》《年貌谱》，其中《年貌谱》为何书，皆所未详。特别是其中对辛弃疾夫人和女儿的记载，是这个《族谱》中最有价值的内容，也是我们前此从未见到的重要文献。它的重要性，是让我们得知，在辛弃疾南渡娶妻范氏之前，他已经有了发妻赵氏。而在范氏之后，他又曾娶妻林氏。

三

《济南之图》已经记载：辛弃疾"室赵氏，再室范氏，三室林氏"。这表明，赵氏是辛弃疾的原配夫人，范氏为再娶，林氏为三娶。

有关辛弃疾赵氏夫人的记载，是辛弃疾家室研究的一个重大发现。辛启泰在《稼轩先生年谱》中对辛弃疾的夫人避而不载，以至近代作年谱的人如梁启超、陈思等人的《辛稼轩年谱》也对此概付阙如。至20世纪30年代末，邓广铭先生考知辛弃疾夫人为范氏，但对于范氏何时入嫁，却又多年考而未得。1997年邓广铭先生重订《辛稼轩年谱》，对这一个半个世纪未能解决的问题重又做了考证，他据《历仕始末》中的辛弃疾"初寓京口"一语，联系到范氏之父兄之前南归亦寓居京口的事实，断定范氏于绍兴末南归之初即嫁给了辛弃疾。邓广铭先生虽有了这一新论断，却并不符合史实，由此推考出的一部分辛词的解释及编年，相应地也出现了论断过于匆遽而不能圆融的问题。

赵氏是辛弃疾的原配夫人，不仅《济南之图》和《期思世系》的记载确凿可信，而且在2006年，我们通过一位收藏文物的上饶友人，得到了一块新近出土的碑石拓本，上面记载的是辛弃疾的孙子辛鞬的生平事迹。这篇题为《有宋南雄太守朝奉辛公圹志》（以下简称《辛鞬圹志》）的碑石（碑石高140厘米，宽80厘米，志文二十四行，行三十五字，楷书，现已入藏铅山县博物馆），其最前面的一部分内容是：

> 先君讳鞬，字仲武，家世济南辛氏。自稼轩公仗义渡江，寓居信州铅山县之期思，因居焉。
>
> 曾祖文郁，故任中散大夫，妣太令人孙氏。祖弃疾，故任中奉大夫、龙图阁待制，累赠正议大夫，妣硕人赵氏、范氏。父秬，故任朝请大夫、直秘阁，赠中奉大夫，妣韩氏，赠令人。所生陈氏，封安人。

据知辛鞬是辛弃疾三子辛秬的长子，辛弃疾之孙，寓居铅山期思。而《辛鞬圹志》明确记载：辛弃疾为其祖父，其祖妣即被封赠为硕人的赵氏和范氏。《辛鞬圹志》没有提及辛弃疾三娶的林氏夫人，其中原因可能是：辛秬本是范氏夫人所生，故记述辛鞬身世事迹时仅及赵氏及范氏二夫人，却未及林氏。然而，仅此记载，也已证明，《菱湖辛氏族谱》中的《济南辛氏宗图》及《期思世系》所载辛弃疾家室的正确。

《辛鞬圹志》谓辛弃疾"妣硕人赵氏、范氏"，《菱湖辛氏族谱》谓辛弃疾"室赵氏，再室范氏，三室林氏"，而以赵氏为辛弃疾的原配，这是在此之前我们从未得知的一个史实。《菱湖辛氏族谱》的《济南派下支分期思世系》于记述辛弃疾生平之后继载："初室江阴赵氏，知南安军修之女，卒于江阴，赠硕人。继室范氏，蜀公之孙女，封令人，赠硕人。"所载稍详。

　　对于赵氏，目前我们所知不多。因为限于体例，《辛鞚圹志》不可能对赵氏的本末有更多记载。然而，通过《族谱》的记载，我们得知，赵氏是寓居江阴的赵修之之女。赵修之知南安军，仅见于《族谱》。经查明嘉靖《南安府志》和清同治《南安府志》，郡守题名均无赵修之。再查《宋史·宗室世系表》，宋宗室名修之者为四人，其中三人书为"脩之"，四人皆为魏王廷美五世孙，唯均未载其任何仕历及寓居地，故此我们无法得知赵修之何时为南安守。但是，辛弃疾自绍兴三十二年（1162）闰二月捉获叛贼张安国返回南宋，宋廷仍授予其右承务郎，而改差江阴军签判。其何时赴任，据现存的几部《常州府志》或《江阴县志》，知辛弃疾于当年就到了签判任，于隆兴二年（1164）任满。辛弃疾于隆兴二年秋冬奏进《美芹十论》时应还在江阴签判任上，因此，《奏进札子》中有"官闲心定"语，即指其官江阴签判。由此，断定他于绍兴三十二年夏赴江阴军，是不成问题的。江阴军本是其夫人赵氏所居地，可以想见，辛弃疾作为归正人首任江阴签判，必定和其夫人赵氏为江阴人有关。而且，还可以推知，当辛弃疾于绍兴三十二年初因耿京之命，"奉表归宋"之际，以及后来张安国叛降金人，辛弃疾"约统制王世隆及忠义人马全福等径趋金营，安国方与金将酣饮，即众中缚之以归，金将追之不及。献俘行在，斩安国于市"①的过程中，"率数千骑南渡"②，赵氏必即这数千骑中的一位。而赵氏后来卒于江阴，如果不在辛弃疾居官

---

① 《宋史》卷四○一《辛弃疾传》，第 12162 页。
② 《归潜志》卷八，第 84 页。

江阴时，也必然在他南渡之后不甚久远的时日内（或许在辛弃疾乾道四年［1168］通判建康府之前）。赵氏生前，因辛弃疾官卑位微，不可能有封号，而其所赠的硕人，为妇人封号第三阶（妇人封号随夫、子的官阶而定，北宋末年确定妇人封号有九阶），这必然是在辛弃疾晚年任侍从官以后所赠予。至于赵氏何时而与辛弃疾成婚，显而易见应当在辛弃疾起义南归之前。而范氏，既然是辛弃疾再娶之妻，虽邓广铭先生已考其为范邦彦之女、范如山之女弟，但邓先生认定范氏为辛弃疾原配之说不能成立，而且，在邓先生修订的《辛稼轩年谱》中也没有考知范氏的卒年，今据《菱湖谱》的记载，可知范氏亦早于辛弃疾而病逝，故可得与赵氏同时赠为硕人。

辛弃疾的歌词作品中，其早年所作的《汉宫春》开头就有"春已归来，看美人头上，袅袅春幡"诸句，邓广铭曾考定这个"美人"为新婚的范夫人。现必须做出订正，此时辛弃疾并未同范夫人结婚，因而此"美人"非赵氏莫属。而且，同时所作的《满江红·暮春》首句"家住江南，又过了清明寒食"以及稍后所作的同调词《中秋寄远》，也同样与范氏无关，都是指他的江阴妻子赵氏而言（《中秋寄远》词如果是辛弃疾在广德军通判任上所作，必其时赵氏未能与其同赴通判任。"谁念监州，萧条官舍，烛摇秋扇坐中庭！……欹高枕梧桐听雨，如是天明"，稼轩这首《绿头鸭·七夕》词已证明他是一个人到广德任上的，因而"中秋寄远"之寄予赵夫人，则为最合理的解释）。

《菱湖辛氏族谱》之《济南之图》记载辛弃疾长子辛稹，行九一，字兆祥。辛弃疾次子辛秬，行九二，字广润。《济南派下支分期思世系》更详载云：

> 九二公，讳秬，字广润，任抚州崇仁县尉。避难下至临
> 川之广东乡七节桥九株松下，后见神山之胜概，有取日辜
> 墩，子侄遂定居焉。宋绍兴己卯年生，室熊氏，司马温公之
> 女孙。

这段原文个别文字很可能有误。如辛秬原配既为熊氏，何以成司马温公女孙？或为"外孙"之误。然而《族谱》的这段记载却具有很大的考证价值。仅就辛秬生年而言，辛秬既生于绍兴二十九年（己卯，1159），而此年辛弃疾才二十岁，尚未南渡归宋。因此，他之娶妻生子，尚还在他居留金国之时，而其长、次子的生母，必即赵氏无疑。

辛弃疾有九个儿子，两个女儿，《族谱》上所提到的那个早夭的九子辛䪫，其实并不是第九子，而应当是辛弃疾续娶的范夫人所生的第一个儿子。《稼轩词编年笺注》1993 年增订本卷二有一首《清平乐·为儿铁柱作》，词云：

> 灵皇醮罢，福禄都来也。试引鹅雏花树下，断了惊惊怕
> 怕。　　从今日日聪明，更有潭妹嵩兄。看取辛家铁柱，无
> 灾无难公卿。

1978 年邓广铭先生在《稼轩词编年笺注》中作注道："铁柱，当是乳名，未详为稼轩第几子。"又云："潭妹嵩兄，均未详为稼轩第几子女。"而《稼轩词编年笺注》增订本的此词注释文字是我增补的，其中释"铁柱"云：

　　稼轩诗集有《哭醴十五章》，其中有"汝方游浩荡，万里挟雄铁"之句，以诗意推测，辛醴必即此词中乳名铁柱者。嵩、醴、潭当皆为稼轩仕宦东南期间所得之子女。嵩应为淳熙三年（1176）于京西转运判官任上所生，醴应为淳熙五年（1178）于江西安抚任上所生，潭则应为淳熙六或七年（1179 或 1180）居官湖南时所生之女。淳熙八年稼轩退居上饶之后，以稼名轩，其子之名皆从"禾"字旁，唯醴早夭，或未及改也。又，稼轩有《题鹅湖壁》一诗："昔年留此苦思归，为忆啼门玉雪儿。鸾鹄飞残梧竹冷，只今归兴却迟迟。"诗作于淳熙十五年冬春之间，亦为怀醴之作（以《哭醴》诗中有"玉雪色可爱，金石声更清"句与之相合）。据诗之语意，可以推知，辛醴之夭折，盖在淳熙十年之后，与写作数首"鹅湖归，病起作"之《鹧鸪天》词同时，其年龄不过五六岁也。

　　这里推考辛嵩为辛弃疾京西运判任上所生实为不得已，因为当时绝没有关于诸子的任何其他信息。到 1995 年出版《辛稼轩诗文笺注》时，我在《哭醴十五章》的注解中又进一步考证说："'挟雄铁'即寓'铁柱'之名，因知铁柱实即辛醴之乳名。八子名皆从禾，意即'稼轩之子'。然稼轩退归上饶之前，诸子女并以地方命名。辛潭似即淳熙六年、七年居官潭州所生。辛醴为其兄，必淳熙二年、三年稼轩任江西提刑时所生。江西提刑置司于赣州，故以命名。"把辛醴释为辛弃疾在江西提刑任上所生，较前之释为江西安抚使任上生更合理。我至今仍坚持这一看法。此注释又说，当诸子皆改名从禾后，"醴因早殇，未能从序列也"。

辛启泰所著诸子，以及《菱湖谱》都以辛鼺为第九子，行九九，乃后世不了解事实而误作的注释。

辛鼺在诸子中实为第三，这是一个极端重要的内容。在《菱湖谱》中，辛弃疾第三子名秬，谱载其生年，为淳熙八年（1181）。辛鼺生于淳熙二年或三年，此时其二兄辛秬已十六七岁了。辛秬与辛鼺年龄相差这么大，说明二人并非同母所生，辛鼺应当是赵氏夫人病逝后续娶的范氏夫人生的第一个子女，辛秬与辛鼺是同父异母兄弟。正由于辛鼺是范夫人所生第一子，以故夫妇钟爱异常，诗词中屡言及之，且于其早殇时，葬之以成人之礼，哭之有过情之哀（见稼轩诗《哭鼺十五章》）。辛鼺既生于淳熙改元之后，按照常理，若无特殊情况，范氏夫人之与辛弃疾的成婚，最早不能早于乾道末年。

辛鼺就是铁柱，而《清平乐》词中的"潭妹嵩兄"，辛潭应即辛弃疾的长女辛秬，而辛嵩，就只能是赵氏所生的辛稹、辛秬兄弟中的一人。

再考辛弃疾在金国的行踪，其自七岁时随从在河南亳州谯县为县令的祖父辛赞，其后转徙无常，曾宦游山东、河南各地。大概在绍兴二十八年（1158）前后，辛赞任开封府尹兼南京留守。辛弃疾既然跟随辛赞仕宦各地，绍兴二十九年辛赞正在开封府任上，辛秬的出生，就必然在开封府或其附近。这个辛秬，应当就是辛弃疾在《清平乐·为儿铁柱作》中的"嵩兄"。嵩山在河南府登封境内，距开封仅二百五十里。辛弃疾何事至河南府，望嵩山而生辛秬虽不可考，但自开封一带北上燕京，是辛弃疾在金国期间着重考察的一条北伐进军路线，他对开封、洛阳一带做过周密的实地考察，却是必有的事实。

由此我们的结论就是，辛弃疾的长子和次子既都生于金国，则其母亲必然就是那位籍贯在江阴军的宗室之女赵氏夫人。辛弃疾迎娶赵氏的时间，应当在绍兴二十七年前（假定辛稹生于此年），即辛弃疾十八岁之前。这个结论的产生跟着便又产生一个疑问，即生活在北方的辛弃疾是如何能够与籍贯在长江以南江阴军的赵氏相结合的？目前尚不能给以回答。辛弃疾少年时期的经历充满太多传奇色彩，他在北方驻足之地最接近南宋边境的是海州，辛赞曾任海州刺史。但无法考出赵夫人为何事到了北方。其中的奥秘，可以留给文学家们更多的想象空间。

四

对于范氏夫人，经邓广铭先生考证，我们已知其为范邦彦之女，范如山之妹。因宋人刘宰有一篇《故公安范大夫及夫人张氏行述》载云：

> 公讳如山，字南伯，邢台人。……父讳邦彦，……宣政间入太学，其后陷虏，……念惟仕可以行志，乃举进士。以蔡近边，求为新息令。岁辛巳，率豪杰开蔡城以迎王师，因尽室而南。公幼力学，……女弟归稼轩先生辛公弃疾。辛与公皆中州之豪，相得甚。①

---

① 《漫塘集》卷三四。

辛弃疾何时续娶范氏夫人，即可从此文中所言辛弃疾与范如山"相得甚"一语论证得知。据稼轩词集所载，辛范二人的交往，乃自乾道末年开始。淳熙元年（1174），辛弃疾任江东安抚司参议官。是年，范如山到建康府，辛弃疾有《西江月·为范南伯寿》词，全词云：

> 秀骨青松不老，新词玉佩相磨。灵槎准拟泛银河，剩摘天星几个？（南伯去岁七月生子）　莫枕楼头风月，驻春亭上笙歌。留君一醉意如何？金印明年斗大。

查辛弃疾乾道八年（1172）知滁州，创奠枕楼于州市。而驻春亭，邓广铭先生的笺注称"未详，疑亦滁州之一亭也"。其实非是。遍查滁州地方志，无此亭名。据我考证，驻春亭应即建康府知府衙内钟山楼左边的四亭之一，因其周围种植芍药，故曰"驻春"。① 此词作于建康府，即淳熙元年辛弃疾任江东路安抚司参议官之时，江东安抚司治所在建康府。《稼轩词编年笺注》编置于乾道八年是不对的，应予纠正。必范如山前此曾在滁州与辛弃疾相识，再访辛弃疾于建康府，遂以女弟嫁辛弃疾。由此可以推知，辛弃疾再娶范氏，不在乾道末年，自须在淳熙改元以后，非其南渡之初，而范氏所生第一子铁柱生于淳熙二年或三年，也就完全符合情理了。

　　文献记载若是，但在《菱湖辛氏族谱》的《期思世系》中，

---

① 据《景定建康志》卷二四："府廨之东北，其上为钟山楼，其后为清溪道院。木犀亭曰小山，菊亭曰晚香，牡丹亭曰锦堆，芍药亭曰驻春，皆在堂之左。"收入《宋元方志丛刊》，第1711页。

却载为:"继室范氏,蜀公之孙女,封令人,赠硕人。公与范硕人俱葬本里鹅湖乡洋源,立庵名圆通。"

查《故公安范大夫及夫人张氏行述》,范如山"曾祖讳存","祖讳清臣",未云更早的世系。而据《期思世系》,所谓范蜀公应即范镇,字景仁,成都人,宋神宗时以户部侍郎致仕,哲宗立,召不起,累封蜀郡公。据苏轼《东坡集》卷八八《范景仁墓志铭》,范镇五子为燕孙、百揆、百嘉、百岁、百虑,十孙皆以"祖"字为序排列,无名"存"或"清臣"者。两者既不能合,不知《族谱》所云"范蜀公孙女"是否有误。

范氏夫人之卒年,《期思世系》的"封令人,赠硕人"与"葬本里鹅湖乡洋源"数语极为重要。首先,范氏曾在辛弃疾生前被封令人,其卒后,再赠硕人,并且是与赵氏同时获赠。据此信息,疑范氏亦在辛弃疾在世时病卒。范氏"葬本里鹅湖乡洋源",洋源即阳原山,为辛弃疾葬地,知范氏与辛弃疾同葬一地。此地今在铅山县陈家寨,旧志又称其地为崩洪,见载于同治《铅山县志》卷首的地图中。《县志》卷三载鹅湖山脉亦有"由梧桐湾过沙坂,绕石塘,达崩洪"语,小注谓"紫溪、汪家源、黄柏坑诸水出紫溪十都,由左而会",可知崩洪在期思之左,而石塘镇在期思东南五里。但《县志》卷三〇《杂类·佚事》却载:"辛稼轩卜地建居,形家以崩洪、芙蓉洲示曰:'二地皆吉,但崩洪发甚速,不及蓉洲悠久耳。'辛取崩洪。形者曰:'贪了崩洪,失却芙蓉,五百年后,只见芙蓉,不见崩洪。'后其言果验。"(《耳闻录》)这条记事是铅山修志者历代相传的,但其中说辛弃疾选择崩洪是为了"卜地建居",似乎期思的辛弃疾旧居应即文中所说的"崩洪",显然是错误的。辛弃疾在期思的居址,虽依山傍水,却不能称作崩洪。盖据《永乐大典》卷一四二二〇地字韵引李淳风《地理小卷》、《地理全书》的《十大崩洪图》等地理书，葬地称为崩洪者，大体为两山夹一水之谓，这正符合阳原墓地的地形特点。① 总之，风水地理家只称墓地为崩洪，未有卜居住宅于崩洪者。因此，我怀疑，当庆元二年（1196）因上饶带湖的雪楼被焚，被迫移居铅山期思及瓢泉新居时，范氏夫人适卒，故辛弃疾于移居期思新居的同时，选择了崩洪为葬地。如果这一推论正确，范夫人必然是在带湖焚毁之同时或前后病逝。

辛弃疾何时另娶林氏，因没有任何记载，只能从辛弃疾诸子的年龄上入手，进行判断。考《期思世系》，辛弃疾第三子辛秬生于淳熙八年（1181），他是范氏所生绝无问题。然而，自辛秬以下至第八子辛襃，只有辛襃在《期思世系》中有生年记载，即其生于开禧元年（1205）。辛襃既生于范夫人卒后第十年，他是辛弃疾三娶的林夫人所生，也是可以认定的。假若辛弃疾三娶林氏在庆元二年以后，则很可能辛弃疾的第五子辛穰、第六子辛穟、第七子辛秸都应是林氏所生。辛穟、辛秸都应出生在嘉泰间。

对于林氏，由于《菱湖谱》的《济南之图》仅有"三室林氏"一语，而《期思世系》载至范氏而止，《辛鞬圹志》亦仅载赵氏、范氏，未及林氏，所以对林氏的出处我们一无所知。既不知其来历，亦不知其生卒时间。据我们的了解，林氏是铅山的一大姓。辛弃疾的诗词中仅有一首题为《林贵文买牡丹见赠至彭村偶题》的七绝诗涉及林姓人物，诗云：

---

① 见《海外新发现永乐大典十七卷》，上海辞书出版社 2003 年版。

> 宝刀和雨剪流霞，送到彭村刺史家。闻道名园春已过，
> 千金还买暨家花。①

彭村，今地仍存，同治《铅山县志》卷七谓高山庵在县东三十五里彭村，亦即在期思东南十里，与石塘镇相近。而暨为姓，《期思世系》载辛弃疾第六子辛穮没，葬紫溪暨家。紫溪亦在期思之东南，可知林氏亦必居住于铅山东南，不知林贵文与辛弃疾的林氏夫人有关联否。

元人刘一清的《钱塘遗事》卷三记载：辛弃疾去世后，其儿子与母亲在赵方制置使幕下，赵方为报答辛弃疾生前的知遇之恩，最终为辛弃疾之子经营到七张荐举状纸。此事所记时地俱无误，应当属于纪实可信。其文有云：

> 辛死，其子遇赵作荆湖制置，适在幕下金属，谓赵以乃父曩畴之故，赐以提挈。不料待之反严，无时程督，几不能堪，至与其母对泣。幸三年官满，辞赵告归。赵曰："且可留一日。"即开宴，请其母夫人同来。樽前与其母子曰："某三年非待令嗣之薄，吾受先公厚恩，正恐其恃此不留心职业故尔。今已为经营到诸监司举纸，七状皆足，并发放在省部讫。自即当奉少费，请直去改官。"辛母子方感谢无涯。②

赵方是淳熙八年（1181）进士。淳熙七年，赵方在参加湖南解

---

① 《辛弃疾集编年笺注》卷一，第151页。
② 《钱塘遗事》卷三《赵方威名》，第73页。

试时，以《礼记》亚榜卷受湖南帅辛弃疾的赏识，被取为第十七名。此见于《宋史·辛弃疾传》。其后登第，作尉于蒲圻，赴任访辛弃疾，又蒙辛弃疾赠送赆仪与荐书，多方提携。对此，前引《钱塘遗事》的前半部分有记载。而赵方为京湖制置使则在嘉定十年（1217），上距辛弃疾去世已十年。这位随子居赵方幕府中的母夫人，应当就是辛弃疾去世后还在世的林氏夫人，应无可疑，而其子则以辛弃疾第五子辛穰的可能性最大。

根据新发现的资料，所能考证辛弃疾的家室的内容只有上述诸端。但愿今后还会有新的资料发现，以丰富和验证我们的所知与论断。

原载《文学遗产》2007 年第 6 期

《有宋南雄太守朝奉辛公圹志》考释

一

辛弃疾生平及家世研究，自 20 世纪 80 年代发现《铅山鹅南辛氏宗谱》及其中所载《辛稼轩历仕始末》以后，曾一度有所突破，取得了颇为重要的进展（例如，考知了辛弃疾生平事迹中过去存在的空白处，为稼轩词、诗文的考释提供了帮助）。然而，当时所发现的那个宗谱，只是后来由外地迁居铅山县的一支辛氏族人（并非辛弃疾后裔），在修谱中偶然发现了辛弃疾后裔编写的族谱，遂转录了其中的辛弃疾传略（即《辛稼轩历仕始末》），因而辛弃疾家世和后裔的情况，在那本宗谱中，是一无记载的。

进入 21 世纪以来，我一直关注着发现辛弃疾研究新资料的进展情况。2006 年，连续取得了这一研究工作的两项重大进展：一是由辛弃疾次子辛秬的后裔编次的《菱湖辛氏族谱》的发现，其中载有辛弃疾生前手编的《济南辛氏宗图》，以及清嘉庆间辛启泰曾见到的《铅山辛氏族谱》中辛弃疾先世及后裔的谱牒，包含了我们多年来追寻未见的资料，其中有许多我们未知的事实。

另一重要发现就是，辛弃疾的孙子辛鞬圹志的拓录，从出土文献角度证实了传世文献的正确。为辛弃疾生平、家世和后裔的研究，提供了有力的证据。我现根据宋以来史料及新发现的《菱湖辛氏族谱》，对该圹志加以考释和补正。江西抚州辛乾林君和东乡县辜墩村的辛叶发君，以及铅山县博物馆的王立斌先生，为传拓和保护这块碑石，费心费力，其志可感，谨此致以诚挚敬意。

二

这篇圹志全名为"有宋南雄太守朝奉辛公圹志"（以下简称《辛鞬圹志》），出土时间是在 2006 年 9 月，出土地点在铅山县稼轩乡詹家村。该圹志因墓被盗掘，碑石遭遗弃，为有心人所收购。经县博物馆追回，现收藏于馆中。碑石高 140 厘米，宽 80 厘米，志文二十四行，行三十五字，楷书。其全文是：

> 先君讳鞬，字仲武，家世济南辛氏。自稼轩公仗义渡江，寓居信州铅山县之期思，因居焉。
> 曾祖文郁，故任中散大夫，妣太令人孙氏。祖弃疾，故任中奉大夫、龙图阁待制，累赠正议大夫，妣硕人赵氏、范氏。父稹，故任朝请大夫、直秘阁，赠中奉大夫。妣韩氏，赠令人。所生陈氏，封安人。

　　先君生于嘉定己巳四月二十三日。宝庆元年二月，以父任京西宪漕，该理宗皇帝登极恩，补将仕郎。绍定五年，铨试合格，授迪功郎、吉州永新县主簿。未上，六年正月赏，循从事郎。适秘阁公有潼川宪节之命，私计不便，移籍，定差重庆府江津县酒税。被台檄摄尉，捕盗有功。端平元年秩满，定差镇江军节度推官，未上。夔宪上前功于朝，嘉熙四年十月，特旨改承务郎，知严州淳安县丞。淳祐二年三月，以父忧解官。四年六月，复隆兴府新建县丞。八年二月磨勘，转承奉郎。四月，知江州瑞昌县事。九月磨勘，转承事郎。宝祐元年四月磨勘，转宣义郎。八月，堂差通判永州。开庆元年三月，以平剧贼郑恩豪赏，转宣教郎，敕差充提领犒赏酒库所主管文字，未上。辟差两浙运管。十月磨勘，转通直郎。景定二年十一月磨勘，转奉议郎。十二月，差知英德军府事，未上。四年十二月，主管建康府崇禧观。咸淳元年闰月，以度宗皇帝龙飞，该转承议郎。九月，差知辰州军州事，仍借紫，未上。以亲老，改差江东安抚司参议官。四年二月磨勘，该转朝奉郎。五年二月，丁生母忧。七年八月服阕，差知南雄州。先君至是年六十有三矣。早从秘阁公跋履襄蜀，险阻备尝，及暮年而多病，无复荣进念。屡欲上致仕之章，未果，八年七月，卒于正寝。

　　先君娶魏氏，乃绍兴名御史魏公矼之女孙也。先□□□□：衍、冲。□□，衍，衡州军事判官。孙男三人：寿翁、关郎、进弟。先君卒之明年十有一月，奉枢迁□□□□，明年十有一月丙申，葬于山之麓，从治命也。

　　先君端简严重，不言而躬行。事亲孝，莅官廉，□□自政□□曲，和而不同。生一岁失母，间关求访，垂晚岁得之。世皆□□寿昌事为□，历任□□州，及官辇毂下，清白一节，诚可以质诸鬼神。性雅节俭，处绮纨，欿然有韦布风，无一毫矜骄之颜，□三仕三已，喜愠不形之色。官四十年矣，位至二千石，先畴之外不加益。身死，家无遗赀。死之日，铅人如悲亲。则先君之大概可睹矣。不肖孤将求铭于当世之大手笔，远日□汇次未□，□□其略，刻之幽宫云。

　　咸淳十年甲戌十一月，孤哀子衍泣血百拜谨记。

　　契家生奉议郎、直秘阁、广南东路转运判官兼提举常平盐事徐直谅书讳。

　　原圹志保存较好，但也有两处损坏漫漶，致一些文句无法释读，我曾据拓片考出大部分文字，又亲至铅山博物馆对照原石进行勘比，已尽力考辨，但仍恐个别释义不合原意。

　　圹志中，"淳祐二年三月，以父忧解官"一句，"淳祐"二字原石漏书漏刻，补在圹志左下角。

　　"咸淳元年闰月，以度宗皇帝龙飞，该转承议郎"一句，"飞"与"该"字皆石泐不清。查右志作于咸淳十年（1274）十一月，是年七月，度宗病逝，八月上度宗庙号，故圹志有度宗庙号之称。则"龙"下一字，必指度宗即位而言，故补以"飞"字。"该"字，则循下文"该转承奉郎"例补。

　　"四年二月磨勘，该转朝奉郎"句，"四年"难辨，当是"三"或"四"字，以意补。

　　"江东安抚司参议官"句，"官"难辨，以意补。

　　"先君娶魏氏，乃绍兴名御史魏公矼之女孙也"句，"矼"字仅存半边"工"字，《菱湖辛氏族谱》之《期思世系》之《辛鞬小传》作"矼"。

"衍，衡州军事判官"句，"衍"字难辨，据《期思世系》，辛鞬次子冲，弱冠而卒，知任衡州判官者，必衍也。

"明年十有一月丙申，葬于山之麓，从治命也"句，"明年"二字难辨，按辛鞬卒于咸淳八年（1272），圹志既有"明年十有一月，奉柩迁"语，则此处之葬年，必即咸淳十年无疑，而圹志所署年月亦正是咸淳十年（1274）。

"无一毫矜骄之颜"句，"骄"字难辨，以意补。"颜"字仅存左半边，尚可判断。

三

过去我们所知的辛弃疾先世情况，仅为辛启泰在《稼轩先生年谱》中所列辛氏迁济南始祖维叶、高祖师古、曾祖寂、祖赞、父文郁等五世，其下所注各人事迹亦极简略。如辛弃疾父文郁，也只有"赠中散大夫"一句，而除了辛启泰的著录外，从清代嘉庆以还的近二百年间，我们无从看到超出辛启泰著录的一字一句。当然，在《菱湖辛氏族谱》发现之后，我们看到辛弃疾手订的《济南辛氏宗图》有关其先世的记载，虽也仍很简略，却有超出辛启泰所记者。例如，自辛维叶以下五世，《济南辛氏宗图》都著录了各代妻室的姓氏，以及生子情况。这些宝贵的线索却都因辛启泰任以己意做了删削而湮没了近二百年，如果没有《菱湖谱》的发现，则必底于亡佚。如《宗图》载："赞公之子，第五世，文郁公，赠中散大夫。室孺氏，封令人，生子一，幼安公。"记辛文郁妻的姓氏，封号，以及辛弃疾为其独生之子，这当然是非常珍贵的资料，使我们得知了辛弃疾母亲的姓氏。而《辛鞬圹志》则载："曾祖文郁，故任中散大夫，妣太令人孙氏。"辛弃疾母亲的姓氏，《辛鞬圹志》作孙氏，应当是正确的，"孺"应当是族谱多次传刻所致误（《族谱》虽有误字，但封号却与《辛鞬圹志》相同，则知姓氏仅为传刻之讹）。

辛文郁所赠中散大夫，不是金朝的官阶。《宗图》谓"赠"，这说明他在金朝并没有官职，是辛弃疾南归后的封赠，因此可以肯定的是，辛文郁早在辛弃疾成人之前已经去世。而辛弃疾母亲孙氏，却是在生前受封为令人。宋代官制，自政和二年（1112）改定妇人封号皆随夫子官阶，共八阶，见《宋会要辑稿·仪制》一〇之二八。这表明，孙氏在绍兴三十二年（1162）辛弃疾起义南渡，即随子渡江，以后就定居在江南。令人的封号为八阶中的第四阶，显而易见是多次接受封号由低到高所至，因此，孙氏的卒年，很可能在辛弃疾淳熙八年（1181）退居上饶带湖以后。辛弃疾的现存著作中没有提及其母，历来的辛弃疾研究者对此也一无所知，因而这两处记载至为珍贵。

四

辛弃疾在《宋史》有传，但是，有关他平生事迹的更直接资料，如行状、墓志铭、神道碑之类，至今尚未发现。《辛鞬圹志》是迄今为止所发现的唯一一块涉及辛弃疾的石刻文献。因而对于以实物证史，具有极为特殊的意义。

《辛鞬圹志》限于其体例，不可能对辛弃疾事迹作更多的记载，志中也仅有"家世济南辛氏，自稼轩公仗义渡江，寓居信州铅山县之期思"及"祖弃疾，故任中奉大夫、龙图阁待制，累赠正议大夫，妣硕人赵氏、范氏"诸语而已。然而，这些语句虽短，却对于补充史实订正谬知，具有极其重要的学术价值。

《辛鞬圹志》对辛弃疾一生仕历仅记载了最后的官职。龙图阁待制于史无谬。而其最后官阶，据查辛弃疾是开禧三年（1207）九月十日去世，之前曾于夏季叙复了朝议大夫的官阶，见《育德堂外制集》卷一。南宋官阶，朝议大夫为第十五阶，《宋史》本传载辛弃疾逝世时"守龙图阁待制致仕，特赠四官"，由朝议大夫赠四官应为太中大夫（第十一阶），而《辛鞬圹志》所载中奉大夫为第十三阶，可知中奉大夫并非由朝议大夫再赠四官所致。《菱湖谱》中首册所载《宋兵部侍郎赐紫金鱼袋稼轩公历仕始末》（此文亦载《铅山鹅南辛氏宗谱》，文字大致相同，两谱皆从原《莘墩辛氏宗谱》抄录，唯《菱湖谱》系清代早期直接抄录，而《鹅南谱》为后来转录）则谓辛弃疾"官通奉大夫"。通奉大夫为阶官第九阶，由中奉大夫上迁四阶，正是通奉大夫。因知中奉大夫必系其叙复朝议大夫之后，又于其逝世之前的几个月内所迁转。这一事实不见于史传和现存记载，《辛鞬圹志》的发现，填补了辛弃疾晚年的一段仕历，使《历仕始末》的记载释然而通。而辛弃疾累赠的正议大夫为第八阶（见《辛鞬圹志》），这一赠官应当在什么时期呢？查辛弃疾逝世时，虽因身为侍从官有四官之赠（自中奉大夫赠四官应为通奉大夫，第九阶），但其逝世第二年因给事中倪思的弹劾，"夺从官恤典"，见于《鹤山集》卷八五之《倪思墓志铭》,则通奉大夫自在剥夺之列。而辛弃疾的正议大夫,一定是其第三子辛秬仕至升朝官以后遇郊祀大礼时所赠。《历仕始末》所载辛弃疾最后的官阶是"官通奉大夫,赠光禄大夫",通奉大夫应即辛弃疾去世时所赠,而光禄大夫则应当是南宋末年由谢枋得奏请为其平反时的最终赠官(第五阶)。《历仕始末》与《辛鞬圹志》两者的记载并不矛盾。

而有关辛弃疾赵氏夫人的记载,却是辛弃疾家世研究的一个重大发现。辛启泰在《稼轩先生年谱》中对辛弃疾的妻室避而不载,以至近代作《辛稼轩年谱》的人如梁启超、陈思等人也对此概付阙如。至20世纪30年代末,邓广铭重作《辛稼轩年谱》,始据《漫塘集》中的《故公安范大夫及夫人张氏行述》考知辛弃疾夫人为范氏,并认为辛弃疾平生仅娶范氏。而对于范氏何时入嫁,却又多年考而未得。1979年邓广铭重订《辛稼轩年谱》,对这一个世纪未能加以解决的问题又做了考证,他据《历仕始末》中的辛弃疾"初寓京口"一语,联系到范氏之父兄之前南归亦寓居京口的事实,断定范氏于绍兴末南归之初即嫁给了辛弃疾。邓广铭先生虽有了这一新论断,却并不符合史实,因而是错误的,由此推考出的一部分辛词的解释及编年,相应地也都成为错误的结论。

《辛鞬圹志》谓辛弃疾"妣硕人赵氏、范氏",赵氏为辛弃疾的原配,这是在此之前我们从未得知的一个史实。然而,《菱湖辛氏族谱》的《济南派下支分期思世系》于记述辛弃疾生平之后继载:"初室江阴赵氏,知南安军修之女,卒于江阴,赠硕人。继室范氏,蜀公之孙女,封令人,赠硕人。"即已记载了赵氏为辛弃疾的原配夫人,《辛鞬圹志》的记载证实了《族谱》记载的可靠性。

当然，限于体例，《辛鞬圹志》不可能对赵氏的本末有更多记载。然而，通过《族谱》的记载，我们得知，赵氏是寓居江阴的赵修之之女。赵修之知南安军，仅见于《族谱》。《宋史·宗室世系表》记载，名修之者为四人，其中三人书为"脩之"，四人皆为魏王廷美五世孙，唯均未载其仕历，故终致无考。但是，辛弃疾自绍兴三十二年（1162）闰二月缚叛贼张安国返回南宋，宋廷仍授其右承务郎，而改差江阴军签判。其何时赴任虽不能确考，然而各种《常州府志》或《江阴县志》都记载辛弃疾于当年到任，于隆兴二年（1164）任满，而辛弃疾于隆兴二年秋奏进《美芹十论》时却还在江阴签判任上，有"官闲心定"语。因此，他之于绍兴三十二年夏赴江阴，就可以据此推算出来。江阴军本是其夫人赵氏所居地，可以想见，赵氏之卒于江阴，如果不在辛弃疾居官江阴时，也必然在他南渡之后不甚久远的时日内。赵氏生前，辛弃疾官卑位微，不可能有封号，而其所赠的硕人，为妇人封号第三阶，这必然是在辛弃疾晚年任侍从官以后所赠予。至于赵氏何时而与辛弃疾成婚，显然不可能是辛弃疾南渡之后，必然是在起义南归之前，有关此事，还可长考。而范氏，既然是辛弃疾再娶之妻，虽邓广铭先生已考其为范邦彦之女，范如山之女弟，但邓先生认定范氏为辛弃疾原配之说显然不能成立，而且，在邓先生的著作中，如其所修订的《辛稼轩年谱》中并没有考知范氏的卒年，今据《菱湖谱》的记载，可知范氏亦早于辛弃疾而病逝，故可得与赵氏同时赠为硕人。

五

《辛鞬圹志》记载，辛鞬是辛弃疾第三子辛秠的长子，过去我们对此一无所知。

关于辛秠，据辛启泰《稼轩先生年谱》记载，辛弃疾九子，其一早夭。其第三子名秠，《年谱》记载最为详尽，但也只有"秠官朝请大夫、直秘阁、潼州提刑，四子皆官于朝，五世孙乐迁福建崇安县，又有从铅山迁贵溪之瑶墟者，皆秠裔也，今亦不著"数语，似乎是依据其所见的《铅山辛氏族谱》。但涉及辛秠本人则只有"朝请大夫直秘阁，潼州提刑"一语。

辛秠仕宦，于辛弃疾九子中最显赫。邓广铭先生在其《辛稼轩年谱》中据史料对其生平有重要增补。如在洪咨夔《平斋文集》卷二一，查得《辛秠潼川府路提点刑狱赵希浚夔州路提点刑狱张起良成都府路提点刑狱公事制》，纠正"潼州提刑"之误。又如引《历代名臣奏议》中宋理宗时监察御史吴昌裔的奏疏记载，考知辛秠于理宗端平三年（1236）尚在潼川提刑任上。同时，他又全文引用了徐元杰《梅野集》中的《挽辛宪若》组诗五首，论证徐元杰所挽者为稼轩之子，即辛秠，并对所涉及的辛秠生平多有考证，如证知其持使节于边远之地，其地即古之巴蜀，及病卒之年仅逾五十岁，等等。这些，对研究辛弃疾的后裔情况都是极有价值的。

现今《辛鞬圹志》的发现，对于辛秠生平事迹的考证不仅证实了邓广铭先生的考证大部正确，又增添了极为重要的证据。《辛鞬圹志》载："父秠，故任朝请大夫、直秘阁，赠中奉大夫。妣韩氏，赠令人。所生陈氏，封安人。"朝请大夫、直秘阁与辛启泰《年谱》的记载相同。所赠中奉大夫，为辛《谱》所无，不知为何时之事，现已无考。然而，《菱湖谱》对辛秬却有较详尽的记载："九三公，讳秬，字望农。官朝请大夫、直秘阁、潼州提刑，任正议大夫。淳熙辛丑年四月十四日巳时生，淳祐壬寅年三月廿九日卒，葬北福寺。室熊氏，赠恭人。继室范硕人女甥韩氏，生子四：鞬、律、棣、肃。"《菱湖谱》的记载，除了潼州为潼川之误以外，其他记载应当是准确无误的。正议大夫高于中奉大夫，不知是否也是赠官。《辛鞬圹志》所补充或证实《年谱》与《菱湖谱》的是辛秬妻韩氏及辛鞬的生母陈氏的记载，这当然是重要的。

例如辛秬的卒年，《菱湖谱》载为"淳祐壬寅年三月廿九日"，而《辛鞬圹志》则有辛鞬"淳祐二年三月以父忧解官"的记载，淳祐二年（1242）的干支恰为壬寅，这证实了《菱湖谱》记事的准确。邓广铭曾推断辛秬卒年仅逾五十，即在其自巴蜀归来之后。自巴蜀归来无误，但据《菱湖谱》，辛秬却是得年六十二，"年仅逾五十"一语的推断是错误的。

再如辛秬的夫人韩氏，《菱湖谱》谓是辛弃疾夫人范氏的女甥，亦仍为续娶。据刘宰《故公安范大夫及夫人张氏行述》，范氏兄范如山有女四人，其次女适韩居仁，则辛秬夫人韩氏即韩居仁之女无疑。《辛鞬圹志》的记载证实了《菱湖谱》记载的可靠。《辛鞬圹志》未载辛秬的原配熊氏，这或许是因熊氏未生子，所以生子的陈氏最终留子于辛秬而别去，直至辛鞬晚岁始得母子团聚，这在宋代极为常见，故《辛鞬圹志》略而未提。

《辛鞬圹志》对辛秬生平事迹的记载最有价值的，是其中"宝庆元年二月，以父任京西宪漕，该理宗皇帝登极恩，补将仕郎"的记载。按：刘克庄的《辛稼轩集序》（《后村先生大全集》卷九八）载有"公嗣子故京西宪秬，欲以序见属"一语，徐元杰《挽辛宪若》诗中也有"麾节两朝推"及"急流缘底勇，路口岘山碑"句，都记载辛秬在宁宗朝曾持京西使节事（晋杜预在襄阳岘山立碑，见《舆地纪胜》卷八二《京西南路·襄阳府》），并不仅在理宗朝任宪使。而邓广铭先生对此均未予考证。今查宝庆元年（1225）之前一年即宁宗嘉定十七年（1224），辛秬任京西提刑必始于宁宗在位时。另查京西提刑例兼京西转运判官、京西提举，故《辛鞬圹志》谓其任京西宪漕。这一仕历对辛秬生平，可以说是一个重要的补充。

六

《辛鞬圹志》虽有残缺，但辛鞬一生仕历却已基本清晰，虽然具体事迹殊少体现。现据这篇圹志列辛鞬一生仕宦年表如下：

辛鞬字仲武，辛弃疾孙，辛秬长子，生于宋宁宗嘉定二年（己巳，1209）。

宋理宗宝庆元年（1225），十七岁，因理宗登极，补将仕郎。

绍定五年（1232），二十四岁，转迪功郎、吉州永新县主簿。未上，六年循从事郎，改差重庆府江津县酒税。摄江津县尉。

端平元年（1234），二十六岁，秩满，差镇江军节度推官。

嘉熙四年（1240），三十二岁，改承务郎，严州淳安县丞。

淳祐二年（1242），三十四岁，丁父艰。

淳祐四年（1244），三十六岁，除服，复隆兴府新建县丞。

淳祐八年（1248），四十岁，转承奉郎，知江州瑞昌县。再转承事郎。

宝祐元年（1253），四十五岁，转宣义郎。通判永州。

开庆元年（1259），五十一岁，因平剧贼郑恩豪，转宣教郎，充提领犒赏酒库所主管文字。未上。差两浙运管。转通直郎。

景定二年（1261），五十三岁，转奉议郎，知英德军府事。未上，主管建康府崇禧观。

宋度宗咸淳元年（1265），五十七岁，转承议郎，知辰州军州事，借紫，未上，改江东安抚司参议官。

咸淳四年（1268），六十岁，转朝奉郎。

咸淳五年（1269），六十一岁，丁生母忧。

咸淳七年（1271），六十三岁，生母服阕，知南雄州。

咸淳八年（1272），六十四岁，卒。

据以上所列，知辛鞬一生大都沉浮于州县佐吏，晚年得知英州、辰州、南雄州，但都未能到任，因此，这些地方的现存地方志中也都不载其姓名及事迹。

《菱湖谱》对于辛鞬的记载，却是所载辛弃疾后裔生平中最为混乱的一条，有关辛鞬生平的记载虽达九十余字，然而几乎每句都有错误。这条记载的全文是："十三公讳鞬，字仲武，仕奉正大夫，镇江军节度、江州瑞昌知县。绍定二年三月，以平剧贼郑思升御史，再知南雄府，仕止忠议大夫。嘉定己巳年四月初四日生，咸淳甲戌年十月卒，丙辰年葬八都东山万寿山庵，有墓志。室三衢卫中丞魏矼女孙，生子二：衍、冲。"这是辛弃疾后裔中错误最多的一条，亟须借此圹志加以纠正。例如奉政大夫乃是元

代官阶，而所谓忠议大夫，南宋与元代并无此官名。辛鞬官止朝
奉郎，赠官虽不详，但若说因其子衍仕于元而赠官勉强可通，但
何来忠议大夫？又如镇江军节度使乃节推之误，郑思为郑恩豪之
误，而辛鞬平郑恩豪后仅进官一阶，并无升御史之事。至于《菱
湖谱》所载年代也多错误。如生于嘉定己巳（二年）四月初四，
初四为廿四之误。卒年谓咸淳甲戌（十年）十月，据碑石，应为
咸淳八年七月。丙辰年葬，应为丙子年葬等。《菱湖谱》唯一有
价值的记载是辛鞬的葬地在八都东山万寿庵，此可补碑石的残
缺。按：据同治《铅山县志》卷七，八都即今稼轩乡所在地詹家
村。东山庵在县东南三十里，万寿庵在县东二十五里九都。两地
实际相距甚近，即都在辛弃疾所寓居的期思村东北。可知辛弃疾
去世后，其三子辛秬及其后裔并未离期思居所而他徙。

为《辛鞬圹志》书讳的徐直谅，署衔为奉议郎直秘阁广东
转运判官兼提举，徐直谅是上饶徐元杰之子，与其兄徐直方并
称"英英二徐"，见赵汝腾《庸斋集》卷一。又见雍正《江西通
志》卷二二"徐直方疏请祀其父忠愍公徐元杰"语。曾于景定中
知兴化军，见《闽中理学渊源考》卷二〇。德祐元年（1275）知
广州，元兵大至，弃城，见《宋史》卷四七《二王纪》。其父徐
元杰字仁伯，上饶人，绍定五年（1232）进士第一人，卒于淳祐
四年（1244），仅晚于辛秬二年，有《梅野集》传世，《宋史》卷
四二四有传。其生前曾为辛秬作哀词，而其子徐直谅也为《辛
鞬圹志》书讳，上饶徐氏和铅山辛氏忠义相知，可谓两世文字
之交。

七

　　《辛䤞圹志》，是自宋代以来，所出土的第一块涉及辛弃疾的石刻碑铭文字，故弥足珍贵。

　　辛弃疾是南宋历史上始终如一的爱国志士，是我国文学史上最杰出的词人。自清代中期辛启泰决心撰述辛弃疾生平事迹并悉心收集其遗作以来，辛弃疾的爱国精神和他那独树一帜的稼轩词赢得了后代无数人的尊敬和热爱。几乎大部分研究者都力图挖掘出尽可能多的可靠资料，以求把他的生平行实考证得更具体更准确些。然而，由于辛弃疾逝世后，面临着执政的史弥远集团的诬陷迫害，因而很可能是草草埋葬了事，有关其生平的行状、墓志铭是否在埋葬的同时即已做好，仍是一个疑问。到了南宋晚期，辛弃疾的冤案虽经陆续昭雪，但除了谢枋得有两篇相关的《祠堂记》《墓记》外，士大夫中亦未再见其他记述。铅山现存最早的地方志嘉靖《铅山县志》卷八《丘墓门》载："辛稼轩先生墓，在七都。宋绍定间赠光禄大夫，敕葬于此，有墓碑。旧有金字牌立于驿路旁，曰'稼轩先生神道'。"虽称"有墓碑"，但是否就是《辛稼轩神道碑》仍很可疑，因为此志接着便引用了载于谢枋得《叠山集》卷七的《宋辛稼轩先生墓记》的全文，似乎当时就是以此文充当《神道碑》的。明代中叶，广信知府姚堂编撰《广信先贤事实录》，曾于卷六收录了记载辛弃疾生平的三篇文字，即将冠以"宋兵部侍郎赐紫金鱼袋辛先生弃疾"等字的《传赞》《事实始末》和《墓志》，其中的《传赞》很可能是尚载于各种《铅山县志》、收入铅山群贤堂名人传、由南宋人徐元杰所作的《稼轩辛公赞》，而《事实始末》应是 20 世纪我们在《铅山鹅南辛氏宗谱》中发现的那篇《宋兵部侍郎赐紫金鱼袋稼轩公历仕始末》。至于《墓志》，据我的推考，很可能是由当时尚未佚失的《稼轩集》中转录来的。辛启泰生于清代，虽不能看到《稼轩集》，他却也没有搜集到《广信先贤事实录》；他虽然得到《济南辛氏宗图》和《铅山辛氏族谱》，却没有认真研究，充分加以利用。因而，他所作的《辛稼轩年谱》实在不堪称为一部经得起研究考验的学术著作。这样，到了 20 世纪，在资料大部佚失的情况下，考证辛弃疾生平及其家世问题的困难，是可想而知的。

20 世纪，邓广铭先生多次修改出版的《辛稼轩年谱》，是在充分汇集了当时尚可搜罗的历史资料之后悉心考索写成的。特别是 80 年代发现了《铅山鹅南辛氏宗谱》中引用的《宋兵部侍郎赐紫金鱼袋稼轩公历仕始末》以后，对辛弃疾生平的研究，遂补充了以下若干内容：一、辛弃疾"初寓京口"；二、通判广德军；三、自仓部员外郎进郎中；四、晚年曾有历城县开国男的封爵；五、官通奉大夫，赠光禄大夫。此外，辛弃疾于绍兴三十一年（1161）十二月奉表南归，庆元二年（1196）丙辰徙铅山期思等事节的时间都有了明确的记载。然而，在邓先生晚年最后修订的《辛稼轩年谱》中，以上多条内容并没有吸收进去，而对于"初寓京口"这样不确定年代的记载，却做了充分的想象和发挥，以致出现了误解。

本来我们以为，传世的辛弃疾生平和家世资料不大可能有新的发现了。《菱湖辛氏族谱》和《辛鞬圹志》的发现及出土，完全出乎我们的意料。尽管在辛弃疾生平事迹上，《族谱》和《辛鞬圹志》所能补充的资料不多（《族谱》也只载有《历仕始末》

一文），但在家世资料上，却是空前的突破。例如，研究辛弃疾的先世，有辛弃疾自撰的《济南辛氏宗图》，除了可以考证辛氏的族源和沿革外，还对南宋当时辛氏诸族的状况提供了丰富的资料。再如，《族谱》记载了辛弃疾祖母、母、妻、子、孙、曾孙、玄孙等极为丰富的内容，其诸子以下且多有小传，甚至包括生卒年，是研究辛弃疾后裔的最直接的宝贵资料。而《辛鞬圹志》的最重要价值，并不在于它所记载的墓主辛鞬的事历及其先世后裔情况，而在于它以出土的金石碑刻的形式，第一次证实了《菱湖辛氏族谱》记载的辛弃疾家世的可靠。能够用第一手资料验证历代流传的族谱资料，为研究辛弃疾家世提供坚实可信的基础，我以为，这应当是考释《辛鞬圹志》的意义所在。

原载《中国典籍与文化》2008 年第 3 期

辛弃疾子女后裔新考

一

　　辛弃疾九子，见于辛启泰编的《稼轩先生年谱》。邓广铭先生于 20 世纪 30 年代末亦作《辛稼轩年谱》，于辛弃疾后裔的记述，皆本之于辛启泰所编年谱，而稍有增益。

　　2006 年，辛弃疾家世研究取得了新的突破。一是发现了载有辛弃疾后裔的《菱湖辛氏族谱》，一是出土了辛弃疾的孙子辛鞬的墓志铭，即《有宋南雄太守朝奉辛公圹志》。我在随后连续发表了《辛弃疾家室再考》和《〈有宋南雄太守朝奉辛公圹志〉考释》两篇论文①，对这次新发现所取得的辛弃疾家室研究的突破性成果做了阐述。现在，再将有关辛弃疾子女研究的新进展向关心此事的研究者做一交代。

---

① 《辛弃疾家室再考》载《文学遗产》2007 年第 6 期；《〈有宋南雄太守朝奉辛公圹志〉考释》载《中国典籍与文化》2008 年第 3 期。今均收入本书。

在《菱湖辛氏族谱》中，辛弃疾有子九人的记载与辛启泰根据《铅山辛氏宗谱》的述写并无龃龉。但不同的是，辛启泰的年谱所载极为简略，且多有错误，以致给予研究者继续探讨此事的线索和帮助甚少。尤其遗憾的是，他在年谱中不载女子之事，对辛弃疾祖母、母亲、妻室、女儿的姓氏、名字及封号等等一概省略，使研究者无法就辛弃疾诸子所出、年龄以及就 20 世纪 80 年代发现《铅山鹅南辛氏宗谱》记述辛弃疾长次二子移居辜墩改姓诸事做出任何考索和研判，也使老一辈学者和当代学者未能写出类似《辛弃疾家室考》和《辛弃疾子女考》这样的论著，这是主要原因。然而，新资料的发现，使辛弃疾研究的整体面貌发生了巨大的变化。其中，《菱湖辛氏族谱》的重要价值尤为突出，它所提供资料的详尽与可靠，几乎自南宋之世直至当世，将八百余年几十代辛弃疾后裔的资料尽收于一编之中，其中多有小传，与宋元以来的历史记载之相互印证吻合，若合符契。这种连贯的世系记载，在流传至今的家谱中，实不多见，是极为珍贵有价值的资料。以下所考述的辛弃疾子女事迹，则仅及第二代。对第三代、第四代以下，除非与史实的印证相关，否则不予涉及。

二

辛弃疾有子九人。长次子名稹、秬。辛启泰《稼轩先生年谱》之后所载稼轩后裔，以及前二子的事历仅云：

公九子：稹、秬、䅟、穟、穖、秸、襃、𥢨。𥢨早殇。其
八子名皆从禾，盖即名轩之意焉。稹无子。秬任崇仁尉，抚
浮兴伍俱之子为嗣，传八世止。

1984 年，江西铅山紫溪发现《铅山鹅南辛氏宗谱》，其中转
载的几篇《辜墩辛氏宗谱》的序跋中，都提到"吾家本信之铅山
期思辛氏……不合权奸，遭谗危间，子孙易姓，避患散处。吾
祖秬公迁居古墩神山，仍加古于辛，易姓辜氏。尤恐后世而忘其
本，故名其地曰辛峰里。凡冠婚丧祭，昭告祠堂，皆曰辛公嗣孙
某某，令子孙世传而知其所自也。迄今数百年，子孙日繁，宗族
无恙"。又说："其子秬公后以难故，易姓而逃七节桥九枝松下，
遥望神山，……号曰古墩，我族之蕃，实自此始。"这些记载，
不仅与辛启泰"传八世止"之说不合，而且又突然出现一个"易
姓避患"之说。在当时，由于研究资料的限制，邓广铭先生和我
都认为，易姓之说离奇难合，假如辛启泰记载无误，则只能证明
《辜墩谱》的记载并不可靠。①

　　然而，《菱湖谱》的发现证明我们当初的认识并不准确。菱
湖辛村位于今江西省抚州市北七公里处，全村一千余人，全部是
辛弃疾次子辛秬的后裔。这支辛氏的来源，就是位于抚州市东乡
县东北十四公里小璜镇古圳的辜墩辛氏，大约在元顺帝至元二年
（1336）以后迁居菱湖。《菱湖谱》的旧谱资料是清代乾隆间从
原《辜墩辛氏宗谱》转抄来的，其中载有辛弃疾手撰《济南辛氏

---

① 　拙作《跋〈铅山辛氏宗谱〉和〈辛稼轩历仕始末〉》，载《中国史研究》1984 年
第 2 期。

宗图》、元代所修《铅山辛氏宗谱》的期思世系，以及《辜墩谱》的多篇序跋文。上述文献资料与实地考察所得的调查资料相互检验，证实了辛弃疾长次子迁居的事实俱在，也说明这两支辛氏易姓的事实俱在，是不应予以抹杀的。

今按:《菱湖辛氏族谱》的《济南派下支分期思世系》载:

> 第二世:九一公，讳穑，字兆祥，避难居兴安之姚铺，得其山曰辜坊，遂就居焉。生子三:奇、章、童。生女一，赘丰城县进士李迊，后为白玗李氏祖母。
>
> 九二公，讳秜，字广润，任抚州崇仁县尉。避难下至临川之广东乡七节桥九株松下，后见神山之胜概，有取曰辜墩，子侄遂定居焉。宋绍兴己卯年生，室熊氏，司马温公之女孙。生女一，适赵若璜。继立浮兴伍之子名立中，行十一。公再室李氏孺人。公葬何家楼，李氏孺人葬东山窠。生子四:三七、三八、三九、四十。

辛弃疾长子辛穑，《世系》未载其官(辛弃疾中年出仕闽地时即已为大卿，已可"奏子为职官"[①]，辛穑似乎不应无官)，而是记载其最早"避难"之地是兴安县姚铺。兴安，明嘉靖间始置县。在宋代，它属弋阳县的横峰镇，今为横峰县。同治《兴安县志》卷二载:"招贤乡下四都，在县治之西，距城十里，有上铺、下铺及姚家垅。"姚家垅即姚铺，今为姚家乡。辛穑所生三子，据《菱

---

① 据朱弁《曲洧旧闻》卷一〇:"今之中散大夫，则昔之大卿监也。旧说谓之'十样锦'……妻封郡君，二也;……不隔郊奏荐，三也;奏子为职官，四也。"

湖谱》载，辛奇后迁居南昌石亭。雍正《江西通志》卷三八载石亭："唐元和初韦丹刺洪州。……后其子丞相宙守豫章，建石为亭以覆之，今城西石亭观音院是其遗址。"而辛章迁居辜尾岭，辛童迁居永湖渡辜墩，依其叔父辛秬。此两地皆在东乡县。所以明万历二年（1574）辛子实所作《辜墩宗谱后序》中说："尾岭、永湖、清平、南昌各地，虽出自稼轩公后，乃元子稹公之苗裔也。旧策昭然，循迹足征。"今南昌辛氏亦有称辜氏者，如能溯其源流，恐其中或有辛稹后裔。

辛秬仕历，仅知为抚州崇仁县尉，其在何时无可考。其所迁居的东乡七节桥，在南宋本属抚州金溪县，明正德八年始置东乡。[①]同治《东乡县志》卷八载："崇德桥，俗名七节桥。宋景定甲子郡守家坤翁建石桥，上为屋十三间，屋废桥圮，正德辛巳提学宪副邵公锐重建。""后见神山之胜概，有取曰辜墩，子侄遂定居"，指辛稹子辛奇、辛童皆从辛秬寓居于此。

辛秬小传中最有价值的是其生年。绍兴己卯为二十九年（1159）。众所周知，辛弃疾生于北方，当绍兴三十一年金主亮南犯时，他率家乡民众起义，后来渡江南归。而绍兴二十九年，正是辛弃疾随其任开封府尹的祖父辛赞旅居金国之时。据邓广铭先生《辛稼轩年谱》所载，绍兴二十七年，辛弃疾十八岁，当有第二次燕山之行，既是应金国礼部试，又是为了完成祖父辛赞的嘱托，深入金国都城，谛观形势，为随时反金起义做好准备。然而"谋未及遂，大父臣赞下世"。辛秬的出生，恰在辛赞去世之前。

辛秬的母亲，应即辛弃疾的原配夫人赵氏。《菱湖谱》的

---

① 《明一统志》卷五一；《读史方舆纪要》卷八五。

《济南之图》载："幼安公，讳弃疾，行第一，号稼轩。……室赵氏，再室范氏，三室林氏。"而《期思世系》则载："初室江阴赵氏，知南安军修之女，卒于江阴，赠硕人。继室范氏，蜀公之孙女，封令人，赠硕人。"《辛公圹志》亦载："祖弃疾，故任中奉大夫、龙图阁待制，累赠正议大夫，妣硕人赵氏、范氏。"我在《家室考》中曾考证赵氏是辛弃疾在北方所娶，后来在南归时又携之渡江，其长子次子，皆应为赵氏在金所生。而这篇论文还考证，辛启泰和《菱湖谱》所载的辛弃疾第九子辛𬭚，实即早夭的辛弃疾第三子铁柱，其母应为范氏。辛弃疾有《清平乐·为儿铁柱作》词和《哭𬭚十五章》诗，铁柱即辛𬭚的乳名。《哭𬭚》诗有"汝方游浩荡，万里挟雄铁"句。旧典有楚王夫人抱铁柱而生铁，楚王命莫耶铸雌雄二剑之说，则挟雄铁的铁柱即辛𬭚应无疑义。而词中有"从今日日聪明，更有潭妹嵩兄"句。辛弃疾中年寓居带湖之后，诸子"名皆从禾，盖即名轩之意"。而在稼轩筑成之前，所生子则当以地为名，𬭚应即辛弃疾于淳熙二年（1175）、三年任江西提刑，治所在赣州时所生。而其"嵩兄"，必即生于北地嵩山的某一子，其即辛秬无疑。盖嵩山在金国南京开封之西一百二十五公里处，辛弃疾当年随其祖父辛赞居开封，或因考察形势，而得至河南府嵩山，辛秬遂生于此地。辛秬约年长辛𬭚十六七岁。

辛启泰作《稼轩先生年谱》，谓辛秬"任崇仁尉，抚浮兴伍俱之子为嗣，传八世止"是非常错误的。在《菱湖谱》之《辜墩派下支分辜染辛氏、菱湖辛氏、东山辛氏世系》中，有关辛秬的后裔是这样记载的：

室熊氏，生女一，继立浮兴之五子，讳立中字正则为嗣。再室李氏，生子四：三七、三八、三九、四十。

这里的记事较《济南派下支分期思世系》的辛秬小传更为清晰。据此可知，辛秬除了过继一子外（至于辛立中是否原姓伍，关系都不大），还有四子，生平皆可考，其后裔一直延续至今。以下把从辛弃疾至菱湖支始祖辛训的流传情况列表于后，借以考知辛启泰的诬妄：

辛弃疾——辛秬——辛康弼（行三七，字仲安，淳熙二年生）——辛德焖（行百一九，嘉泰四年生）——辛绍贤（行庆九，字英奇，淳祐四年生）——辛云二（字大霖，德祐元年生）——辛德五（字甫望，元大德三年生）——辛训（行受一，字建忠，元至治二年生，明永乐七年殁，为菱湖辛氏始祖）

三

辛弃疾第三子名秬，辛弃疾诸子中事历最可考者。《菱湖谱》之《期思世系》载其小传云：

九三公，讳秬，字望农，官朝请大夫、直秘阁、潼州提刑，任正议大夫。淳熙辛丑年四月十四日巳时生，淳祐壬寅年三月廿九日卒，葬北福寺。室熊氏，赠恭人。继室范硕人女甥韩氏。生子四：輨、律、棣、肃。生女二：长适朝散大夫赵汝愚，幼早卒。

小传中除潼州为潼川之误、辛稏长婿赵汝愚之"汝"字为误字外，其他所载均极确切，极具价值。辛启泰《稼轩先生年谱》载辛稏的事迹则为"稏官朝请大夫、直秘阁、潼州提刑。四子皆官于朝"，很显然，其记载出自《期思世系》，但《世系》中最有价值的部分几乎全被辛启泰忽略了。

查辛丑为宋孝宗淳熙八年（1181），辛稏生于是年四月，时辛弃疾四十二岁，正在江西安抚使任上。他是辛弃疾第四子，其同父异母兄辛秬，是年已二十三岁，其同母兄辛穮也有六七岁了。后因辛穮早殇，故《世系》列为行三。

辛稏以荫补官，仕历颇为显赫。关于其任潼川路提刑，洪咨夔《平斋文集》卷二一有《辛稏潼川府路提点刑狱赵希浚夔州路提点刑狱张起艮成都府路提点刑狱公事制》，其中涉及辛稏的语句是："尔稏，世传威望，身佩材名。直指夔巫，奸宄屏息。其进以典东川之狱。"[①]查《历代名臣奏议》卷三三九载理宗时监察御史吴昌裔《同台论边防事宜疏》的《帖黄》载云："今闻虏骑径破阆中，分为两队，一沿江至顺庆，一绝流指潼川。曹友闻以转战败于芭蕉谷，刘孝全以食尽溃于鸡翁隘，赵彦呐以羸卒退保剑门，今又之江油，杨恢以无兵御阆寇，今已趋东关，辛稏以按部行，项容孙以新除去，潼、遂、顺庆皆无守臣，惊移之舟邀截于

---

① 　此制见《平斋文集》，《四部丛刊续编》本。《四库全书》本未收此制。

虏，掩面赴江死者以数十万计。此得于著作郎李心传十月十七日成都书报如此。吁，蜀亡矣。"按：这里所记载的是宋理宗端平三年（1236）十月，蒙古皇子阔端军攻破蜀郡，入成都时事。其时辛秬正在潼川提刑任上，以行部不在潼川，成都乃至潼川皆受蒙古兵屠戮。文中曹友闻此时守大安军，英勇抗击蒙古军，以至战死。赵彦呐时为四川制置使，项容孙时知潼川府。赵彦呐以兵败后贬衡州^①，不知辛秬是否受到处分。

徐元杰《梅野集》卷一二《挽辛宪若》诗五首，是考证辛秬生平事迹的最重要资料。其全诗是：

> 在昔我先翁，礼廛先正隆。潭潭带湖府，凛凛玉溪风。
> 夜韭觞筹里，春花唱咏中。怀哉秋水去，世好孰如公？
> 荣显宜超躐，威声憺外陲。边疆多险历，麾节两朝推。
> 范子甲兵有，张名草木知。急流缘底勇？路口岘山碑。
> 十载居间学，瓢泉映洁清。陶潜黄菊趣，杜老白鸥盟。
> 云自无心出，春随有脚行。知非古巴蜀，使指若为情？
> 旌廉优召节，丐佚得临漳。静退家庭旧，清芬滋味长。
> 病中知命见，力上挂冠章。了了遗言善，虽亡实不亡。
> 眷义门墙旧，交游手足如。方勤来妣赙，忍写慰公书。
> 继世多先烈，诸郎总令誉。观音山路黯，飞些重欷歔。

诗题之"辛宪若"，意即辛宪某，指辛秬。邓广铭先生于《辛稼轩年谱》中曾考证此诗"所挽者必为稼轩之子"，"所挽之人必尝持使节于边远之地"，"所挽者持节之地为古代巴蜀，正为潼川府

① 《宋史》卷四一三《赵彦呐传》，第 12400 页。

路，则必为挽辛秠之诗无可疑"，"可知秠之病卒盖仅逾五十岁耳"，"据此知秠之子必多英俊者"①。其实此五诗还多有待考知的事迹。如第二首有"边疆多险历，麾节两朝推"句，则知辛秠不但在理宗朝居潼川提刑，此前在宁宗朝即已居一路使者之位。而此诗最后两句提及"岘山碑"，知其在宁宗时必已为京西路转运判官。据新近出土的《有宋南雄太守朝奉辛公圹志》，乃辛秠子辛鞬的墓志（辛鞬子辛衍撰），其中就自述云："先君（辛鞬）生于嘉定己巳四月二十三日。宝庆元年二月，以父（辛秠）任京西宪漕，该理宗皇帝登极恩，补将仕郎。"宁宗于嘉定十七年（1224）闰八月病逝，理宗即位，翌年改元宝庆元年（1225）。墓志载明，辛秠在宝庆元年二月正在京西宪漕任上，则其到任必在宁宗在位期间。南宋京西路提刑、转运判官、提举常平由一人兼任。故墓志谓之宪漕。此为邓谱所未及者一。

《辛公圹志》又载："（绍定）六年正月赏，循从事郎。适秘阁公有潼川宪节之命。"据知辛秠于绍定六年（1233）被命提点潼川府路刑狱公事，在任共四年。《挽》诗第四首有"旌廉优召节，丐佚得临漳"语，临漳即漳州。辛秠知漳州，未见记载。此亦邓谱所未及者二。

《辛公圹志》又载："淳祐二年三月，以父忧解官。"《菱湖谱》谓辛秠"淳祐壬寅年三月廿九日卒"，壬寅即淳祐二年（1242）。出土碑石证实了传世族谱记载的正确。而辛秠卒时年已六十二，邓谱推断其得年仅逾五十，不确。

《挽》诗第五首言："观音山路黯，飞舄重歔欷。"观音山在铅

_____

① 《辛稼轩年谱》增订本，第170页。

山县，同治《铅山县志》卷三载："观音石，县西三里，一名七宝山，又名积翠岩，即古之杨梅山。洞中石壁上有石如佛指，因名观音石。下有平坑，石窍中胆泉涌出，山故多铜，宋人尝于此采焉。"辛弃疾诗词中有多处涉及积翠岩。据此，知辛稏始终居于铅山，卒后即葬于铅山。《菱湖谱》谓葬于北福寺，今存铅山地方志中查不到北福寺所在，据诗句，疑墓地在铅山县北之积翠岩附近。

《菱湖谱》谓辛稏"室熊氏，赠恭人。继室范硕人女甥韩氏。"《辛公圹志》则载："父稏，故任朝请大夫、直秘阁，赠中奉大夫，妣韩氏，赠令人。所生陈氏，封安人。"两者可以互为补充。查刘宰《漫塘集》卷三四《故公安范大夫及夫人张氏行述》，辛弃疾续娶的夫人范氏兄范如山，有四女，其次女适韩居仁。辛稏续娶的夫人韩氏，应即范如山次女所生。

《菱湖谱》记载辛稏四子，其长子辛鞬，既出土了圹志，其一生事迹据此可考。有关其事迹，请参拙作《〈有宋南雄太守朝奉辛公圹志〉考释》。其余三子，谱中仅载辛律葬地，辛楝则谓其"字仲举，仕止文林郎、台州宁海尉。嘉定壬午年生，咸淳戊辰年卒，葬隐湖"，辛肃则谓其"字仲恭，仕止文林郎、广东帐官。宝庆乙酉年生，戊辰年卒，葬轸源"。不知辛启泰之"四子皆官于朝"从何而来。刘克庄《后村先生大全集》卷九八《辛稼轩集序》载有"公嗣子故京西宪稏，欲以序见属，未遣书而卒。其子肃，具言先志"诸语。可知编辑刻印辛弃疾的文集，是辛稏及辛肃两代的遗志，后世流传的《辛稼轩集》可能就完成于辛肃之手。

四

　　辛弃疾第四子辛穧，辛启泰仅谓"仕至迪功郎"。《期思世系》则载为："九四公，稼轩公四子讳穧，字子尚，仕至迪功郎、潭州冲县尉。卒葬洋源。室聂氏，生子一：健。"

　　辛穧生年，《世系》未载。辛弃疾有一首题为"第四子学《春秋》，发愤不辍，书以勉之"的五律诗，全诗云：

　　　　春雨昼连夜，春江冷欲冰。清愁殊浩荡，暮景剧飞腾。身是归休客，心如入定僧。西园曾到不？要学仲舒能。[1]

据诗中涉及的"春江""西园"等语句，知此诗即作于辛弃疾居于带湖期间。因其带湖居址以南即流经上饶的信江，而带湖西园亦为其所命名，其词中屡有"蝴蝶西园""西园人去春风少""流莺不肯入西园，去唤画梁飞燕"等句。辛穧既已到了苦读《春秋》的年龄，而此诗之作年必还在绍熙三年（1192）辛弃疾出仕闽宪之前。可以推知，辛穧的生年应当在淳熙十一年（1184）、十二年间，他自应为范氏所生。

　　辛弃疾第五子辛穮，辛启泰载为"至承务郎，无子"。《期思世系》则载为："九五公，稼轩公五子讳穮，字康功，仕至承务郎。卒葬隐湖。室祝氏，生子一：肇。"其后又于辛肇小传载"十九公讳肇，字仲初，嘉定癸未生，早卒"。可知辛穮一支至其

----

[1] 《辛稼轩诗文笺注》，第174页。

子肇而止，而无子者乃辛肇而非辛穰。辛穰或亦范氏所生。

《世系》虽载辛穰仕至承务郎，其官恐不止此。李刘《梅亭先生四六标准》卷三八有一篇《代回辛宣教穰辨谤》文，其中涉及辛穰的部分是："恭惟某人，象贤济美，燕誉蜚英。李师中之读书，不难擢第；王文正之有子，犹未沾恩。是非以久而明，公侯必复其始。"邓《谱》曾载"嘉定某年，稼轩第五子辛穰为文辨谤"。可知辛穰官已至宣教郎，而《世系》却未加记载。

辛弃疾第六子辛穳，辛启泰载为"仕至承务郎。子庸，黄朴榜进士。子徽，官承德郎，无子"。记载稍详。显据《期思世系》："九六公，稼轩六子讳穳，字君实，仕遗泽至承务郎。寿七十三，葬紫溪暨家。岁因兵火，改葬里之胡埠。室黄氏，复室王氏，三室丁氏。生子一：庸。"《世系》又载："十二公，讳庸，字仲登，己丑年生，黄朴榜及第。仕至从仕郎、平江司户。殁葬旌孝乡。室刘氏，生子一：徽。"又载："百六公，讳徽，字庆美，仕承德郎、江西招干。续陈乞祖泽，任通仕郎归。后除余姚教谕。室三衢魏中丞女孙，生子一：寿南。"则辛启泰记载，除误谓辛徽无子外，皆本之《世系》而无误。谢枋得《同会辛稼轩先生祠堂记》载咸淳七年（1271）过辛弃疾坟庵金相寺，与志同道合者相会，文中即载"外有稼轩之孙辛徽庆美如会"语，可与《期思世系》的记载相参。

按：《世系》中的辛庸生于己丑必误。盖黄朴为绍定二年（1229）己丑状元。其生年之"己"或为"乙"之误，以辛庸二十五岁登第计，则其应生于开禧元年（1205）乙丑。由此上推其父辛穳的生年，我以为应在庆元以后为当。辛弃疾夫人范氏已卒于庆元二年（1196）[①]，疑辛穮乃辛弃疾三娶之夫人林氏所生。

　　辛弃疾第七子辛秸，第八子辛褒，辛启泰载为"秸，生子早卒，褒，无子"。而《期思世系》却载为："九七公，稼轩公七子讳秸，字宾夫，卒葬花园坞。室林氏，生子一：韦。九八公，稼轩公八子讳褒，字仲举，乙丑年生，黄朴榜及第。仕至从仕郎、平江府司户。庚戌年卒，乙未年葬信州之毛村。生子一：逮。"又载："十四公，讳韦，早卒。……十六公，讳逮，嘉定壬午年生，咸淳庚午年卒，葬隐湖。"据此，知辛褒多有事迹可载，且辛褒并非无子，其子逮生于嘉定十五年（1222，壬午），卒于咸淳六年（1270，庚午），年四十九，唯未言有子而已。

　　辛褒生于开禧元年。其年辛弃疾已经六十六岁，后二年即卒于铅山。其后之登进士第诸事，皆为辛弃疾所未见。

五

　　辛弃疾有二女，然而辛启泰所作年谱却未予记载。邓广铭先生续作年谱，始经考证记录"女子之可考者二人：一适范黄中（炎），一适陈汝玉（成父）"，且言"稼轩至少当有二女子，一适范炎，即稼轩妻兄范南伯之子；一适在闽幕宾陈成父。唯其孰为长，孰为次，抑更有他女与否，则概不可考"[②]。

　　对照《菱湖谱》的记载，邓先生的考求是正确的。因谱中载

---

① 考证详见拙作《辛弃疾家室再考》。
② 《辛稼轩年谱》增订本，第4、5页。

辛弃疾"女二，长名稐，次名穄"。邓先生虽然说孰长孰次不可考，然而，由于《菱湖谱》的发现，二女子孰长孰次的问题，现在已能得到解决了。

辛弃疾的《清平乐·为儿铁柱作》下片云：

> 从今日日聪明，更有潭妹嵩兄。看取辛家铁柱，无灾无难公卿。

所谓铁柱，即辛䪫的小名，其上有兄嵩，下有妹潭。辛嵩，当即辛秬，而辛潭，应即辛弃疾长女辛稐。其必淳熙六年（1179）或七年辛弃疾知潭州兼湖南安抚使时所生，故因地命名。据此，知其尚年长于辛秤。到绍熙三年（1192）辛弃疾作闽宪时，年已十三四岁，故许嫁于福建名士陈成父[①]。

而辛穄，即辛弃疾的次女，应即嫁与范炎者，其生年的推考，还多有曲折。

其一，范炎的生平仕历，以《至顺镇江志》卷一九所载最详："炎字黄中，如山子。以恩授新淦主簿、德安司理，改授通直郎，知晋陵县，治绩上最。西山真德秀帅湖南，辟主管文字。年四十，以母老弃官归养，特聘朝散郎，提举华州云台观。号闲静先生，卒于家，有诗集行世。"查刘宰《漫塘集》卷三四《故公安范大夫及夫人张氏行述》，范炎母张夫人卒于嘉定十四年（1221），年九十一。另据《咸淳毗陵志》卷一〇记载，范炎以宣义郎知晋陵县，事在嘉定十年十月，至十三年十二月则有陈艾代

---

① 见《万姓统谱》卷一八《陈成父传》；《辛稼轩年谱》，第119页。

之。而其母卒于嘉定十四年正月，应即范炎离晋陵县令任未久。则知所谓"年四十，以母老弃官归养"，必然在其知晋陵县之时。另查真德秀《西山文集》卷一七《奏举潭州官属状》，确有真德秀荐举"宣教郎湖南运司主管范炎，事亲有孝谨之称，治邑有循良之誉，浙右荐绅，具能言之"事，然而真德秀之帅湖南，事在嘉定十六年至十七年间（1223—1224），范炎除湖南转运司主管文字，自当在母丧除服之后，亦即嘉定十六年秋。假如范炎"以母老弃官归养"事在嘉定十二年，是年其四十岁，则其生年亦应在淳熙五年（1178）前后。

其二，辛橭的生年，据范炎的生年推算，必不能晚于淳熙十年，她与辛弃疾四子辛穮不知孰长孰幼。至其出嫁之年，则应在笄年之后，疑在庆元间。辛弃疾庆元间所作《浣溪沙·寿内子》词下片就有"婚嫁剩添儿女拜，平安频拆外家书"句，所谓"剩添"，意即"屡添"，与"频拆"对举也。

六

以上已就辛弃疾的子女做了一番考证。以下就有关辛弃疾长次子易姓问题以及《菱湖谱》的真实性问题再略做说明。

辛秬就是铅山辛氏迁居抚州的一支的始祖，其后裔绵远，据《菱湖谱》记载，今江西东乡县的瑶溪、东山、万石塘、石溪、岭上、南源、徐坊、汶田、冈背、斗桥、石港、陈坊、仁源，抚州市临川区的菱湖、永湖渡、瑶津、店下，金溪县艾家桥、黄狮

渡、杭桥、白沙，进贤县涌桥、冷井等地的辛氏族人，大都为辛
秬的后裔。辜墩辛氏的流传是：辛秬长子辛康弼（谱载，辛康弼
字仲安，宋孝宗淳熙二年乙未生，曾知临江军。葬南丰县太和镇
寨里）、辛康弼第五子辛德荣（谱载，辛德荣生于宋光宗绍熙四
年）、辛德荣子辛绍贤。辛绍贤为辛弃疾五世孙，又迁至抚州之
北。谱中有一篇《东山家谱旧序》载："吾辜氏始本辛姓，发源
铅山五宝州，曰稼轩公者，为南宋朝名臣。后以家难，其子若孙
易姓避患，徙抚之东乡七节桥古墩下居焉。五代孙名绍贤庆九公
者，又以兄弟众多而更迁临之北隅。"① 而菱湖辛氏，则因辛弃疾
七世孙辛训（字受一）迁居抚州北菱湖而为菱湖辛氏始祖。辛训
生于元至治二年（1322），自其迁菱湖以后，其后裔情况，族谱
记载未曾中断，可称流传有绪。因此，《菱湖谱》的记载，与史
籍所载，皆能一一符合。

　　从上面的记载可知，辛弃疾第二子辛秬迁徙至抚州以后，其
子孙虽已改姓为辜，然而确有谱牒的记载为证，知其为辛弃疾后
裔。而辜墩恢复辛姓，据记载，是在元至正六年（1346），而菱
湖辜氏之恢复辛姓，则至清代乾隆以后。今菱湖辛村出土明嘉靖
丁卯（1567）《辜公玉器墓志》亦可为证。②

　　辛弃疾长次子何以自铅山迁居南昌或抚州，且改姓为辜？对
于这一疑问，在 20 世纪发现《铅山辛氏宗谱》时尚不能回答。
现在发现了《菱湖谱》，或许能对这一问题稍做探讨。由于年代
久远，在族谱中有两种说法。明代以前的说法是："祖曰弃疾幼安

---

① 　此序为清乾隆六年（1741）作，作序者署十二代孙辛畏岩。
② 　此墓志为作者 2007 年秋访问抚州时所亲见，现即藏于该村。

者，别号稼轩，宋谥忠敏公也。来自山东济南，志切澄清，扫除腥膻，挈还君父。不合权奸，遭谗危间，子孙易姓，避患散处。吾祖秬公迁居古墩神山，仍加古于辛，易姓辜氏，尤恐后世而忘其本，故名其地曰辛峰里，凡冠婚丧祭，昭告祠堂，皆曰辛公嗣孙某某，令子孙世传而知其所自也。"①"稼轩先生当宋南渡时，忠贞自期，以不合权贵，挂冠林泉，卒以贝锦致谮，遂至子孙易姓，加辜于辛。"②此为避患说，其中提到"避患"和"贝锦致谮"（意即编织入罪），虽都是后世人之说，但大体反映了辛氏后裔的说法，即辛弃疾晚年得罪权奸，死后被追削爵秩事。但到了清代乾隆六年（1741）六修族谱时，辛弃疾二十代孙、秀才辛苏在跋谢枋得《宋辛稼轩先生墓记》时提出新说，以为改姓辜乃辛弃疾所为，是为了避"帝"字之嫌。其说云："非遭大难，决不易姓；非遭大逆之议，决不易姓为辜。辜者罪也，其予姓盖自表志以避祸也。轩公以辛改帝之诬，事虽载于宗图，而书传多无考合，盖以叠山此文为据。"

对流传在辛氏家谱中的这两种说法，我认为，大概都不能言之成理。首先，辛弃疾晚年为了恢复中原，曾在一定程度上支持韩侂胄对金用兵，但他又切实反对韩侂胄的浪战，并且又没有参与开禧北伐的决策和实施。所以，史弥远通过杀害韩侂胄取得对南宋政权的决断地位后，在清理韩侂胄党羽的过程中，也对辛弃疾进行了弹劾。臣僚们的弹章全文虽未保存下来，但弹劾者倪思的墓志铭却记载道："公又言辛弃疾迎合开边，请追削爵秩，夺从

① 辛忠《辜墩辛氏宗谱序》，作于万历二年（1574）。
② 黄作求《辛氏三修族谱序》，作于嘉庆十二年（1807）。

官恤典。"①宋廷大概是按照倪思的意见对辛弃疾实施了剥夺遗恩
的惩处。所以，嘉定间，辛弃疾第五子辛穰才奔走呼吁，要为其
父雪冤。而南宋灭亡前夕的谢枋得才在《宋辛稼轩先生墓记》中
为辛弃疾辩冤，并大声疾呼："枋得倘见君父，当披肝沥胆，以雪
公之冤，复官，还职，恤典，易名，录后，改正文传。"至于辛
启泰在《年谱》中所说的"先生因韩侂胄将用兵，值其生日，作
词寿之。……先生卒后为倪正甫所论，尽夺遗恩，即指此词"，
却未得到现存文献的证实。但无论如何，辛弃疾卒后在倪思论列
下，估计只是被剥夺了特赠的四官及生前的龙图阁待制、历城县
开国男职名爵位、其一子的荫补资格，并且在国史的本传及《韩
侂胄传》中写入辛弃疾迎合开边的内容，不可能遭受抄家或危及
子女生存的打击。所以，"不合权奸，遭谗危间，子孙易姓，避
患散处"的理由并不很充分。况且，除了辛弃疾长次子外迁，其
第三子以下六子，一生皆居于铅山期思，其葬地亦皆在铅山期思
乡周围②，终其子孙，未离铅山。

　　其二，辛苏的避讳易姓说，尤不能成立。此说在族谱中，又
有光绪时裔孙辛秉乾加以补充："尝考我辛氏之改姓为辜也，秦始
皇以辛似帝，故诏改辛字以避帝之形。当日宋帝中左右之谗，于
是有谮辛似帝之语。稼轩公之改姓为辜，所以畏谗说也。亦如子
陵之改庄为严，德秀之改慎为真，此我辛氏改姓之原由也。后蒙
谢公枋得奏稼轩公当年受以辛似帝之诬，赐复原姓，此我辛氏复

① 魏了翁《鹤山先生大全文集》卷八五《显谟阁学士特赠光禄大夫倪公墓志
铭》，文渊阁《四库全书》本。
② 辛弃疾四子葬洋源，即辛弃疾葬地，五子葬隐湖，距期思仅数里，六子葬
紫溪暨家，在铅山县南。

姓之原由也。"①此二序提出的避讳说，在族谱的明代人作序中从未提及，辛苏所谓"载于宗图"，查族谱中载有传为辛弃疾手订的《肇周大夫甲公后迁居陇西源流之图》，即辛启泰所谓《济南辛氏宗图》，完整无缺，但其中并未载有避讳之说。而辛秉乾之说则更以为，辛弃疾在世之时，即有人言于宋朝皇帝，说辛氏字形似帝字，应当改姓，这在史册上并无任何可征之处，实在是荒唐的说法。

我在认真考虑了易姓的种种说法之后，对辛弃疾长子、次子易姓外迁的原因进行探讨，最后的结论是，辛弃疾长子、次子在辛弃疾卒后，因家庭的矛盾而外迁的可能性最大。

辛弃疾在世时，受到当权者的排斥，被废置上饶农村长达二十年，因此其诸子的宦途受到很大的影响。特别是其长子、次子，与其他诸子年龄相差太大，所受影响也就更为突出。当辛弃疾在光宗绍熙间出任闽帅时，其长子、次子即提出买田置地的要求，受到其父的斥责。辛弃疾特作《最高楼》词，在序中说："吾拟乞归，犬子以田产未置止我，赋此骂之。"下片更写下了"千年田换八百主，一人口插几张匙？咄哝奴，愁产业，岂佳儿"的句子。绍熙五年（1194），辛弃疾次子辛秬已年三十六岁，而其三子辛稏却仅有十四岁，显然，被辛弃疾所斥骂的犬子，只能是其长子和次子。

辛弃疾去世后，其诸子荫补入仕的资格被剥夺，使其长子、次子更受打击，加以其三子以下，皆辛弃疾二娶和三娶的夫人范氏、林氏所生。范氏虽亡，而林氏尚在，诸子必因财产等矛盾不

---

① 辛秉乾《辛氏五修族谱序》，署为"光绪三十一年仲冬"。

能解决，遂导致分裂，迫使其长子、次子外迁，因激愤不已，乃产生易姓之事。这虽然全是推理得出的结论，但我想，在前二说既不能自圆的情况下，这恐怕是今日我们所能做出的唯一较为合理的解释了。

原载《中国韵文学刊》2010 年第 1 期

增订再版后记

一

辛弃疾是南宋时期的一位英雄豪杰式的人物，也是中国历史上杰出的爱国词人。他的英雄事迹和爱国词篇，感染了无数的后人，至今还激励着中华儿女为了祖国的统一和富强而进行英勇斗争和不懈的拼搏。

以往出现的许多辛弃疾传记，虽然也尽力去挖掘辛弃疾一生事迹，研读其诗词创作，以揭示词人的思想感情，体现其忧国爱民、杀敌抗金的斗争精神。然而，由于对辛弃疾一生经历缺乏深入细致的研究，对他的被誉为"文中之虎"与"词中之龙"的全部作品认识较为肤浅，不仅未能很好地体现辛弃疾这位伟大的爱国志士对祖国人民的忠诚和贡献，也未能对稼轩词所具有的强烈而又深沉的爱国之情和自强不息、奋发有为的民族精神做出应有的阐释。

从南渡开始，辛弃疾抱持复仇雪耻的抗金大目标，在南宋生活战斗的四十多年间，其最初的雄心始终不变。所谓"刚方有为，清苦无玷。年老而风节愈厉，官久而初心不改"（杨一清《关中奏议》卷二）。乾道八年，在他第一次出守滁州时，虽然还不是出任淮东帅臣，但他仍在太守的旗帜上标出了"抚军恤民，斩贼配吏"的口号，意气风发地宣示着他的主张。后虽屡次被诬黜责，"中年被劾，凡一十六章，不堪谗险"，而其坚守如初。他临终病危时，还手指北方，大呼"杀贼"不已。

英雄是时代的产物。辛弃疾处在宋金激烈斗争的年代，为适应抗金战争的需要，他在《美芹十论》和《九议》等一系列论战著作中提出了一整套对抗乃至战而胜之的战略方针，并在有关章节中规划了具体的行动方式方法，展现了其雄才大略。在南宋中央和地方任职的二三十年里，他也在施政过程中展现出超人的机智和才干。其在金国的农民起义军中，追擒击杀叛徒义端和尚和张安国，力主出兵海道并仗义南归，显示了在极端困难环境中的战斗能力和处变应变能力。在南归后，他从较低的官位做起，屡次为南宋朝廷出谋划策，助力解决当时棘手的一些行政和国内矛盾问题，如应对武装叛乱、农民起义。在解决货币危机、兴办盐酒事业、应付抗洪救灾、处理走私盗贼、创建地方武装等一系列活动中，政策适宜，方法得当，善于应对突发事件并及时快速予以扑灭，让紧急的商品流通更加顺畅，使城市面貌短时间内焕然一新。这些都反映了他的行政才干、执政手段以及他的管理智慧和谋略都属于第一流的水平。

这样一位历史上数百年罕见的英雄人物，又因其品德高尚而受到历代文人学士的称赞。《宋史》本传说他"豪爽尚气节，识拔英俊"，南宋理学家宗师朱熹、浙东学派著名学者陈亮等海内名士都是他的好友，对他评价极高。而他平生仕宦所到之处，在从政之余，也都能识拔选用不事空谈、注重实践的能吏。本传又说他重视农业生产，重视农村、农民问题，主张人生"当以力田为先"；他反对兼并土地，不欲因末作而病农。《历仕始末》说他"家无余财"，是说他一生廉洁奉公，不事财帛。这显然有力地驳斥了腐朽势力称其贪腐的污蔑。

这样一位被陆游称为"管仲萧何实流亚"的人物，又是本传所说的"雅善长短句，悲壮激烈"的宋代一流词作家，他的《稼轩长短句》和《稼轩词》两个版本共收他的词作五六百首，是宋代以来中国词作领域的高产作家。他的雄词名句，被近代以来的评论家誉为宋代爱国词的巨擘。他的《稼轩词》受到宋代以来文学界的高度重视，更是文学史上的一个奇迹。

能够为这样一个文武兼备的英雄人物作传，是许多作家理想中的选题。然而，真正能够圆满完成这个艰巨任务，却并不那么轻而易举。

二

辛弃疾虽然在文学界光彩耀眼，万众瞩目，然而在宋代以后的七八百年间，也并非众口一词，毫无争议。此外，由于处在舆论的焦点，人们的认同感难免歧异，因此在辛弃疾身上，也还存在许多需要答疑解惑的问题。

以下我要对有关辛弃疾研究领域需要释疑的以及曾一度引起争议的问题先做出回答：

其一，就是对辛弃疾这一历史人物，应如何定位的问题。

我看到有不少人都认为，辛弃疾是军人武将、行伍出身。例如，他曾在山东起义军中任掌书记，"壮岁旌旗拥万夫"；做江西提刑时，曾"节制诸军"。然而，看一个人的出身，应考察其最初所履践的事业。辛弃疾生于官宦家庭，自幼从亳州刘瞻学习举业，曾两赴金朝的首都燕京应举，自是儒生出身。谢枋得曾说他是"一少年书生"，已经指明其身份。

按金朝官制，其仕宦之门，亦分为科举和荫补两途。但金朝文臣子弟只能荫补为武官，辛弃疾若欲在金取得文阶，唯有应试一条途径。而他南归时，南宋当局所授予的官职更是右承务郎，文官京官的最低一阶，他虽自起义军中拔身南渡，被授予的仍然不是武阶官。

所以，辛弃疾投笔从戎，参与抗金战争，南归以后曾率兵平息茶商武装，以及在湖南任帅臣时创建"飞虎军"，并不是改变身份，不过是职务需要，由文人带兵而已，完全符合宋代职官重文、文官带兵统兵的常态。因此，不能因辛弃疾参加过战争，后来又写词，便颠倒先后，说他是武将能文；或者因其能文能武，上过抗金战场，便称之为军人、"少年将军"。他一生所任官职，也都是文职官。

其二，《宋史》本传说辛弃疾"豪爽尚气节"，这不仅表现在他一生坚持抗金斗争的正确立场，还体现在对各种政治派系斗争所持态度上。他在南归之初所著《美芹十论》中，就曾对饱受争议的抗金派领袖张浚予以维护，又在《九议》中反对内部倾轧，有"私战不解则公战废"之说。

南宋真正的抗战派人士为数甚少。以宋孝宗为首的主张恢复的人士中，很多都是轻率而缺乏实际干才的人物，长期执政的虞允文如此，赵雄更是只会空喊抗金的庸才。而孝宗所信任的正是这几个大臣和围绕在他身边的一群宦官、佞幸和近习。后者也时而打着恢复的旗号，用以获取孝宗的信任，攻击排斥真正抗金和具有才干的朝士。所以，辛弃疾第一次被迫退归山林，正是赵雄一党和近习等人合力将他排挤出朝的。

　　然而，在辛弃疾身后未久，就有人对他的政治立场大加诬蔑。南宋晚期的张端义，在《贵耳集》卷下曾载之云：

　　　　孝宗朝幸臣虽多，其读书作文，不减儒生；应制燕闲，未可轻视。当仓卒翰墨之奉，岂容宿撰？曾觌、龙大渊（本名㵎，孝宗写开二字）、张抡、徐本中、王抃、赵弗、刘弼，中贵则有甘昺、张去非、弟去为，外戚则有张说、吴琚，北人则有辛弃疾、王佐，伶人则有王喜，棋国手则有赵鄂。当时士大夫，少有不游曾、龙、张、徐之门者。

在这里，作者竟然把辛弃疾诬之为归正人中的幸臣，真是荒唐。

　　张端义提到的近习包括曾、龙等七人，宦官甘昺等三人，外戚张说等二人，伶人与棋手各一人。此外，还把辛弃疾及王佐列为北人，即归正人中的幸臣。此十余人中，多为孝宗即位以后的知名人物，所不详者，如赵弗即是。不甚详者，如刘弼，尝知阁门事，向韩侂胄建言任台谏以驱逐赵汝愚（见《宋史·韩侂胄传》）。又如王喜，为优伶，曾任阁门祗候，扮朱熹戏弄之于宁宗朝堂（见《两朝纲目备要》卷三）。再如赵鄂，孝宗朝以棋供奉，官至浙西路钤（见《贵耳集》卷上）。

　　按：曾、龙、张、徐四人的确是孝宗以来宋廷弄权的近习的主要代表。其劣迹斑斑，历来受到史学家们的斥责和嘲笑。其中，曾觌是孝宗朝第一佞幸。龙大渊死得早。而徐本中是曾觌之鹰犬，孝宗朝幸臣，本右阶，孝宗时自知阁门事改文阶，除江东转运副使（见《齐东野语》卷九《李全》条、《贵耳集》卷上）。而张去为则为高宗朝的宦官，其弄权事主要在高宗朝，也不应算作孝宗朝的近习。

　　辛弃疾的情况与以上诸人全然不同。他既不曾与曾、龙、张、徐同朝为官，也不曾与之有过私谊和交集。他虽以归正人仕宦于南宋，所凭借的仅为年资、政绩和能力。从他数十年的经历看，未见其与上述人物有些许交往之迹。《宋史》本传说他"豪爽尚气节"，从性格人品看，他也不可能降节交往当时为士大夫所不齿的曾、龙一班人。张端义举同为北人的王佐，也以为是孝宗朝的幸臣。其实并不准确。据陆游所作《尚书王公墓志铭》，王佐之曾大父王仁、大父王忠、父俊彦，三代居于会稽，是真正的绍兴土著，并非北方的归正人，与辛弃疾有所不同。而其一生，以从容应对事变，"窒漏察欺，事无不集"（陆游《渭南文集》卷三四），堪称能吏，著称于世。其唯此一条，与辛弃疾相似。而墓志铭中亦未见其与近习有何种交集。可知，张端义把辛弃疾和王佐作为归正人中之幸臣，是何其谬误。

　　张端义仅仅因辛弃疾的文才，便把他列为孝宗朝的幸臣，既是不公正的，当然也是不正确的。然而，时至今日，仍然有一些人，在毫无根据的情况下，对这位被广大读者十分喜爱的爱国志士和杰出词人公然肆加诬蔑。其中就有一些论者寻找到一些破绽百出的资料。近日，我便见到有一位作者写文章，称辛弃疾的

"去国帖"是写给曾觌的，其理由是举荐辛弃疾平定茶商武装的宰相叶衡就是曾觌的党羽，是曾觌的举荐才使叶衡由小官不十年入相。

曾觌对叶衡的荐举，虽然《宋史》在《佞幸传》和《叶衡传》中有过记载，但均标明为当时的传闻。叶衡之获得孝宗信用，适当其时，而叶衡在理财用兵方面的突出才干，是其在大言而无实的前宰相虞允文失势之后快速登位的首要原因。辛弃疾具有更加超出侪辈的才干，为叶衡所欣赏，平定茶商武装只是其小试而已。其实，虞允文、赵雄之流，才是擅权的曾觌之流所要物色倚仗的代言者。辛弃疾在乾道间，"持论劲直，不为迎合"，所反对的正是虞允文一类所谓"主战派"。从乾道至淳熙间，辛弃疾虽也曾一度居于朝列，但官位不高，并无以诗词献媚孝宗之举，他绝不是徐本中之类活动于士大夫与宫闱之间的投机家，而且在稼轩词中，更无"侍宴应制""仰赓圣制"一类词作。所谓"作书与曾觌"，纯属猜测。他的《摸鱼儿》（更能消几番风雨）所写，更招致宋孝宗与曾觌之流的反感，因而当代某些人的"辛弃疾是近习党羽"之说，全然是对爱国词人的刻意诬陷。

其三，辛弃疾在生前，受到王蔺、黄艾、谢深甫、何澹、倪思等人的轮番弹劾，甚至是恶毒的诬陷。谢枋得谈及辛弃疾平生所遭遇到的"谗险"，谓"辛稼轩中年被劾，凡一十六章"（《唐诗选》卷二）。然而，历史文献有记录的，今天所能查及的仅七章而已。但即便如此，近年来乃有几位论者，却拣拾王蔺等人的污蔑之辞及对辛弃疾的攻讦，用作对他进行诽谤的炮石箭弩。

例如，淳熙八年底，王蔺指言辛弃疾"奸贪凶暴，帅湖南日虐害田里""用钱如泥沙，杀人如草芥""凭陵上司""方广赂

遗"；绍熙五年秋，黄艾指摘辛弃疾"残酷贪饕，奸赃狼籍"；何
澹攻訾他"酷虐裒敛，掩孥藏为私家之物，席卷福州，为之一
室"；开禧元年六月，又有言官弹劾辛弃疾"好色贪财，淫刑聚
敛"。总之，诽谤者们的言论，集中到一点，就是竭力攻讦辛弃
疾贪污腐败。

　　读过这本辛弃疾传记的人，都应能了解，与辛弃疾同时的这
些政治上的反对派对辛弃疾所提出的指摘，都不过是对其抗金和
施政举措极尽构陷能事之借口，而非辛弃疾品格和处事风格上有
任何缺欠。《宋史》本传评论他"豪爽尚气节，识拔英俊，所交
多海内知名士"，已从正面否定了同时的卑污政治投机者们对他
的诬陷。辛弃疾晚年在绍兴府为友人杜斿开山田，为诗人陆游筑
舍，赠词人刘过千缗，在镇江府一次馈学者刘宰五十镒，如此仗
义疏财，岂是奸赃之人所为？更何况，宋代自徽宗大观以后，便
允许言官"风闻言事"（《宋史》卷一六七《职官志》七）。《宋
史·吕诲传》亦载："时廷臣多上章讦人罪，诲言：'台谏官许风
闻言事，盖欲广采纳以补阙政。苟非职分，是为侵官。今乃诋斥
平生，暴扬暧昧，刻薄之态浸以成风。请下诏惩革。'"此风一
开，就为"邪曲之害公"大开方便之门。开禧元年辛弃疾罢知镇
江府一条，叶适已经揭露，言官的弹劾不过是承袭前此台谏们的
谰辞、为当国者韩侂胄压制异己寻找的借口而已。对辛弃疾贪污
一说，《辛稼轩历仕始末》上已载，辛弃疾"卒之日，家无余财，
仅遗生平词、诗、奏议、杂著书集而已"。若然，其平生贪污所
得，都用到哪里去了？

　　近年来，在铅山县稼轩乡出土了辛弃疾之孙辛鞬墓，其中有
一篇墓志，题目是《有宋南雄太守朝奉辛公圹志》，就载及："先

君端简严重，不言而躬行。……历任□□州，及官辇毂下，清白一节，诚可以质诸鬼神。性雅节俭，处绮纨，歉然有韦布风，无一毫矜骄之颜。……官四十年矣，位至二千石，先畴之外不加益。身死，家无遗赀。""家无遗赀"一语，验及《历仕始末》的"家无余赀"，知其确为实录。而所谓"先畴之外不加益"，指其奉守祖产，并无兼并乡里土地之举。又据其墓中出土的陪葬品，仅有一对淡素青色的梅瓶而已。其孙辛鞬也是官至州郡太守，而清贫若此，岂不令那些污蔑爱国先贤的人们深自惭愧！

三

　　辛弃疾研究所面临的一个大问题，就是有关他的生平事迹、著作背景方面的资料太少。同样是杰出的词作家，辛弃疾和苏轼就不同，苏轼的资料浩如烟海，可以取之不竭，而辛弃疾在这方面就特别缺乏。邓广铭先生就曾感叹资料之短缺，其作《辛稼轩年谱》时，就说："是谱搜考所及，凡现尚可征之南宋一代重要文献——史籍、文集、方志、笔乘之属，均旁蒐博采，以资参证发明。不分主辅，唯是为从。"又说："材料之收辑，以细大不捐为原则：披览所及，其中凡有涉及辛氏之单词只字，均加以钩稽而分别甄录，期能集枝节为轮廓，积破碎为整体。"然而，邓先生多年所搜集，又经过整理写作而于1956年由上海人民出版社出版的《辛弃疾（稼轩）传》，也只有区区六万字而已。从中亦可见这项搜集资料工作之艰棘。

　　对于这样一位历史人物，我们必须有足够的事实、完整的理据作为支撑，才能充分反映历史的真实。

2008 年，我在人民出版社出版了《辛弃疾研究》一书。这本书是由杭州社科院主编的"南宋史研究丛书"当中的一部。书出版后，反响还好，到现在，时间已经过去了十二年。拙著《辛弃疾研究》，虽已达到三十八万字，但根据我的经验，在述写传主事迹及词作佳话上应当还有许多遗漏和不足。因此，这一次修订，我就把这些年来研究过程中所发现的新的资料不断加以补充，最后形成了目前这个修订本的规模，并更名为《辛弃疾新传》。

我们正处在一个前所未有的世界大变局中，历史研究恰当其时，辛弃疾研究也恰当其时。我从青年时代开始研读稼轩词，迄今已逾半个世纪。在前辈研究所达到的高地上，尽管在七八百年积累的历史资料中进行梳理和撷取十分艰难，但我们的认识终究有了相应的提升。所谓前修未备，后出转精，正是常理。

细节研究决定了人物的真实性和可信程度。辛弃疾研究，由于很多经历和情节都需要经过整理和考证而获得，而稼轩词中所要表达的隐蔽的立场和态度，所包含的词人的思想和情感，更需要深入挖掘。而在许多人看来，他的词作为探索辛弃疾的词学艺术提供了绝佳的样本，而我，不但看到了"宋词第一人"的创作轨迹，还从他的词作中看到了他一生的奋斗和生活，是他全部战士生涯的总结。因此，我必须把这部分内容充分运用到对他生平事迹的认知上。

辛弃疾逝世以后，虽然有不少有识之士对其敬仰有加，推崇有加，但总的说来，七八百年来，仍然是识之者少。元人于钦所说："宋人既以伧荒遇之而不柄用，中原又止以词人目之。"因此，为了避免堕入只以词人视之的片面境地，本书亦在《辛弃疾研究》的基础上着力增补了许多最新考订的辛弃疾事迹，以求对这一历史人物有更全面的解读。

"得读人间未见书"，不但是学者的终身梦想，更应是历史传记作家追求的目标。辛弃疾平生经历，波澜壮阔，从传世的记载中去梳理他的事迹，固然是为其作传的首要途径。但从他主要用以为"陶写之具"的歌词而言，其所体现的"以气节自负，以功业自许"的理想和抱负，是研讨词人内心世界最好最有力的资料和根据。结合词人所处的历史环境、时事和政治背景，才能完整清晰地分析这些诗词的内涵和词人的真实情感。

为了追寻词人生平的履迹，我曾在塞北江南沿着词人经行的路线进行过大量的实地考察工作。上饶的云洞，博山的雨岩，让我聆听到八百年前词人留下的心声；在长江的夹江上，手抚巉岩峭壁，我读到词人抒写"仙人矶下多风雨，好卸征帆留不住"的心底波澜。实地考察和履迹追踪，让我更深刻地了解词人的不平常经历，体悟其各个时期的非凡的心路历程，使我更多地读懂了稼轩词。

本书对辛弃疾旧有事迹的增补，其最重要者当有以下诸条：

金国进犯和山东被占领蹂躏的史实；

亲闻京畿转运使韩元英遣仆岱岳进香事；

早年登顶泰山；

擒获张安国事迹的考订；

乾道间，著《杜鹃辞》以见意；

出守滁州于车前张旗事件；

邀请周孚权摄滁州教授；

平定茶商军事件，定性为茶商的武装暴动；

对乾道六年、七年以后宋孝宗、虞允文、赵雄等施行的政治、经济、军事诸方面决策以及对金策略所采取的否定态度，激怒了当权的近习佞幸，进而成为日后被劾罢官的首要原因；

对带湖新居的正确认知和考证；

辛弃疾和上饶云洞；

博山寺、雨岩和赵履道；

任闽帅时与悟老的交游；

开阖放柳枝；

庆元二年的因病止酒和移居铅山，以及就此问题同吴企明的辩论；

五堡洲与秋水观；

与赵茂嘉、赵晋臣及其子侄的交往和唱和；

稜层势欲摩空；

与陆游纵论收复齐鲁；

赴京口途中，专程往嘉兴府探访友人黄榦于石门酒库；

两首西归江行词的再阐释；

辛弃疾的晚岁心路历程；

辛弃疾逝世的细节。

而上述这些增补是否适当合理，还要请读者朋友加以鉴定和认可。在此，谨诚挚希望得到各界人士的批评指正，不胜至祷。

辛更儒

2021 年 3 月 19 日于哈尔滨市